OBRAS INACABADAS

COPYRIGHT © 2015 BY EDITORA LANDMARK LTDA
TODOS OS DIREITOS RESERVADOS À EDITORA LANDMARK LTDA.
TEXTO ADAPTADO À NOVA ORTOGRAFIA DA LÍNGUA PORTUGUESA DECRETO N° 6.583, DE 29 DE SETEMBRO DE 2008.

PRIMEIRA EDIÇÃO:
"SANDITON": ED. R. W. CHAPMAN: CLARENDON PRESS, OXFORD; 1925 [EXTRAÍDO DE AUSTEN-LEIGH, J. E. (1798-1874): "A MEMOIR OF JANE AUSTEN": R. BENTLEY AND SON, LONDRES; 2ª EDIÇÃO, 1871].
"THE WATSONS" E "THE CANCELLED CHAPTERS FROM PERSUASION": EXTRAÍDO DE AUSTEN-LEIGH, J. E. (1798-1874): "A MEMOIR OF JANE AUSTEN": R. BENTLEY AND SON, LONDRES; 2ª EDIÇÃO, 1871.
"PLAN OF A NOVEL": EXTRAÍDO DE AUSTEN-LEIGH, J. E. (1798-1874): "A MEMOIR OF JANE AUSTEN": R. BENTLEY AND SON, LONDRES; 1ª EDIÇÃO, 1870.

PRIMEIRA EDIÇÃO EM CONJUNTO: "SANDITON, THE WATSONS, LADY SUSAN AND OTHER MISCELLANEA": J. M. DENT & SONS LTD., LONDRES, 1934.

DIRETOR EDITORIAL: FABIO PEDRO-CYRINO
TRADUÇÃO E NOTAS: DORIS GOETTEMS
REVISÃO: FRANCISCO DE FREITAS

DIAGRAMAÇÃO E CAPA: ARQUÉTIPO DESIGN + COMUNICAÇÃO
IMPRESSÃO E ACABAMENTO: ASSOCIAÇÃO RELIGIOSA IMPRENSA DA FÉ

DADOS INTERNACIONAIS DE CATALOGAÇÃO NA PUBLICAÇÃO (CIP)
(CÂMARA BRASILEIRA DO LIVRO, CBL, SÃO PAULO, BRASIL)

AUSTEN, JANE (1775-1817)
OBRAS INACABADAS = UNFINISHED NOVELS / JANE AUSTEN ; TRADUÇÃO E NOTAS DORIS GOETTEMS - - SÃO PAULO : EDITORA LANDMARK, 2015.

CONTEÚDO: PROJETO DE UM ROMANCE -- SANDITON -- OS WATSONS -- OS CAPÍTULOS ORIGINAIS DE "PERSUASÃO"
CONTEÚDO ORIGINAL: PLAN OF A NOVEL -- SANDITON -- THE WATSONS -- THE CANCELLED CHAPTERS FROM PERSUASION

EDIÇÃO BILÍNGUE: PORTUGUÊS/INGLÊS
EDIÇÃO ESPECIAL DE LUXO

ISBN 978-85-8070-051-0 (EDIÇÃO LUXO)

1. FICÇÃO INGLESA. I. GOETTEMS, DORIS. II. TÍTULO. III. TÍTULO: UNFINISHED NOVELS

15-00175   CDD: 823

ÍNDICES PARA CATÁLOGO SISTEMÁTICO:

1. FICÇÃO INGLESA: LITERATURA INGLESA   823

TEXTO EM INGLÊS ORIGINAL DE DOMÍNIO PÚBLICO.
RESERVADOS TODOS OS DIREITOS DESTA TRADUÇÃO E PRODUÇÃO.
NENHUMA PARTE DESTA OBRA PODERÁ SER REPRODUZIDA ATRAVÉS DE QUALQUER MÉTODO, NEM SER DISTRIBUÍDA E/OU ARMAZENADA EM SEU TODO OU EM PARTES ATRAVÉS DE MEIOS ELETRÔNICOS SEM PERMISSÃO EXPRESSA DA EDITORA LANDMARK LTDA, CONFORME LEI N° 9610, DE 19/02/1998

EDITORA LANDMARK

RUA ALFREDO PUJOL, 285 - 12° ANDAR - SANTANA
02017-010 - SÃO PAULO - SP
TEL.: +55 (11) 2711-2566 / 2950-9095
E-MAIL: EDITORA@EDITORALANDMARK.COM.BR

WWW.EDITORALANDMARK.COM.BR

IMPRESSO NO BRASIL
PRINTED IN BRAZIL
2015

JANE AUSTEN

OBRAS INACABADAS

PROJETO DE UM ROMANCE
SANDITON
OS WATSONS
OS CAPÍTULOS ORIGINAIS DE "PERSUASÃO"

EDIÇÃO BILÍNGUE PORTUGUÊS / INGLÊS

PLAN OF A NOVEL
SANDITON
THE WATSONS
THE CANCELLED CHAPTERS FROM PERSUASION

UNFINISHED NOVELS

TRADUÇÃO E NOTAS
DORIS GOETTEMS

SÃO PAULO, BRASIL
2015

Jane. Austen

JANE AUSTEN, escritora inglesa proeminente, nascida em 16 de dezembro de 1775, considerada geralmente como uma das figuras mais importantes da literatura inglesa ao lado de William Shakespeare, Charles Dickens e Oscar Wilde. Ela representa o exemplo de escritora, cuja vida, protegida e recatada, em nada reduziu a estatura e o dramatismo de sua obra.

Nasceu na casa paroquial de Steventon, Hampshire, Inglaterra, tendo o pai sido sacerdote e vivido a maior parte de sua vida nesta região. Ela teve seis irmãos e uma irmã mais velha, Cassandra, com a qual era muito íntima. O único retrato conhecido de Jane Austen é um esboço feito por Cassandra, que se encontra hoje na Galeria Nacional de Arte (National Gallery), em Londres.

Em 1801, a família mudou-se para Bath. Com a morte do pai em 1805, Jane, sua irmã e a mãe mudaram-se para Chawton, onde seu irmão lhes tinha cedido uma propriedade. O "cottage" em Chawton, onde Jane Austen viveu, hoje abriga uma casa-museu. Jane Austen nunca se casou: teve uma ligação amorosa com Thomas Langlois Lefroy, entre dezembro de 1795 e janeiro de 1796, que não chegou a evoluir. Chegou a receber uma proposta de casamento de Harris Bigg-Wither, irmão mais novo de suas amigas Alethea e Catherine, em 2 de dezembro de 1802, mas mudou de opinião no dia seguinte ao do noivado.

Tendo-se estabelecido como romancista, continuou a viver em relativo isolamento, na mesma altura em que a doença a afetava profundamente. Até os dias de hoje, não se tem certeza das causas de sua morte: uma teoria recente afirma que Jane Austen pode ter sofrido de intoxicação por arsênico, em função de uma declaração registrada em uma de suas cartas: *Estou consideravelmente melhor agora e estou recuperando um pouco minha aparência, que anda bastante ruim, preta, branca e de todas as cores erradas*". A intoxicação por arsênico pode provocar uma pigmentação em que partes da pele ficam marrons, enquanto outras embranquecem. O arsênico era fácil de ser obtido na época, sendo usado para o tratamento do reumatismo, algo de que Jane Austen se queixava constantemente em suas cartas. Em busca de tratamento para sua enfermidade, viajou até Winchester, falecendo ali, aos 41 anos, em 18 de julho de 1817, e sendo sepultada na catedral da cidade.

A fama de Jane Austen perdura através dos seus seis melhores trabalhos: "Razão e Sensibilidade" (1811), "Orgulho e Preconceito" (1813), "Mansfield Park" (1814), "Emma" (1815), "The Elliots", mais tarde renomeado como "Persuasão" (1818) e "Susan", mais tarde renomeado como "A Abadia de Northanger" (1818), publicados postumamente. "Lady Susan" (escrito entre 1794 e 1805), "The Brothers" (iniciado em 1817, deixado incompleto e publicado em 1925 com o título "Sanditon") e "Os Watsons" (escrito por volta de 1804 e deixado inacabado; foi terminado por sua sobrinha Catherine Hubback e publicado na metade do século XIX, com o título "The Younger Sister") são outras de suas obras. Deixou ainda uma produção juvenília (organizada em três volumes), uma peça teatral, "Sir Charles Grandison, or The Happy Man: a Comedy in Six Acts" (escrita entre 1793 e 1800), poemas, registros epistolares e um esquema para um novo romance, intitulado "Projeto de um Romance".

OBRAS INACABADAS

INTRODUCTION

By singular good fortune we are here able to present, in clearly differentiated examples, the four – or possibly five – stages of preparation for a finished Jane Austen novel.

The publication of *Love and Friendship* revealed the first, scarcely conscious, inspiration of her work. It showed us how perfectly she understood the follies and insincerities of fashionable romance, with its absurd heroics and artificial emotions; how well she loved the impossible "dear creatures" she could so shrewdly burlesque. There was wrath, we suspect, even behind the laughter; and because they were false, she determined that she at all costs would be true.

Burlesque lingers in *Northanger Abbey* beside the accomplished vulgarity of Isabella Thorpe; accompanied now, and largely eclipsed, by the finer approach to truth through adaptation and development of work at once admirable and admired though immature: the inspiration of Fanny Burney, maintained in all the novels written at Steventon.

That Miss Austen returned to the burlesque of romance in the *Plan of a Novel*, written in 1816 after four tales had received their last touches of revision and been presented to the public, is evidence of how deeply laid were the foundations of her art. It was born, indeed, out of fun and nonsense, for which she never lost her zest. It was destined to laugh out of existence the idle vapourings of romance.

So far, we see no more than preparation for serious work; of significance by virtue of its exposure of "what to avoid".

The first, preliminary, steps of actual creative work may be plainly seen in the fragment of *Sanditon*, written in 1817, a much-corrected manuscript. This cannot,

INTRODUÇÃO

Por uma ventura extraordinária, estamos em condições de apresentar aqui, em exemplos claramente diferenciados, os quatro – ou possivelmente cinco – estágios preparatórios de um romance acabado de Jane Austen.

A publicação de *Love and Friendship* revelou a primeira, e quase imperceptível, inspiração de sua obra. Mostrou-nos quão perfeitamente ela entendeu as loucuras e fingimentos do romance elegante, com seu heroísmo absurdo e emoções artificiais; o quanto ela amou as "queridas criaturas" impossíveis que podiam ser tão espertamente burlescas. Havia raiva, suspeitamos, mesmo por trás do riso; e sendo tais criaturas falsas, a autora decidiu que seria verdadeira a todo custo.

O burlesco se estende por *A Abadia de Northanger*, ao lado da perfeita vulgaridade de Isabella Thorpe; agora acompanhado, e em grande parte ofuscado, por uma melhor aproximação da verdade através da adaptação e desenvolvimento de um trabalho ao mesmo tempo admirável e admirado, embora imaturo: a inspiração para Fanny Burney, mantida em todos os romances escritos em Steventon.

Que Miss Austen tenha retornado ao burlesco em *Projeto de um Romance*, escrito em 1816, após quatro contos terem recebido os últimos retoques e apresentados ao público, é evidência do quão profundamente enraizados eram os fundamentos de sua arte. Surgiu, na verdade, da diversão e do absurdo, pelos quais ela nunca perdeu o entusiasmo. Foi destinado a fazer rir, além das vaidades inúteis de um romance.

Até aqui, não vemos mais do que a preparação para um trabalho sério, importante em virtude de sua exposição sobre "o que evitar".

Os primeiros passos preliminares do verdadeiro trabalho criativo podem ser vistos claramente no fragmento de *Sanditon*, escrito em 1817, um manuscrito muito

I believe, be accurately called even a first draft. It is rather the beginning of a rough sketch, which may almost be described as shorthand notes of a tale for which all details, possibly even the conclusion or main thread of the plot, have yet to be determined. No hint was given to her family of how the story would be developed. From the ampersands, broken sentences, and other clear signs of carelessness and haste in the original, we may be sure that Miss Austen was merely jotting down ideas for characters and scenes as they came into her mind without a thought for sequence or arrangement. With her experience and natural aptitude for expression, she may by chance have hit upon a phrase or two that could survive revision; but here we have no more than a few interesting and suggestive notes for reference, when she had time – alas! never granted her – to begin writing another novel.

The Watsons, on the other hand, also a much-corrected manuscript, probably written at Southampton in 1807, is an early draft of *Emma*, probably no further differing from that novel in scenes, characters, and plot than *Sense and Sensibility* departed from *Elinor and Marianne* or even *Pride and Prejudice* from *First Impressions*. Unlike *Sanditon*, this fragment has been thought out and composed – both in plot and in phrasing. Miss Austen already knew what she intended to do with her characters, as she informed her family in some detail, and was actually engaged upon telling a tale.

> *"Mr. Watson was soon to die and Emma to become dependent for a home on her narrow-minded sister-in-law and brother. She was to decline an offer from Lord Osborne, and much of the interest of the tale was to arise from Lady Osborne's love for Mr. Howard and his counter-affection for Emma, whom he was finally to marry".*

It remained unfinished for reasons wholly connected with personal circumstances of her private life, and when, after the appearance of *Mansfield Park*, she took up the characters and subject of this interesting fragment, private circumstances again compelled at least one drastic change in the plot – to avoid reflections upon a favourite sister-in-law; and instead of proceeding with the early draft she made a new beginning have the unpolished version of a Jane Austen novel, as carefully written after revisions of a first draft, itself extensively corrected in the process of redrafting; lacking only the final finish of perfected phrase and thought, notably weak we should observe in humour and wit.

It is, however, from the cancelled chapters of *Persuasion* that we can learn most of her accomplished artistry and marvellous powers of self-criticism; can prove – beyond dispute – the standard of perfection on which she everywhere insists. For this is actually a part of the final, finished, draft: the completed novel which, when writing it, had satisfied her and was intended for publication. Yet even so, it remained the subject of careful thought, and the reflections of a nighttime convinced her that it could be still further improved.

corrigido. Este, creio, não pode nem mesmo ser chamado de um primeiro rascunho. É mais o início de um simples esboço, pode até ser descrito como notas taquigráficas de um conto, onde todos os detalhes, possivelmente até a conclusão ou o fio principal da trama, ainda têm que ser determinados. Nenhuma dica foi dada à família sobre como seria desenvolvida. Das conjunções, orações interrompidas, e outros claros indícios de descuido e pressa no original, podemos estar certos de que Miss Austen só rascunhava ideias para personagens e cenas ao lhe virem à mente sem pensar em sequência ou organização. Com sua experiência e aptidão natural à expressão, pode, por acaso, ter chegado a uma ou duas frases que sobreviveriam à revisão; mas aqui não temos mais do que poucas notas interessantes e sugestivas de referência, para quando tivesse tempo – ai de nós! o que nunca teve – para começar a escrever um outro romance.

Por outro lado, *Os Watsons*, também um manuscrito muito corrigido, provavelmente escrito em Southampton em 1807, é um rascunho inicial de *Emma*, e é provável que não se diferencie desse romance em cenas, personagens e enredo, do que *Razão e Sensibilidade* de *Elinor and Marianne* ou mesmo *Orgulho e Preconceito* de *First Impressions*. Ao contrário de *Sanditon*, esse fragmento foi bem pensado e redigido – tanto no enredo quanto na redação. Miss Austen já sabia o que pretendia fazer com as personagens, como informou à sua família com algum detalhe, e estava na verdade empenhada em contar uma história.

"Mr. Watson logo vai morrer e Emma dependerá de sua cunhada tacanha e de seu irmão para ter um lar. Ela deverá recusar uma proposta de casamento de lorde Osborne, e muito do interesse da história surgirá do amor de Lady Osborne por Mr. Howard e de seu amor contrariado por Emma, com quem ele finalmente se casará".

Permaneceu inacabado por razões inteiramente ligadas às circunstâncias pessoais de sua vida privada, e quando, após a publicação de *Mansfield Park*, ela retomou os personagens e o assunto desse interessante fragmento, circunstâncias pessoais novamente forçaram pelo menos uma mudança drástica no enredo – evitar reflexões sobre uma cunhada benquista; ao invés de prosseguir com o rascunho inicial, fez novo começo que se tornou a versão não retocada de um romance de Jane Austen, escrito com cuidado após revisões de um primeiro rascunho, este mesmo extensivamente corrigido no processo de reescrita, faltando apenas o acabamento final do fraseado perfeito e de ideias, notadamente fraco em humor e inteligência, como observamos.

No entanto, é com os capítulos originais de *Persuasão* que podemos aprender mais sobre seu consumado talento artístico e maravilhosos poderes de autocrítica; prova – de forma incontestável – o padrão de perfeição no qual ela insistia em todos os aspectos. Pois esse são de fato uma parte do rascunho final, acabado: o romance completo que, quando o escreveu, deixara-a satisfeita e tinha sido planejado para publicação. Ainda assim, continuaram a ser objeto de cuidadosa meditação, e as reflexões de uma noite a convenceram de que poderiam ser melhorados ainda mais.

In a few masterly paragraphs, the whole busy scene was created of a large family group's sudden migration to Bath: lending drama and emphasis to the appropriately quiet, and almost secret, long-deferred understanding between hero and heroine – by contrast with the others' noisy trifling; setting the climax, or *dénouement*, of the whole story in a natural and becomingly subdued light, from which the gain is indeed great.

The contrivances of the *Cancelled Chapters* for bringing Anne and Captain Wentworth together are, comparatively, crude and forced; but it remains a charming example of Jane Austen's best, most finely polished, work; in which no other writer could have felt anything but just pride, with which one less severely fastidious in the careful practice of her art would surely have remained content.

In many respects, *Lady Susan*, written in Bath about 1805, must be regarded as somewhat outside the categories enumerated above. Yet it is also a work Jane Austen did not consider worthy of publication, if it was ever designed for print, and it cannot certainly be described as a typical Jane Austen novel.

It is a complete and, as we may safely assume, a final draft: the manuscript almost free from corrections or erasures, in that respect an example of finished work. On the other hand, it is written in "letters", a form experimented with in the early days, and expressly discarded forever as an instrument of narration. Upon careful examination of her life and the continuous development of her art, I am personally disposed to believe that it was a deliberate exercise in composition, as *Love and Friendship* and the fragments of childhood were written – without design. Her novels were thought out, first written, redrafted, and finally revised, when settled in Steventon or Chawton. During the unsettled years in Bath and Southampton, she gave some, interrupted, attention to old and new work; during which it may well be that she was exercised about her ability to deal with a type of character never congenial to her joyous and loving imagination, the villain of the piece. For the domestic novel, this would occasionally, if not often, be expected to figure as the accomplished vamp – though, in fact, never appearing thus in a true Jane Austen novel. This may well have been the origin of *Lady Susan*; but for us it remains one more valued example of her art, to which her genius has not given the final polish in thought, phrase, or construction that she invariably demanded from herself before offering anything to the world.

Lady Susan, The Watsons, and the *Cancelled Chapters of Persuasion* were first printed in the second edition (1871) of the *Memoir of Miss Austen* by her nephew, J. E. Austen-Leigh. *Lady Susan* and *The Watsons* have been reprinted in three editions of the novels: (1) the two supplementary volumes, XI and XII, added to the "Winchester" by John Grant (Edinburgh) in 1912; (2) the "Adelphi" in seven volumes, 1923; (3) the "Georgian" in five volumes, 1927. *The Watsons* was also

Em alguns parágrafos magistrais, foi criada a trabalhosa cena inteira da migração repentina de um grande grupo familiar para Bath: emprestando drama e ênfase ao entendimento apropriadamente calmo, quase secreto e longamente adiado entre herói e heroína – pelo contraste com as frivolidades ruidosas dos outros; situando o clímax, ou *dénouement*, da história inteira sob uma luz natural e de conveniente suavidade, cujo ganho é de fato grande.

Os artifícios dos *Capítulos Originais* para reunir Anne e o capitão Wentworth são, comparativamente, crus e forçados, mas permanecem um exemplo encantador do melhor e mais finamente trabalho acabado de Jane Austen; do qual nenhum outro escritor poderia ter sentido nada que não fosse orgulho; com o qual alguém menos severamente exigente na prática cuidadosa da arte seguramente teria ficado satisfeito.

Em muitos aspectos, *Lady Susan*[1], escrito em Bath por volta de 1805, deve ser considerado como fora das categorias enumeradas acima.Mas também é uma obra que Jane Austen não considerou digna de publicação, se alguma vez foi concebido para impressão, e certamente não pode ser descrito como um típico romance de Jane Austen.

É, como podemos seguramente assumir, um rascunho final: o manuscrito quase livre de correções ou rasuras, nesse aspecto um exemplo de trabalho acabado. Por outro lado, é escrito em forma de "cartas", um formato experimentado de início, e claramente descartado para sempre como instrumento narrativo. Por um exame cuidadoso de sua vida e do desenvolvimento contínuo de sua arte, estou pessoalmente disposto a acreditar que era um exercício de composição deliberado, como *Love and Friendship* e os fragmentos de sua infância – sem planejamento. Seus romances eram bem pensados, escritos uma primeira vez, reformulados e finalmente revisados, quando estava em Steventon ou Chawton. Nos anos incertos que passou em Bath e Southampton, deu uma atenção esparsa e interrompida a novos e velhos trabalhos; durante o qual pode ter acontecido de resolver exercitar sua habilidade em lidar com um estilo de escrita pouco compatível com sua imaginação alegre e amorosa, o vilão da peça. Para o romance familiar, seria de se esperar ocasionalmente, se não com frequência, como o símbolo do perfeito remendo – embora, na verdade, nunca aparecesse assim num verdadeiro romance de Jane Austen. Esta pode bem ter sido a origem de *Lady Susan*; mas para nós permanece como mais um valioso exemplo de sua arte, ao qual seu gênio não deu o polimento final em ideia, fraseado ou construção invariavelmente exigidos de si antes de oferecer algo ao mundo.

Lady Susan, *Os Watsons*, e os *Capítulos Originais de Persuasão* foram publicados pela primeira vez na segunda edição (1871) de *Memoir of Miss Austen*, de autoria de seu sobrinho, J. E. Austen-Leigh. *Lady Susan* e *Os Watsons* foram reimpressos em três edições dos romances: (1) os dois volumes adicionais, XI e XII, acrescentados ao "Winchester", de John Grant (Edimburgo) em 1912; (2) o "Adelphi" em sete volumes, 1923; (3) o "Georgian" em cinco volumes, 1927. *Os Watsons*

---

1   O romance epistolar "Lady Susan" não se encontra na presente edição, sendo publicado de modo independente em "Lady Susan: Edição Bilíngue de Luxo Português-Inglês", São Paulo: Landmark; 2014; ISBN 978-85-8070-044-2.

issued in 1923, with a brief Introduction by A. B. Walkley.

The *Plan of a Novel* was also quoted in the *Memoir*, printed, fully and correctly, in the *Life and Letters*, by William and Richard Arthur Austen-Leigh, 1913. It is here reprinted by the kind permission of Mr. R. A. Austen-Leigh.

Every fragment has since been thoroughly collated from the manuscripts, and edited by Mr. R. W. Chapman for the Clarendon Press: *Lady Susan* in 1925; The *Plan of a Novel* and the *Cancelled Chapters of Persuasion* in 1926; *The Watsons* in 1927. The present texts are not a verbatim reprint of any previous issue, but as nearly as Jane Austen, in my judgment on the evidence available, intended to write.

By the generous courtesy of Mr. R. W. Chapman, I have been permitted to reprint *Sanditon*; which was first issued by him for the Clarendon Press in 1925.

R. BRIMLEY JOHNSON

foi também publicado em 1923, com uma breve introdução de A. B. Walkley.

O *Projeto de um Romance* também foi citado no *Memoir*, e impresso, completo e corrigido, em *Life and Letters*, de William e Richard Arthur Austen-Leigh, em 1913. Ele é reeditado aqui pela amável permissão de Mr. R. A. Austen-Leigh.

Todo fragmento, desde então, foi inteiramente cotejado dos manuscritos, e editado por Mr. R. W. Chapman para a Clarendon Press: *Lady Susan* em 1925; *Projeto de um Romance* e os *Capítulos Originais de Persuasão* em 1926; *Os Watsons* em 1927. Os textos apresentados não são uma reedição literal de qualquer edição prévia, mas o mais próximo ao que Jane Austen, em meu entender sobre as evidências disponíveis, pretendia escrever.

Por generosa cortesia de Mr. R. W. Chapman, tive permissão de reeditar *Sanditon*, que foi primeiro editado por ele para a Clarendon Press em 1925.

R. BRIMLEY JOHNSON[2]

---

2   R. (Reginald) Brimley Johnson (1867–1932), biógrafo, crítico e editor, era especializado em literatura inglesa do século XIX e em figuras literárias. Entre as inúmeras obras produzidas por este autor, figura a compilação dos romances de Jane Austen, publicado em dez volumes, sob o título "Novels of Jane Austen: In Ten Volumes" editado em Londres por J. M. Dent, em 1894. A presente "Introdução" a esta edição foi elaborada para o volume "Sanditon, The Watsons, Lady Susan and other Miscellanea" Londres: J. M. Dent & Sons Ltd., 1934.

PLAN OF A NOVEL

PROJETO DE UM ROMANCE

ACCORDING TO HINTS FROM VARIOUS QUARTERS

Scene to be in the country. Heroine, the daughter of a clergyman[1]: one who, after having lived much in the world, had retired from it, and settled on a curacy with a very small fortune of his own. He, the most excellent man that can be imagined, perfect in character, temper, and manners, without the smallest drawback or peculiarity to prevent his being the most delightful companion to his daughter from one year's end to the other. Heroine[2], a faultless character herself, perfectly good, with much tenderness and sentiment and not the least wit[3], very highly accomplished[4],understanding modern languages, and (generally speaking) everything that the most accomplished young women learn, but particularly excelling in music – her favourite pursuit – and playing equally well on the pianoforte and harp, and singing in the first style. Her person quite beautiful[5], dark eyes and plump cheeks. Book to open with the description of father and daughter, who are to converse in long speeches, elegant language, and a tone of high serious sentiment. The father to be induced, at his daughter's earnest request, to relate to her the past events of his life. This narrative will reach through the greater part of the first volume; as besides all the circumstances of his attachment to her mother, and their marriage, it will comprehend his going to sea as chaplain[6] to a distinguished naval character about the Court; his going afterwards to Court himself, which introduced him to a great variety of characters and involved him in many interesting situations, concluding with his opinion of the benefits of tithes being done away, and his having buried his own mother

---

1 Mr. Gifford.
2 Fanny Knight.
3 Mary Cooke.
4 Fanny Knight.
5 Mary Cooke.
6 Mr. Clarke.

CONFORME SUGESTÕES DE VÁRIOS LADOS

A cena se passa no campo. Heroína, a filha de um clérigo[3] um homem que, depois de ter vivido muito no mundo, retirou-se dele e estabeleceu-se em um curato com uma fortuna própria muito pequena. Ele, o homem mais admirável que se possa imaginar, perfeito em caráter, temperamento e maneiras, sem o menor defeito ou peculiaridade que o impeça de ser o mais encantador companheiro para a filha, a cada ano que passa. A heroína,[4] ela mesma um caráter sem defeitos, boníssima, com muita ternura e não menos inteligência,[5] extremamente talentosa,[6] boa conhecedora de línguas modernas, e (de modo geral) de tudo o que as jovens mais talentosas aprendem, mas particularmente excelente em música – sua ocupação favorita – e tocando igualmente bem o piano e a harpa, e cantando com distinção. Sua aparência é muito bonita,[7] olhos escuros e faces rechonchudas. Livro começa com a descrição de pai e filha, que conversam em falas longas, linguagem elegante e um tom de altíssimo sentimento. O pai é induzido, diante do sério pedido da filha, a contar-lhe os eventos passados de sua vida. Esta narrativa se estenderá pela maior parte do primeiro volume; além de todas as circunstâncias de seu afeto pela mãe dela, e de seu casamento, incluirá a ida dele para o mar como capelão[8] em uma distinta posição naval na corte; sua própria ida mais tarde para a corte, que o apresentou a uma grande variedade de personagens e o envolveu em muitas situações interessantes, concluindo com sua opinião sobre os benefícios dos dízimos estarem sendo abolidos, e de ele ter enterrado a própria mãe (a pranteada avó da heroína) pelo fato de o pároco superior da paróquia onde

---

3 Mr. Gifford.
4 Fanny Knight.
5 Mary Cooke.
6 Fanny Knight.
7 Mary Cooke.
8 Mr. Clarke.

(heroine's lamented grandmother) in consequence of the high priest of the parish in which she died refusing to pay her remains the respect due to them. The father to be of a very literary turn, an enthusiast in literature, nobody's enemy but his own; at the same time most zealous in the discharge of his pastoral duties, the model of an exemplary parish priest[7]. The heroine's friendship to be sought after by a young woman in the same neighbourhood, of talents and shrewdness, with light eyes and a fair skin, but having a considerable degree of wit;[8] heroine shall shrink from the acquaintance. From this outset the story will proceed and contain a striking variety of adventures. Heroine and her father never above a fortnight together in one place:[9] he being driven from his curacy by the vile arts of some totally unprincipled and heartless young man desperately in love with the heroine, and pursuing her with unrelenting passion. No sooner settled in one country of Europe than they are necessitated to quit it and retire to another, always making new acquaintance, and always obliged to leave them. This will, of course, exhibit a wide variety of characters, but there will be no mixture. The scene will be forever shifting from one set of people to another; but all the good[10] will be unexceptionable in every respect, and there will be no foibles or weaknesses but with the wicked, who will be completely depraved and infamous, hardly a resemblance of humanity left in them. Early in her career, in the progress of her first removal, heroine must meet with the hero[11] – all perfection, of course, and only prevented from paying his addresses to her by some excess of refinement. Wherever she goes somebody falls in love with her, and she receives repeated offers of marriage, which she always refers wholly to her father, exceedingly angry that he[12] should not be first applied to. Often carried away by the anti-hero, but rescued either by her father or the hero. Often reduced to support herself and her father by her talents, and work for her bread; continually cheated and defrauded of her hire; worn down to a skeleton, and now and then starved to death. At last, hunted out of civilized society, denied the poor shelter of the humblest cottage, they are compelled to retreat into Kamschatka, where the poor father, quite worn down, finding his end approaching, throws himself on the ground, and, alter four or five hours of tender advice and parental admonition to his miserable child, expires in a fine burst of literary enthusiasm, intermingled with invectives against holders of tithes. Heroine inconsolable for some time, but afterwards crawls back towards her former country, having at least twenty narrow escapes of falling into the hands of anti-hero; and at last, in the very nick of time, turning a corner to avoid him, runs into the arms of the hero himself who, having just shaken off the scruples which fettered him before, was at the very moment setting off in pursuit of her. The tenderest and completest *éclaircissement* takes place, and they are

---

7   Mr. Sherer.
8   Mary Cooke.
9   Muitas críticas.
10 Mary Cooke.
11 Fanny Knight.
12 Mrs. Pearse of Chilton Lodge.

ela morreu ter se recusado a prestar o devido respeito aos seus restos mortais. O pai tem forte inclinação literária, um entusiasta da literatura, não é inimigo de ninguém a não ser de si próprio; ao mesmo tempo muito zeloso no cumprimento de seus deveres pastorais, o modelo de um sacerdote de paróquia exemplar.[9] A amizade da heroína é procurada por uma moça da mesma vizinhança, de talentos e astúcia, com olhos claros e pele alva, mas possuindo um grau considerável de esperteza;[10] a heroína deverá recuar dessa amizade. Deste início a história prosseguirá, e conterá uma variedade notável de aventuras. A heroína e seu pai nunca passarão mais do que uma quinzena juntos em um lugar:[11] sendo o pai afastado de sua paróquia pelos artifícios vis de algum rapaz totalmente sem princípios e insensível, desesperadamente apaixonado pela heroína e perseguindo-a com paixão inflexível. Nem bem se instalam em um país da Europa e são forçados a abandoná-lo e retirar-se para outro, sempre travando novos conhecimentos, e sempre obrigados a deixá-los. Isso, é claro, exibirá uma grande variedade de personagens, mas não haverá qualquer mistura entre eles. A cena estará sempre trocando de um grupo de pessoas para outro; mas todos os bons[12] serão irrepreensíveis sob todos os aspectos, e não haverá qualquer defeito ou fraqueza senão com os maus, que serão completamente depravados e infames, mal possuindo algum resquício de humanidade. No início de sua carreira, no decorrer de sua primeira mudança, a heroína deverá se encontrar com o herói[13] – pura perfeição, é claro, e apenas impedido de cortejá-la por algum excesso de refinamento. Onde quer que ela vá, alguém se apaixona por ela, e recebe repetidas propostas de casamento, que ela sempre relata inteiramente ao pai, extremamente zangado porque ele[14] não foi o primeiro a pedi-la. Com frequência fascinada pelo anti-herói, mas salva ou pelo pai ou pelo herói. Com frequência é levada a sustentar a si e ao pai com seus talentos, e trabalha para ganhar o pão; continuamente enganada e espoliada de seus ganhos; desgastada até se tornar um esqueleto, de vez em quando corre risco de morrer de fome. Afinal, expulsos da sociedade civilizada, sem ter sequer o pobre abrigo da cabana mais humilde, eles são forçados a se retirar para Camecháteca, onde o pobre pai, definhando, vendo aproximar-se o seu fim, lança-se ao chão, e, depois de quatro ou cinco horas de conselhos ternos e advertências paternais à infeliz filha, expira em um belo arrebatamento de entusiasmo literário, entremeado com injúrias contra detentores de dízimos. Heroína inconsolável durante algum tempo, mas depois rasteja de volta para seu antigo país, escapando por um triz pelo menos vinte vezes de cair nas mãos do anti-herói; e afinal, no último momento, virando uma esquina para evitá-lo, cai nos braços do próprio herói que, tendo acabado de livrar-se dos escrúpulos que antes o tolhiam, estava naquele mesmo momento partindo em busca dela. Segue-se o mais terno e completo *éclaircisse-*

---

9   Mr. Sherer.
10   Mary Cooke.
11   Muitas críticas.
12   Mary Cooke.
13   Fanny Knight.
14   Mrs. Pearse of Chilton Lodge.

happily united. Throughout the whole work heroine to be in the most elegant society,[13] and living in high style. The name of the work not to be *Emma*,[14] but of same sort as *Sense and Sensibility* and *Pride and Prejudice*[15].

---

13 Fanny Knight.
14 Mrs. Craven.
15 Mr. H. Sanford.

ment e eles se unem alegremente. Ao longo da obra inteira a heroína está na mais elegante sociedade,[15] e vivendo em alto estilo. O nome da obra não será *Emma*,[16] mas do mesmo tipo de *Razão e Sensibilidade* e *Orgulho e Preconceito*[17].

---

15   Fanny Knight.
16   Mrs. Craven.
17   Mr. H. Sanford.

SANDITON

SANDITON

CHAPTER 1

A gentleman and a lady travelling from Tunbridge towards that part of the Sussex coast which lies between Hastings and Eastbourne, being induced by business to quit the high road and attempt a very rough lane, were overturned in toiling up its long ascent, half rock, half sand. The accident happened just beyond the only gentleman's house near the lane – a house which their driver, on being first required to take that direction, had conceived to be necessarily their object and had with most unwilling looks been constrained to pass by. He had grumbled and shaken his shoulders and pitied and cut his horses so sharply that he might have been open to the suspicion of overturning them on purpose (especially as the carriage was not his master's own) if the road had not indisputably become worse than before, as soon as the premises of the said house were left behind... expressing with a most portentous countenance that, beyond it, no wheels but cart wheels could safely proceed. The severity of the fall was broken by their slow pace and the narrowness of the lane; and the gentleman having scrambled out and helped out his companion, they neither of them at first felt more than shaken and bruised. But the gentleman had, in the course of the extrication, sprained his foot, and soon becoming sensible of it, was obliged in a few moments to cut short both his remonstrances to the driver and his congratulations to his wife and himself and sit down on the bank, unable to stand.

"There is something wrong here," said he, putting his hand to his ankle. "But never mind, my dear", looking up at her with a smile, "it could not have happened, you know, in a better place... Good out of evil. The very thing perhaps to be wished for. We shall soon get relief. *There*, I fancy, lies my cure..." pointing to the neat-looking end of a cottage, which was seen romantically situated among wood on a high eminence at some little distance, "Does not that promise to be the very place?"

CAPÍTULO 1

Um cavalheiro e uma dama, viajando a negócios Tunbridge para essa parte da costa de Sussex, que encontra-se entre Hastings e Eastbourne, foram levados a deixar a estrada principal e se aventurar por um caminho muito irregular, tombaram ao avançar por uma longa subida de cascalho e areia. O acidente ocorreu logo após passarem pela única residência de um cavalheiro próxima da estrada – uma casa que o condutor, ao lhe pediram que tomasse aquela direção, entendeu que era sem dúvida o objetivo e com a expressão mais contrariada se viu obrigado a seguir ali. Resmungava e dava de ombros, se lamentava e açoitava os cavalos tão duramente que poderia ter se exposto à suspeita de tê-los feito tombar de propósito (especialmente a carruagem não sendo de seu patrão), se a estrada não tivesse se tornado indiscutivelmente pior do que antes; assim que as cercanias da dita casa ficaram para trás... expressou com o mais agourento semblante que, a partir dali, nenhum veículo, a não ser uma carroça, poderia prosseguir com segurança. A gravidade da queda foi abrandada pela marcha lenta em que viajavam e pela estreiteza do caminho; o cavalheiro se arrastou para fora e ajudou sua companheira e nenhum deles, a princípio, sentiu mais do que o abalo da queda e algumas contusões. Mas o cavalheiro, enquanto se libertava, havia torcido o tornozelo e, logo sentindo um pouco de dor, foi obrigado a interromper bruscamente tanto suas repreensões ao condutor quanto suas congratulações a si e à esposa e foi sentar-se à beira da estrada, incapaz de ficar de pé.

"Há algo de errado aqui", disse ele, pondo a mão no tornozelo. "Mas não se incomode, minha cara", olhando para ela com um sorriso, "isso não poderia, você sabe, ter acontecido num lugar mais apropriado... Graças a Deus. Talvez seja o melhor que poderíamos desejar. Logo obteremos socorro. *Lá*, imagino, está a minha cura...", apontando para a extremidade de um chalé, bem visível, romanticamente situado entre as árvores dum terreno elevado a pouca distância. "Não promete ser o lugar exato?"

His wife fervently hoped it was; but stood, terrified and anxious, neither able to do or suggest anything, and receiving her first real comfort from the sight of several persons now coming to their assistance. The accident had been discerned from a hayfield adjoining the house they had passed. And the persons who approached were a well-looking, hale, gentlemanlike man, of middle age, the proprietor of the place, who happened to be among his haymakers at the time, and three or four of the ablest of them summoned to attend their master – to say nothing of all the rest of the field – men, women and children, not very far off.

Mr. Heywood, such was the name of the said proprietor, advanced with a very civil salutation, much concern for the accident, some surprise at anybody's attempting that road in a carriage, and ready offers of assistance. His courtesies were received with good breeding and gratitude, and while one or two of the men lent their help to the driver in getting the carriage upright again, the traveller said, "You are extremely obliging, sir, and I take you at your word. The injury to my leg is, I dare say, very trifling. But it is always best in these cases, you know, to have a surgeon's opinion without loss of time; and as the road does not seem in a favourable state for my getting up to his house myself, I will thank you to send off one of these good people for the surgeon."

"The surgeon, sir!" exclaimed Mr. Heywood. "I am afraid you will find no surgeon at hand here, but I dare say we shall do very well without him."

"Nay sir, if he is not in the way, his partner will do just as well, or rather better. I would rather see his partner. Indeed I would prefer the attendance of his partner. One of these good people can be with him in three minutes, I am sure. I need not ask whether I see the house", (looking towards the cottage) "for excepting your own, we have passed none in this place which can be the abode of a gentleman."

Mr. Heywood looked very much astonished, and replied: "What, sir! Are you expecting to find a surgeon in that cottage? We have neither surgeon nor partner in the parish, I assure you."

"Excuse me, sir," replied the other. "I am sorry to have the appearance of contradicting you, but from the extent of the parish or some other cause you may not be aware of the fact. Stay. Can I be mistaken in the place? Am I not in Willingden? Is not this Willingden?"

"Yes, sir, this is certainly Willingden."

"Then, sir, I can bring proof of your having a surgeon in the parish, whether you may know it or not. Here, sir," (taking out his pocket book) "if you will do me the favor of casting your eye over these advertisements which I cut out myself from the *Morning Post* and the *Kentish Gazette*, only yesterday morning in London, I think you will be convinced that I am not speaking at random. You will find in it an advertisement of the dissolution of a partnership in the medical line in your own parish: 'extensive business, undeniable character respectable references wishing to

Sua esposa esperava fervorosamente que sim; mas ficou parada, apavorada e ansiosa, incapaz de fazer ou sugerir algo, até sentir seu primeiro alívio verdadeiro ao avistar várias pessoas que vinham agora em seu auxílio. O acidente havia sido percebido desde um campo de feno próximo da casa pela qual passaram. E os que se aproximavam eram um homem bem apessoado, robusto, de meia-idade e aspecto cavalheiresco, o dono do lugar, que por acaso estava entre os ceifeiros, e três ou quatro dos mais capazes entre eles, chamados para acompanhar o patrão – para não falar de todo o resto do campo – homens, mulheres e crianças, não muito longe dali.

Mr. Heywood, tal era o nome do dito proprietário, avançou com uma saudação muito cordial, muita preocupação pelo acidente, certa surpresa por ver alguém aventurar-se naquela estrada em uma carruagem, e pronto oferecimento de ajuda. Sua gentileza foi recebida com boas maneiras e gratidão, e, enquanto um ou dois homens prestavam ajuda ao condutor para colocar a carruagem de pé outra vez, o viajante disse, "É extremamente gentil, meu senhor, e confio em sua palavra. O ferimento em minha perna, acredito, é muito insignificante. Mas é sempre melhor nestes casos, como sabe, ter a opinião de um médico sem perda de tempo; e, como a estrada não parece estar em condições para eu mesmo ir até a casa dele, eu lhe agradeceria se mandasse algum desses bons homens chamá-lo."

"Um médico, meu senhor!", exclamou Mr. Heywood. "Temo que não encontrará nenhum por aqui, mas ouso dizer que nos arranjaremos muito bem sem ele.

"Desculpe-me, meu senhor, mas se ele não estiver disponível, seu assistente servirá tão bem quanto ele, ou talvez melhor. Até preferiria o assistente. De fato, prefiro mesmo o assistente. Estou certo de que um destes bons homens poderá encontrá-lo em três minutos. Não preciso perguntar se posso ver a casa", (olhando para o chalé), "pois, exceto a sua, não passamos por nenhuma neste lugar que possa ser a morada de um cavalheiro".

Mr. Heywood pareceu muito espantado, e respondeu, "O quê, meu senhor? Está esperando encontrar um médico naquele chalé? Não temos nem médico nem assistente nesta paróquia, posso lhe assegurar."

"Desculpe-me, meu senhor", respondeu o outro. "Lamento dar a impressão de que o esteja contradizendo, mas, considerando o tamanho da paróquia ou alguma outra causa, talvez não esteja ciente do fato. Espere. Será que me enganei de lugar? Não estou em Willingden? Aqui não é Willingden?"

"Sim, meu senhor, aqui é certamente Willingden."

"Então, meu senhor, posso lhe fornecer a prova de que existe um médico nesta paróquia, quer seja do seu conhecimento ou não. Aqui está, meu senhor; (tirando do bolso sua caderneta) se fizer o favor de dar uma olhada nestes anúncios, que eu recortei do *Morning Post* e da *Kentish Gazette* ontem mesmo de manhã em Londres, creio que ficará convencido de que não estou falando ao acaso. Encontrará aí um anúncio da dissolução de uma associação no ramo médico em sua própria paróquia: 'negócio grande, reputação ilibada, ótimas referências, desejando montar

form a separate establishment'. You will find it at full length, sir," offering the two little oblong extracts.

"Sir," said Mr. Heywood with a good-humoured smile, "if you were to show me all the newspapers that are printed in one week throughout the kingdom, you would not persuade me of there being a surgeon in Willingden," said Mr. Heywood with a good-humoured smile. "Having lived here ever since I was born, man and boy fifty-seven years, I think I must have known of such a person. At least I may venture to say that he has not much business. To be sure, if gentlemen were to be often attempting this lane in post-chaises, it might not be a bad speculation for a surgeon to get a house at the top of the hill. But as to that cottage, I can assure you, sir, that it is in fact, in spite of its spruce air at this distance, as indifferent a double tenement as any in the parish, and that my shepherd lives at one end and three old women at the other."

He took the pieces of paper as he spoke, and, having looked them over, added, "I believe I can explain it, sir. Your mistake is in the place. There are two Willingdens in this country. And your advertisement refers to the other, which is Great Willingden or Willingden Abbots, and lies seven miles off on the other side of Battle, quite down in the Weald. And *we*, sir," he added, speaking rather proudly, "are not in the Weald."

"Not down in the weald, I am sure," replied the traveller pleasantly. "It took us half an hour to climb your hill. Well, I dare say it is as you say and I have made an abominably stupid blunder... all done in a moment. The advertisements did not catch my eye till the last half hour of our being in town, when everything was in the hurry and confusion which always attend a short stay there. One is never able to complete anything in the way of business, you know, till the carriage is at the door. And, accordingly satisfying myself with a brief inquiry, and finding we were actually to pass within a mile or two of a Willingden, I sought no farther... My dear," (to his wife) "I am very sorry to have brought you into this scrape. But do not be alarmed about my leg. It gives me no pain while I am quiet. And as soon as these good people have succeeded in setting the carriage to rights and turning the horses round, the best thing we can do will be to measure back our steps into the turnpike road and proceed to Hailsham, and so home, without attempting anything farther. Two hours take us home from Hailsham. And once at home, we have our remedy at hand, you know. A little of our own bracing sea air will soon set me on my feet again. Depend upon it, my dear, it is exactly a case for the sea. Saline air and immersion will be the very thing. My sensations tell me so already."

In a most friendly manner Mr. Heywood here interposed, entreating them not to think of proceeding till the ankle had been examined and some refreshment taken, and very cordially pressing them to make use of his house for both purposes.

"We are always well stocked," said he, "with all the common remedies for

um negócio independente'. Encontrará todos os detalhes aí, meu senhor", disse, oferecendo ao outro os dois pequenos recortes oblongos.

"Meu senhor", disse Mr. Heywood, com um sorriso bem-humorado, "mesmo que me mostrasse todos os jornais impressos em uma semana em todo o país, não iria me convencer de que existe um médico em Willingden. Vivo aqui desde que nasci, há 57 anos, e acho que teria conhecimento da existência de tal pessoa. Pelo menos posso me arriscar a dizer que ele não tem tido muito trabalho. Na verdade, se os cavalheiros começarem a subir por esta estrada em carruagens postais com frequência, poderia não ser um mau negócio para um médico comprar uma casa no alto da colina. Quanto àquele chalé, posso assegurar-lhe que, na realidade, apesar de seu ar bem-ajeitado a esta distância, é um sobrado tão comum quanto qualquer outro na paróquia, e que o pastor dos meus rebanhos vive em uma parte dele e três velhas senhoras na outra."

Ele pegou os recortes de jornal enquanto falava e, depois de examiná-los, acrescentou, "Acho que posso explicar isso, meu senhor. Seu engano é mesmo de lugar. Há duas Willingden nesta região. E seus anúncios se referem à outra, que é a Great Willingden, ou Willingden Abbots, que fica a sete milhas de distância do outro lado de Battle, bem no meio da floresta entre Sussex e Kent. E *nós*, meu senhor", acrescentou de modo um tanto orgulhoso, "não estamos na floresta."

"Não no meio da floresta, sem dúvida", respondeu o viajante, amavelmente. "Levamos meia hora para subir sua colina. Bem, creio ser como diz, e cometi uma enorme e estúpida asneira... tudo feito num momento. Os anúncios só chamaram minha atenção na última meia hora que passamos na cidade, quando tudo era pressa e confusão que sempre acontecem numa estadia curta por lá. Nunca se consegue concluir nada a respeito de negócios, como sabe, até que a carruagem esteja à porta. Então, dando-me por satisfeito com uma breve indagação, e achando que na verdade iríamos passar dentre poucas milhas de uma Willingden, não procurei saber mais... Minha querida", (para a esposa) "lamento muitíssimo tê-la metido nesta enrascada. Mas não se preocupe com minha perna. Não sinto dor alguma quando estou parado. E assim que esta boa gente conseguir colocar a carruagem de pé e atrelar os cavalos, a melhor coisa que podemos fazer será voltar por onde viemos até o entroncamento e seguir para Hailsham, e então para casa, sem tentar ir mais longe. De Hailsham, em duas horas estaremos lá. E, uma vez em casa, teremos nosso remédio à mão, como sabe. Um pouco do nosso estimulante ar marinho logo me porá de pé outra vez. Conte com isso, minha cara, é precisamente uma questão para os poderes do mar. O ar salino e imersões são a coisa certa. Já estou sentindo isso."

Da maneira mais amigável, Mr. Heywood então interveio, rogando-lhes que não pensassem em prosseguir até que o tornozelo fosse examinado e que tomassem algum refresco, e instou-os com muita cordialidade a utilizarem sua casa para ambos os propósitos.

"Sempre temos uma boa provisão", disse ele, "de todos os remédios comuns

sprains and bruises. And I will answer for the pleasure it will give my wife and daughters to be of service to you in every way in their power."

A twinge or two, in trying to move his foot, disposed the traveller to think rather more than he had done at first of the benefit of immediate assistance; and consulting his wife in the few words of "Well, my dear, I believe it will be better for us," he turned again to Mr. Heywood, and said, "Before we accept your hospitality sir, and in order to do away with any unfavourable impression which the sort of wild-goose chase you find me in may have given rise to, allow me to tell you who we are. My name is Parker, Mr. Parker of Sanditon; this lady, my wife, Mrs. Parker. We are on our road home from London. My name perhaps, though I am by no means the first of my family holding landed property in the parish of Sanditon, may be unknown at this distance from the coast. But Sanditon itself... everybody has heard of Sanditon. The favourite for a young and rising bathing-place, certainly the favourite spot of all that are to be found along the coast of Sussex – the most favoured by nature, and promising to be the most chosen by man."

"Yes, I have heard of Sanditon," replied Mr. Heywood. "Every five years, one hears of some new place or other starting up by the sea and growing the fashion. How they can half of them be filled is the wonder! Where people can be found with money and time to go to them! Bad things for a country – sure to raise the price of provisions and make the poor good for nothing – as I dare say you find, sir."

"Not at all, sir, not at all," cried Mr. Parker eagerly. "Quite the contrary, I assure you. A common idea, but a mistaken one. It may apply to your large, overgrown places like Brighton or Worthing or Eastbourne but not to a small village like Sanditon, precluded by its size from experiencing any of the evils of civilization. While the growth of the place, the buildings, the nursery grounds, the demand for everything and the sure resort of the very best company whose regular, steady, private families of thorough gentility and character who are a blessing everywhere, excited the industry of the poor and diffuse comfort and improvement among them of every sort. No sir, I assure you, Sanditon is not a place..."

"I do not mean to take exception to any place in particular," answered Mr. Heywood. "I only think our coast is too full of them altogether. But had we not better try to get you..."

"Our coast too full!", repeated Mr. Parker. "On that point perhaps we may not totally disagree. At least there are enough. Our coast is abundant enough. It demands no more. Everybody's taste and everybody's finances may be suited. And those good people who are trying to add to the number are, in my opinion, excessively absurd and must soon find themselves the dupes of their own fallacious calculations. Such a place as Sanditon, sir, I may say was wanted, was called for. Nature had marked it out, had spoken in most intelligible characters. The finest, purest sea breeze on the coast – acknowledged to be so – excellent bathing... fine hard sand... deep water ten yards from the shore... no mud... no weeds... no slimy

para entorses e contusões. E garanto que minha esposa e minhas filhas terão o maior prazer em servi-los em tudo que estiver ao seu alcance."

Algumas pontadas, ao tentar mover o pé, dispuseram o viajante a considerar com melhor do que fizera a princípio os benefícios da ajuda imediata; e, consultando a esposa em poucas palavras, "Bem, minha cara, acredito que será melhor para nós", voltou-se de novo para Mr. Heywood, e disse, "Antes de aceitarmos sua hospitalidade, meu senhor, e para afastar qualquer má impressão que esta perseguição infrutífera em que me encontrou possa ter causado, permita-me dizer-lhe quem somos. Meu nome é Parker, Mr. Parker de Sanditon; esta é minha esposa, Mrs. Parker. Estamos vindo de Londres, indo para casa. Embora não seja de modo algum o primeiro de minha família a ter uma propriedade rural na paróquia de Sanditon, meu nome talvez seja desconhecido a esta distância da costa. Mas quanto à Sanditon... todos já ouviram falar de Sanditon. O preferido para um balneário novo e em ascensão, com certeza favorito entre todos os que se encontram ao longo da costa de Sussex – o mais favorecido pela natureza, e que promete vir a ser o preferido das pessoas."

"Sim, já ouvi falar de Sanditon", respondeu Mr. Heywood. "A cada cinco anos ouve-se falar de algum lugar novo, erguendo-se junto ao mar e entrando na moda. Como poderá a metade deles ser povoada é o que me espanta! Onde se poderá encontrar tantas pessoas com dinheiro e tempo para ir a eles! Mau negócio para uma região – certamente aumenta o preço dos gêneros e remedia os pobres por nada – como acredito que o senhor também ache."

"De modo algum, meu senhor, de modo algum", exclamou Mr. Parker com ardor. "Pelo contrário, asseguro-lhe. É a ideia comum, mas equivocada. Pode se aplicar a lugares desenvolvidos e enormes de sua região, como Brighton, Worthing ou Eastbourne, mas não a um vilarejo como Sanditon, impedido pelo tamanho de sofrer quaisquer males da civilização. Enquanto o lugar, os edifícios, os viveiros, a demanda por tudo e o refúgio seguro da melhor sociedade crescem, as famílias normais, sólidas e reservadas, de perfeita nobreza e caráter, que são uma bênção em toda parte, estimulam a dedicação dos pobres e difundem conforto e melhorias de todo tipo entre eles. Não, meu senhor, garanto-lhe que Sanditon não é um lugar..."

"Não quero dizer que não haja exceções em algum lugar em particular", respondeu Mr. Heywood. "Apenas creio que nossa costa já está repleta deles. Mas não seria melhor tentarmos levá-lo..."

"Nossa costa está repleta!", repetiu Mr. Parker. "Nesse ponto, talvez, possamos não discordar de todo. Pelo menos, já há o bastante. Nossa costa já está bastante cheia. Não precisa de mais. Pode satisfazer o gosto de cada um e as finanças de cada um. E essa boa gente que está tentando aumentar o número de balneários, em minha opinião, está cometendo um disparate, e logo se verá vítima de seus próprios cálculos enganosos. Um lugar como Sanditon, meu senhor, posso lhe dizer que foi desejado, foi exigido. A natureza o escolheu, indicou-o com os sinais mais vivos. A melhor e mais pura brisa da costa – reconhecida como tal – banhos de mar excelentes... areias finas e compactas... águas profundas a dez jardas da costa... sem lama... sem ervas

rocks. Never was there a place more palpably designed by nature for the resort of the invalid... the very spot which thousands seemed in need of! The most desirable distance from London! One complete, measured mile nearer than Eastbourne. Only conceive, sir, the advantage of saving a whole mile in a long journey. But Brinshore, sir, which I dare say you have in your eye... the attempts of two or three speculating people about Brinshore this last year to raise that paltry hamlet lying as it does between a stagnant marsh, a bleak moor and the constant effluvia of a ridge of putrefying seaweed... can end in nothing but their own disappointment. What in the name of common sense is to recommend Brinshore? A most insalubrious air... roads proverbially detestable... water brackish beyond example... impossible to get a good dish of tea within three miles of the place. And as for the soil it is so cold and ungrateful that it can hardly be made to yield a cabbage. Depend upon it, sir, that this is a most faithful Brinshore, not in the smallest degree exaggerated, and if you have heard it differently spoken of..."

"Sir, I never heard it spoken of in my life before," said Mr. Heywood. "I did not know there was such a place in the world."

"You did not! There, my dear," turning with exultation to his wife, "you see how it is. So much for the celebrity of Brinshore! This gentleman did not know there was such a place in the world. Why, in truth, sir, I fancy we may apply to Brinshore that line of the poet Cowper in his description of the religious cottager, as opposed to Voltaire, 'She never heard of half a mile from home'."

"With all my heart, sir, apply any verses you like to it. But I want to see something applied to your leg. And I am sure by your lady's countenance that she is quite of my opinion and thinks it a pity to lose any more time. And here come my girls to speak for themselves and their mother." (Two or three genteel-looking young women, followed by as many maid servants, were now seen issuing from the house.) "I began to wonder the bustle should not have reached them. A thing of this kind soon makes a stir in a lonely place like ours. Now, sir, let us see how you can be best conveyed into the house."

The young ladies approached and said everything that was proper to recommend their father's offers, and in an unaffected manner calculated to make the strangers easy. And, as Mrs. Parker was exceedingly anxious for relief, and her husband by this time not much less disposed for it, a very few civil scruples were enough; especially as the carriage, being now set up, was discovered to have received such injury on the fallen side as to be unfit for present use. Mr. Parker was therefore carried into the house and his carriage wheeled off to a vacant barn.

CHAPTER 2

The acquaintance, thus oddly begun, was neither short nor unimportant. For a whole fortnight the travellers were fixed at Willingden, Mr. Parker's sprain proving too serious for him to move sooner. He had fallen into very good hands.

daninhas... sem pedras escorregadias. Nunca houve um lugar mais claramente projetado pela natureza para um balneário de doentes... o verdadeiro lugar que milhares parecem precisar! À mais conveniente distância de Londres! Uma milha inteira mais perto que Eastbourne. Imagine, meu senhor, a vantagem de economizar uma milha inteira numa longa viagem. Mas Brinshore, senhor, na qual creio que esteja pensando... as tentativas de dois ou três especuladores em Brinshore neste último ano em promover aquele vilarejo sem valor, situado como está entre um pântano estagnado, uma charneca deserta e os eflúvios constantes de um monte de algas putrefatas... só pode acabar em nada além de decepção. O quê, em nome do bom senso, recomendaria Brinshore? O mais insalubre dos ares... estradas notoriamente detestáveis... água salobra sem comparação... impossível de se conseguir uma boa xícara de chá a menos de três milhas do lugar. E quanto ao solo, é tão frio e estéril que mal se consegue produzir um repolho. Creia, senhor, que esta é a mais fiel descrição de Brinshore, sem o menor grau de exagero, e se ouviu falar dela de modo diferente..."

"Meu senhor, nunca ouvi falar dela em toda a minha vida", disse Mr. Heywood. "Nem sabia que existia tal lugar no mundo."

"Não sabia! Veja, minha querida", voltando-se exultante para a esposa, "veja como são as coisas. Esta, a celebridade de Brinshore! Este cavalheiro nem sabia que existia tal lugar no mundo. Oras, meu senhor, na verdade creio que se poderia aplicar a Brinshore aquele verso do poeta Cowper, em que descreve a aldeã religiosa que se opõe a Voltaire, "Ela nunca ouviu falar de algo que fique a meia milha de casa'."

"Sinceramente, meu senhor, aplique a ela os versos que desejar. Mas quero ver é algo aplicado à sua perna. E estou certo, pela expressão de sua senhora, que ela também é da mesma opinião e acha inútil perder mais tempo. E lá vem as minhas meninas, para falar por si mesmas e pela mãe delas." (Duas ou três jovens de aspecto distinto, seguidas por outras tantas criadas, saíam agora da casa.) "Já começava a me admirar de que o alvoroço não tivesse chegado até elas. Algo desse tipo logo provoca agitação num lugar solitário como o nosso. Agora, meu senhor, vejamos qual a melhor maneira de levá-lo para dentro de casa."

As jovens se aproximaram e disseram tudo o que era apropriado a recomendar as ofertas do pai, e com modos sem afetação deixaram os estranhos à vontade. E, como Mrs. Parker estivesse extremamente ansiosa por repouso, e seu marido a essa altura não muito menos disposto a isso, alguns educados protestos foram suficientes; mesmo porque se descobriu que a carruagem, agora posta de pé, sofrera tal estrago no lado da queda que a tornava imprópria para o uso no momento. Mr. Parker foi então carregado para a casa e a carruagem rebocada para um celeiro vazio.

CAPÍTULO 2

A relação, assim estranhamente iniciada, não foi nem breve nem sem importância. Os viajantes ficaram em Willingden por uma quinzena inteira, já que a entorse de Mr. Parker provou ser muito séria para que se movimentasse antes. Havia

The Heywoods were a thoroughly respectable family and every possible attention was paid, in the kindest and most unpretending manner, to both husband and wife. He was waited on and nursed, and she cheered and comforted with unremitting kindness; and as every office of hospitality and friendliness was received as it ought, as there was not more good will on one side than gratitude on the other, nor any deficiency of generally pleasant manners in either, they grew to like each other, in the course of that fortnight, exceedingly well.

Mr. Parker's character and history were soon unfolded. All that he understood of himself, he readily told, for he was very open-hearted; and where he might be himself in the dark, his conversation was still giving information, to such of the Heywoods as could observe. By such he was perceived to be an enthusiast on the subject of Sanditon, a complete enthusiast. Sanditon – the success of Sanditon as a small, fashionable bathing place, was the object for which he seemed to live. A very few years ago, it had been a quiet village of no pretensions, but some natural advantages in its position and some accidental circumstances having suggested to himself, and the other principal landholder, the probability of its becoming a profitable speculation, they had engaged in it, and planned and built, and praised and puffed, and raised it to something of young renown; and Mr. Parker could now think of very little besides.

The facts which, in more direct communication, he laid before them were that he was about five and thirty, had been married – very happily married – seven years, and had four sweet children at home; that he was of a respectable family and easy, though not large, fortune; no profession – succeeding as eldest son to the property which two or three generations had been holding and accumulating before him – that he had two brothers and two sisters, all single and all independent – the eldest of the two former indeed, by collateral inheritance, quite as well provided for as himself.

His object in quitting the high road to hunt for an advertising surgeon was also plainly stated. It had not proceeded from any intention of spraining his ankle or doing himself any other injury for the good of such surgeon, nor (as Mr. Heywood had been apt to suppose) from any design of entering into partnership with him. It was merely in consequence of a wish to establish some medical man at Sanditon, which the nature of the advertisement induced him to expect to accomplish in Willingden. He was convinced that the advantage of a medical man at hand would very materially promote the rise and prosperity of the place, would in fact tend to bring a prodigious influx – nothing else was wanting. He had strong reason to believe that one family had been deterred last year from trying Sanditon on that account and probably very many more – and his own sisters, who were sad invalids and whom he was very anxious to get to Sanditon this summer, could hardly be expected to hazard themselves in a place where they could not have immediate medical advice.

Upon the whole, Mr. Parker was evidently an amiable family man, fond of

caído em muito boas mãos. Os Heywoods eram uma família altamente respeitável, e cada atenção possível, da maneira mais amável e despretensiosa, foi prestada ao marido e à esposa. Ele foi atendido e tratado e ela, animada e confortada com incansável bondade; e como todas as demonstrações de hospitalidade e gentileza foram recebidas do modo apropriado, como não havia mais boa vontade de um lado quanto gratidão do outro, nem qualquer deficiência nos modos geralmente agradáveis de ambos, acabaram por gostar muito uns dos outros no decorrer daquela quinzena.

O caráter e a história de Mr. Parker logo foram revelados. Tudo o que ele achava de si mesmo era prontamente dito, pois era muito sincero; e mesmo onde ele não possuía informações, sua conversa continuava informativa, tanto quanto os Heywood podiam perceber. Por essa razão ele foi considerado um entusiasta no que se referia a Sanditon, um entusiasta total. Pois Sanditon – o sucesso de Sanditon como um balneário pequeno e da moda – parecia ser a razão de sua existência. Pouquíssimos anos antes, tinha sido um vilarejo tranquilo e despretensioso, mas algumas vantagens naturais de sua localização e certas circunstâncias acidentais haviam sugerido a ele, e ao outro proprietário de terras mais importante, a possibilidade de se tornar um investimento lucrativo, e ambos se dedicaram a isso, planejando e construindo, exaltando-o e exagerando nos elogios, até elevá-lo a um lugar de certa fama; e Mr. Parker agora quase não tinha muita coisa além disso em que pensar.

Em comunicação mais direta, ele expôs diante deles os seguintes fatos: que tinha cerca de 35 anos, que estava casado – e muito bem casado – há sete anos, e tinha quatro filhos encantadores em casa; que pertencia a uma família respeitável, e possuía uma renda confortável, embora não vultosa; não tinha profissão, pois herdara, como filho primogênito, a propriedade mantida e aumentada por duas ou três gerações antes dele; que tinha dois irmãos e duas irmãs, todos solteiros e independentes – o mais velho dos quais, na verdade, por herança colateral, tão bem provido de fortuna quanto ele.

Seu objetivo ao deixar a estrada principal e sair à procura de um médico que pusera um anúncio também foi claramente informado. Não decorrera de nenhuma intenção de torcer o tornozelo ou provocar em si qualquer outro ferimento em benefício de tal médico, nem (como Mr. Heywood estivera propenso a supor) de qualquer intenção de formar uma sociedade. Fora apenas consequência de seu desejo de levar algum médico a se estabelecer em Sanditon, cuja natureza do anúncio o induzira a esperar que se realizasse em Willingden. Estava convencido de que a vantagem de ter um médico à disposição promoveria materialmente o desenvolvimento e a prosperidade do lugar, e, na verdade, tenderia a trazer uma afluência prodigiosa – não queria nada mais que isso. Tinha fortes razões para acreditar que uma família tinha sido dissuadida de ir a Sanditon no ano anterior por causa disso, e provavelmente haveria muitas mais, e até suas próprias irmãs, que eram pobres enfermas a quem estava bastante ansioso para levar a Sanditon naquele verão, dificilmente poderiam se aventurar num lugar onde não pudessem dispor de uma assistência médica imediata.

De um modo geral, era evidente que Mr. Parker era um amável homem de

wife, children, brothers and sisters, and generally kind-hearted; liberal, gentleman-like, easy to please; of a sanguine turn of mind, with more imagination than judgement. And Mrs. Parker was as evidently a gentle, amiable, sweet-tempered woman, the properest wife in the world for a man of strong understanding but not of a capacity to supply the cooler reflection which her own husband sometimes needed; and so entirely waiting to be guided on every occasion that whether he was risking his fortune or spraining his ankle, she remained equally useless.

Sanditon was a second wife and four children to him, hardly less dear, and certainly more engrossing. He could talk of it forever. It had indeed the highest claims; not only those of birthplace, property and home; it was his mine, his lottery, his speculation and his hobby horse; his occupation, his hope and his futurity. He was extremely desirous of drawing his good friends at Willingden thither; and his endeavours in the cause were as grateful and disinterested as they were warm.

He wanted to secure the promise of a visit, to get as many of the family as his own house would contain; to follow him to Sanditon as soon as possible; and, healthy as they all undeniably were, foresaw that every one of them would be benefited by the sea. He held it indeed as certain that no person could be really well, no person (however upheld for the present by fortuitous aids of exercise and spirits in a semblance of health) could be really in a state of secure and permanent health without spending at least six weeks by the sea every year. The sea air and sea bathing together were nearly infallible, one or the other of them being a match for every disorder of the stomach, the lungs or the blood. They were anti-spasmodic, anti-pulmonary, anti-septic, anti-billious and anti-rheumatic. Nobody could catch cold by the sea; nobody wanted appetite by the sea; nobody wanted spirits; nobody wanted strength. Sea air was healing, softening, relaxing fortifying and bracing seemingly just as was wanted sometimes one, sometimes the other. If the sea breeze failed, the sea-bath was the certain corrective; and where bathing disagreed, the sea air alone was evidently designed by nature for the cure.

His eloquence, however, could not prevail. Mr. and Mrs. Heywood never left home. Marrying early and having a very numerous family, their movements had long been limited to one small circle; and they were older in habits than in age. Excepting two journeys to London in the year to receive his dividends, Mr. Heywood went no farther than his feet or his well-tried old horse could carry him; and Mrs. Heywood's adventurings were only now and then to visit her neighbours in the old coach which had been new when they married and fresh-lined on their eldest son's coming of age ten years ago. They had a very pretty property; enough, had their family been of reasonable limits, to have allowed them a very gentlemanlike share of luxuries and change; enough for them to have indulged in a new carriage and better roads, an occasional month at Tunbridge Wells, and symptoms of the gout and a winter at Bath. But the maintenance, education and fitting out of fourteen children

família, que adorava a esposa, os filhos, os irmãos e irmãs; normalmente bondoso, liberal, cavalheiresco, fácil de agradar; otimista ao pensar, com mais imaginação do que discernimento. E Mrs. Parker era também evidentemente uma mulher gentil, amável, de temperamento dócil, a esposa apropriada para um homem de espírito forte, mas incapaz de prover a reflexão mais moderada de que seu próprio marido às vezes necessitava; e tão inteiramente à espera de ser guiada em todas as ocasiões que, estivesse ele arriscando sua fortuna ou torcendo o tornozelo, ela permanecia igualmente inútil.

Sanditon era uma segunda esposa e quatro filhos para ele, algo pouco menos querido, mas sem dúvida mais atraente. Podia falar dela pelo resto da vida. De fato possuía os mais altos direitos, não apenas os de ser seu local de nascimento, sua propriedade e seu lar; era também sua mina, sua loteria, seu investimento e seu tema favorito; sua ocupação, sua esperança e seu futuro. Estava extremamente desejoso de carregar seus bons amigos de Willingden para lá; e seus esforços nesse sentido eram tão gratos e desinteressados quanto calorosos.

Desejava a promessa duma visita, levar tantos da família quanto sua própria casa poderia acomodar; para acompanhá-lo a Sanditon o quanto antes; e, saudáveis como inegavelmente eram, previu que todos se beneficiariam com o mar. De fato, tinha como certo que ninguém poderia estar realmente bem de saúde, ninguém (ainda que sustentado no momento pela ajuda fortuita de exercícios e moral, numa aparência de saúde) poderia na verdade estar num estado de saúde plena e permanente sem passar pelo menos seis semanas à beira-mar todo ano. O ar marinho, associado aos banhos de mar, era praticamente infalível, tanto um quanto o outro sendo um rival para qualquer distúrbio do estômago, dos pulmões ou do sangue. Eram antiespasmódicos, antipulmonares, antissépticos, antibiliares e antirreumáticos. Ninguém se resfriava ou sentia falta de apetite à beira-mar; a ninguém faltaria ânimo; ninguém se sentiria fraco. O ar marinho era curativo, calmante, relaxante, fortificante e estimulante, conforme fosse preciso, ora de um jeito, ora de outro. Se a brisa marítima falhasse, os banhos de mar eram o corretivo certo; e onde os banhos não funcionassem, o ar marinho somente era sem dúvida projetado pela natureza para curar.

Sua eloquência, porém, não prevaleceu. Mr. e Mrs. Heywood nunca deixaram a casa. Casando cedo e constituído uma numerosa família, seus deslocamentos há muito se limitavam a um pequeno círculo; e eram mais antigos em hábitos que em idade. Exceto duas viagens a Londres por ano para receber os dividendos, Mr. Heywood não ia mais longe do que seus pés ou seu velho e experiente cavalo podiam levá-lo; e as aventuras de Mrs. Heywood se limitavam a visitar os vizinhos de vez em quando na velha carruagem que fora nova quando se casaram e sofrera uma reforma quando o primogênito se tornou maior de idade dez anos antes. Tinham uma propriedade muito bonita; tivesse a família se mantido em limites razoáveis, seria suficiente para ter lhes permitido uma cota bastante generosa de luxos e variedades; suficiente para que se permitissem comprar uma carruagem nova e estradas melhores, ocasionalmente um mês em Tunbridge Wells, e, nos sintomas de gota, um inverno

demanded a very quiet, settled, careful course of life, and obliged them to be stationary and healthy at Willingden.

What prudence had at first enjoined was now rendered pleasant by habit. They never left home and they had gratification in saying so. But very far from wishing their children to do the same, they were glad to promote their getting out into the world as much as possible. They stayed at home that their children might get out; and, while making that home extremely comfortable, welcomed every change from it which could give useful connections or respectable acquaintance to sons or daughters. When Mr. and Mrs. Parker, therefore, ceased from soliciting a family visit and bounded their views to carrying back one daughter with them, no difficulties were started. It was general pleasure and consent.

Their invitation was to Miss Charlotte Heywood, a very pleasing young woman of two and twenty, the eldest of the daughters at home and the one who, under her mother's directions, had been particularly useful and obliging to them; who had attended them most and knew them best. Charlotte was to go, with excellent health, to bathe and be better if she could; to receive every possible pleasure which Sanditon could be made to supply by the gratitude of those she went with; and to buy new parasols, new gloves and new brooches for her sisters and herself at the library, which Mr. Parker was anxiously wishing to support.

All that Mr. Heywood himself could be persuaded to promise was that he would send everyone to Sanditon who asked his advice, and that nothing should ever induce him (as far as the future could be answered for) to spend even five shilling at Brinshore.

CHAPTER 3

Every neighbourhood should have a great lady. The great lady of Sanditon was Lady Denham; and in their journey from Willingden to the coast, Mr. Parker gave Charlotte a more detailed account of her than had been called for before. She had been necessarily often mentioned at Willingden for being his colleague in speculation. Sanditon itself could not be talked of long without the introduction of Lady Denham. That she was a very rich old lady, who had buried two husbands, who knew the value of money, and was very much looked up to and had a poor cousin living with her, were facts already known; but some further particulars of her history and her character served to lighten the tediousness of a long hill, or a heavy bit of road, and to give the visiting young lady a suitable knowledge of the person with whom she might now expect to be daily associating.

Lady Denham had been a rich Miss Brereton, born to wealth but not to education. Her first husband had been a Mr. Hollis, a man of considerable property

em Bath[18]. Mas o sustento, educação e manutenção de 14 filhos exigiu um estilo de vida calmo, firme e cuidadoso e obrigou-os a ficarem fixados e saudáveis em Willingden.

O que a princípio fora ordenado pela prudência agora era agradável com o hábito. Nunca deixaram a casa e sentiam satisfação em dizê-lo. Mas, longe de desejar que os filhos fizessem o mesmo, ficavam contentes de promover a saída deles sempre que possível. Ficaram em casa para que os filhos pudessem sair; e, embora tornando aquela casa extremamente confortável, acolhiam com prazer qualquer mudança que pudesse fornecer relações úteis ou conhecidos respeitáveis para os filhos e filhas. Quando Mr. e Mrs. Parker, enfim, pararam de solicitar uma visita familiar e limitaram seu propósito a levar com eles uma das filhas, não houve dificuldades. A alegria e o consentimento foram generalizados.

O convite foi feito à Miss Charlotte Heywood, uma jovem encantadora de 22 anos, a mais velha das filhas solteiras, e aquela que, sob a orientação da mãe, tinha sido particularmente útil e amável para com eles; a que melhor os servira e os conhecia melhor. Charlotte iria, com sua excelente saúde, para tomar banhos de mar e sentir-se ainda melhor, se fosse possível; para desfrutar de cada prazer que Sanditon pudesse lhe proporcionar pela gratidão daqueles que a levavam; e para comprar guarda-sóis novos, luvas novas e broches novos para suas irmãs e para si mesma na loja da livraria, que Mr. Parker desejava ansiosamente apoiar.

Tudo o que o próprio Mr. Heywood foi convencido a prometer era que ele mandaria para Sanditon todos aqueles que pedissem o seu conselho, e de que nada jamais o levaria (tanto quanto se podia prever o futuro) a gastar cinco xelins que fosse em Brinshore.

CAPÍTULO 3

Toda comunidade deve ter uma grande dama. A grande dama de Sanditon era Lady Denham; e, em sua viagem de Willingden para a costa, Mr. Parker fez para Charlotte um relato sobre ela mais detalhado do que tinha sido solicitado antes. Ela obviamente já havia sido mencionada com frequência em Willingden por ser a associada de seus investimentos. Mesmo Sanditon não podia ser mencionada sem que se fizesse a apresentação de Lady Denham. Que era uma senhora idosa muito rica, que enterrara dois maridos, que sabia o valor do dinheiro, que era muitíssimo respeitada e tinha um primo pobre morando com ela, eram fatos já conhecidos; mas alguns detalhes adicionais de sua história e caráter serviram para aliviar o tédio de uma longa subida, ou de um trecho mais difícil da estrada, e para dar à jovem visitante um conhecimento satisfatório sobre quem agora poderia esperar estar diariamente em contato.

Lady Denham fora a rica Miss Brereton, nascida para a riqueza, mas não para a cultura. Seu primeiro marido fora Mr. Hollis, um homem de consideráveis

---

18 Tunbridge Wells era um famoso spa durante o período da Regência, conhecido por suas fontes de água ferruginosa; Bath é uma cidade localizada na província de Sommerset, famosa por suas fontes e balneários de águas termais existentes desde a época da ocupação romana da Bretanha.

in the country, of which a large share of the parish of Sanditon, with manor and mansion house, made a part. He had been an elderly man when she married him, her own age about thirty. Her motives for such a match could be little understood at the distance of forty years, but she had so well nursed and pleased Mr. Hollis that at his death he left her everything – all his estates, and all at her disposal. After a widowhood of some years, she had been induced to marry again. The late Sir Harry Denham, of Denham Park in the neighbourhood of Sanditon, had succeeded in removing her and her large income to his own domains, but he could not succeed in the views of permanently enriching his family which were attributed to him. She had been too wary to put anything out of her own power and when, on Sir Harry's decease, she returned again to her own house at Sanditon, she was said to have made this boast to a friend "that though she had got nothing but her title from the family, still she had given nothing for it."

For the title, it was to be supposed, she had married; and Mr. Parker acknowledged there being just such a degree of value for it apparent now, as to give her conduct that natural explanation. "There is at times," said he, "a little self-importance but it is not offensive and there are moments, there are points, when her love of money is carried greatly too far. But she is a good-natured woman, a very good-natured woman... a very obliging, friendly neighbour; a cheerful, independent, valuable character and her faults may be entirely imputed to her want of education. She has good natural sense, but quite uncultivated. She has a fine active mind as well as a fine healthy frame for a woman of seventy, and enters into the improvement of Sanditon with a spirit truly admirable. Though now and then, a littleness will appear. She cannot look forward quite as I would have her and takes alarm at a trifling present expense without considering what returns it will make her in a year or two. That is – awe think differently, we now and then see things differently, Miss Heywood. Those who tell their own story, you know, must be listened to with caution. When you see us in contact, you will judge for yourself."

Lady Denham was indeed a great lady beyond the common wants of society, for she had many thousands a year to bequeath, and three distinct sets of people to be courted by: her own relations, who might very reasonably wish for her original thirty thousand pounds among them; the legal heirs of Mr. Hollis, who must hope to be more indebted to her sense of justice than he had allowed them to be to his; and those members of the Denham family whom her second husband had hoped to make a good bargain for. By all of these, or by branches of them, she had no doubt been long, and still continued to be, well attacked; and of these three divisions, Mr. Parker did not hesitate to say that Mr. Hollis's kindred were the least in favour and Sir Harry Denham's the most. The former, he believed, had done themselves irremediable harm by expressions of very unwise and unjustifiable resentment at the time of Mr. Hollis's death; the latter had the advantage of being the remnant of a connection which she certainly valued, of having been known to her from their childhood

propriedades na região, entre as quais grande parte da paróquia de Sanditon, com um solar e uma mansão, construídos em separado. Já era um homem idoso quando se casou, estando ela própria com cerca de 30 anos. Os motivos dela para tal união podiam ser pouco compreensíveis à distância de 40 anos, mas ela agradou tanto e cuidou tão bem de Mr. Hollis que este, ao morrer, deixou-lhe tudo – todas as propriedades e tudo à disposição dela. Após uma viuvez de alguns anos, foi induzida a se casar outra vez. O finado Sir Harry Denham, de Denham Park, nas vizinhanças de Sanditon, conseguiu levá-la juntamente com sua enorme renda para seus próprios domínios, mas não teve sucesso no intuito, que lhe era atribuído, de enriquecer sua família permanentemente. Ela tinha sido muito cautelosa em não permitir que nada escapasse a seu controle e, quando Sir Harry faleceu e ela voltou novamente para sua própria casa em Sanditon, dizem que se gabara a um amigo que "embora não tivesse tirado nada daquela família além de um título, também não dera nada em troca."

Era de se supor que ela se casara por causa do título; e Mr. Parker reconheceu que ela agora demonstrava valorizá-lo em tão alto grau que justificava sua conduta com essa explicação. "Às vezes", disse ele, "ela aparenta um pouco de presunção, embora não seja ofensiva, mas há momentos, há situações em que seu amor pelo dinheiro é levado longe demais. Mas é uma mulher de boa índole, de muito boa índole... uma vizinha muito gentil, amistosa, de caráter alegre, independente, valioso, e seus defeitos devem ser atribuídos inteiramente à sua falta de instrução. Possui uma inteligência natural, mas bastante inculta. Tem uma mente muito ativa e uma constituição física muito saudável para uma mulher de 70 anos, e se dedica à melhoria de Sanditon com um entusiasmo realmente admirável. Embora, de vez em quando, uma mesquinharia acabe aparecendo. Não consegue enxergar tão longe quanto eu gostaria que fizesse, e se alarma com uma despesa momentânea insignificante, sem considerar os lucros que aquilo lhe trará dentro de alguns anos. Ou seja, receio que pensemos de maneira diferente; de vez em quando vemos as coisas de modo diverso, Miss Heywood. Aqueles que contam sua própria história, como sabe, devem ser ouvidos com cautela. Quando nos vir em contato, julgará por si."

Lady Denham era de fato uma grande dama acima das aspirações normais da sociedade, pois tinha muitos milhares de renda anual para legar e três grupos diferentes de pessoas para cortejá-la: seus próprios parentes, que podiam com muita razão desejar que suas trinta mil libras passassem para eles; os herdeiros legais de Mr. Hollis, que deviam esperar ser agradecidos ao senso de justiça dela do que ele lhes permitira ser ao dele; e os membros da família Denham, para os quais seu segundo marido havia esperado conseguir uma boa vantagem. Por todos esses, ou descendentes desses, ela sem dúvida vinha sendo há muito, e ainda continuava a ser, bastante atacada; e, dessas três divisões, Mr. Parker não hesitava em dizer que a família de Mr. Hollis era a menos favorecida, e que a de Sir Harry Denham a mais. Os primeiros, acreditava, tinham se prejudicado irremediavelmente ao expressar de modo insensato e injustificável seus ressentimentos por ocasião da morte de Mr. Hollis; os últimos tinham a vantagem de serem os remanescentes de um relacionamento que ela certamente valo-

and of being always at hand to preserve their interest by reasonable attention. Sir Edward, the present baronet, nephew to Sir Harry, resided constantly at Denham Park; and Mr. Parker had little doubt that he and his sister, Miss Denham, who lived with him, would be principally remembered in her will. He sincerely hoped it. Miss Denham had a very small provision; and her brother was a poor man for his rank in society.

"He is a warm friend to Sanditon," said Mr. Parker, "and his hand would be as liberal as his heart, had he the power. He would be a noble coadjutor! As it is, he does what he can and is running up a tasteful little cottage *ornèe*, on a strip of waste ground Lady Denham has granted him, which I have no doubt we shall have many a candidate for, before the end even of this season."

Till within the last twelvemonth, Mr. Parker had considered Sir Edward as standing without a rival, as having the fairest chance of succeeding to the greater part of all that she had to give; but there were now another person's claims to be taken into account, those of the young female relation whom Lady Denham had been induced to receive into her family. After having always protested against any such addition, and long and often enjoyed the repeated defeats she had given to every attempt of her relations to introduce this young lady or that young lady as a companion at Sanditon House, she had brought back with her from London last Michaelmas a Miss Brereton, who bid fair by her merits to vie in favour with Sir Edward and to secure for herself and her family that share of the accumulated property which they had certainly the best right to inherit.

Mr. Parker spoke warmly of Clara Brereton, and the interest of his story increased very much with the introduction of such a character. Charlotte listened with more than amusement now; it was solicitude and enjoyment, as she heard her described to be lovely, amiable, gentle, unassuming, conducting herself uniformly with great good sense, and evidently gaining by her innate worth on, the affections of her patroness. Beauty, sweetness, poverty and dependence do not want the imagination of a man to operate upon; with due exceptions, woman feels for woman very promptly and compassionately. He gave the particulars which had led to Clara's admission at Sanditon as no bad exemplification of that mixture of character, that union of littleness with kindness with good sense with even liberality which he saw in Lady Denham.

After having avoided London for many years, principally on account of these very cousins who were continually writing, inviting and tormenting her, and whom she was determined to keep at a distance, she had been obliged to go there last Michaelmas with the certainty of being detained at least a fortnight. She had gone to a hotel, living by her own account as prudently as possible to defy the reputed expensiveness of such a home, and at the end of three days calling for her bill that she might judge of her state. Its amount was such as determined her on staying not another hour in the house, and she was preparing in all the anger and perturbation of her belief in very gross imposition there, and her ignorance of where to go

rizava, de terem sido conhecidos dela desde a infância e sempre à mão para preservar seus interesses com razoáveis atenções. Sir Edward, o atual baronete, sobrinho de Sir Harry, residia de modo fixo em Denham Park; e Mr. Parker tinha poucas dúvidas de que ele e sua irmã, Miss Denham, que vivia com ele, seriam as principais pessoas lembradas no testamento dela. Sinceramente esperava isso. Miss Denham tinha uma renda muito pequena; e o irmão dela era um homem pobre para sua posição na sociedade.

"Ele é um caloroso amigo de Sanditon", disse Mr. Parker, "e sua mão seria tão liberal quanto seu coração, se pudesse. Seria um nobre coadjutor! Como são, ele faz o que pode, e está construindo um pequeno e delicioso chalé decorado, numa faixa de terreno não aproveitado que Lady Denham lhe concedeu, e para o qual não duvido de que teremos muitos candidatos até mesmo antes do final desta temporada."

Até os últimos doze meses, Mr. Parker havia considerado Sir Edward como não tendo rival, alguém com a chance mais clara de conseguir a maior parte de tudo o que ela tinha para legar; mas agora havia as reivindicações de outra pessoa a serem levadas em conta, as da jovem parente a quem Lady Denham fora levada a acolher em sua família. Depois de ter sempre protestado contra quaisquer agregações desse tipo, e de vir há muito se divertindo com as repetidas derrotas que impusera às frequentes tentativas de seus parentes de introduzir esta ou aquela jovem como companhia em Sanditon House, ela própria trouxera consigo de Londres, na última Festa de São Miguel, uma certa Miss Brereton, que por seus méritos parecia, com toda justiça, rivalizar com Sir Edward em sua estima, e garantir para si e sua família a parte da propriedade que eles certamente tinham todo direito de herdar.

Mr. Parker falou calorosamente de Clara Brereton e o interesse de sua história aumentou muito com a introdução de tal personagem. Charlotte agora parecia mais do que divertida ao escutar; sentia solicitude e prazer, enquanto o ouvia descrever a moça como sendo encantadora, amigável, gentil e modesta, conduzindo-se sempre com grande bom senso, e evidentemente conquistando o afeto de sua benfeitora pelos seus méritos naturais. A beleza, a doçura, a pobreza e a dependência não precisam da imaginação de um homem para produzir efeito; com as devidas exceções, as mulheres se compadecem das outras mais prontamente e com mais compaixão. Deu os detalhes que haviam levado à admissão de Clara em Sanditon e apresentou a situação como não sendo um mau exemplo do caráter ambíguo, aquela mistura de mesquinharia, bondade, bom senso e até liberalidade, que via em Lady Denham.

Depois de haver evitado Londres por muitos anos, principalmente por causa daqueles mesmos primos que viviam lhe escrevendo, convidando-a e atormentando-a, e a quem ela estava decidida a manter à distância, fora obrigada a ir para lá na última Festa de São Miguel, com a certeza de que ficaria detida ali pelo menos uma quinzena. Fora para um hotel, vivendo às suas expensas de modo tão prudente quanto possível para desafiar a famosa carestia de lugares como esse, e ao fim de três dias pediu a conta para ver como andavam os seus gastos. A quantia era tal que ela decidiu não permanecer nem mais uma hora no hotel, e estava se preparando – com toda a ira e a agitação derivadas de sua certeza de estar sendo explorada ali, e

for better usage, to leave the hotel at all hazards, when the cousins, the politic and lucky cousins, who seemed always to have a spy on her, introduced themselves at this important moment, and learning her situation, persuaded her to accept such a home for the rest of her stay as their humbler house in a very inferior part of London could offer.

She went; was delighted with her welcome and the hospitality and attention she received from everybody; found her good cousins the Breretons beyond her expectation worthy people; and finally was impelled by a personal knowledge of their narrow income and pecuniary difficulties to invite one of the girls of the family to pass the winter with her. The invitation was to one, for six months – with the probability of another being then to take her place; but in selecting the one, Lady Denham had shown the good part of her character. For, passing by the actual daughters of the house, she had chosen Clara, a niece – more helpless and more pitiable of course than any – a dependent on poverty – an additional burden on an encumbered circle, and one who had been so low in every worldly view as, with all her natural endowments and powers, to have been preparing for a situation little better than a nursery maid.

Clara had returned with her – and by her good sense and merit had now, to all appearance, secured a very strong hold in Lady Denham's regard. The six months had long been over – and not a syllable was breathed of any change or exchange. She was a general favourite. The influence of her steady conduct and mild, gentle temper was felt by everybody. The prejudices which had met her at first, in some quarters, were all dissipated. She was felt to be worthy of trust, to be the very companion who would guide and soften Lady Denham, who would enlarge her mind and open her hand. She was as thoroughly amiable as she was lovely – and since having had the advantage of their Sanditon breezes, that loveliness was complete.

CHAPTER 4

"And whose very snug-looking place is this?" said Charlotte as, in a sheltered dip within two miles of the sea, they passed close by a moderate-sized house, well fenced and planted, and rich in the garden, orchard and meadows which are the best embellishments of such a dwelling. "It seems to have as many comforts about it as Willingden."

"Ah," said Mr. Parker. "This is my old house, the house of my forefathers, the house where I and all my brothers and sisters were born and bred, and where my own three eldest children were born; where Mrs. Parker and I lived till within the last two years, till our new house was finished. I am glad you are pleased with it. It is an honest old place; and Hillier keeps it in very good order. I have given it up, you know, to the man who occupies the chief of my land. He gets a better house by it, and I, a rather better situation! One other hill brings us to Sanditon – modern Sanditon

sem saber aonde ir para conseguir melhores condições – para deixar o hotel a todo custo, quando os primos, os sagazes e sortudos primos, que pareciam sempre ter um espião em cima dela, se apresentaram nesse exato momento, e, tomando ciência de sua situação, persuadiram-na a aceitar, pelo resto de sua estadia, a hospedagem oferecida por sua humilde residência numa parte muito modesta de Londres.

Ela foi; e ficou encantada com a acolhida, a hospitalidade e a atenção que recebeu de todos; achou que seus bons primos, os Brereton, eram pessoas mais dignas do que havia suposto; e finalmente foi impelida, ao tomar conhecimento de sua escassa renda e das dificuldades financeiras que enfrentavam, a convidar uma das moças da família a passar o inverno com ela. O convite era para uma moça, por seis meses – com a possibilidade de outra tomar então o seu lugar; mas, ao escolher aquela, Lady Denham mostrara a parte boa de seu caráter. Pois, ignorando as verdadeiras filhas da casa, havia escolhido Clara, uma sobrinha – mais desamparada e digna de pena, naturalmente que qualquer outra – uma dependente pobre – um fardo adicional em um círculo familiar já sobrecarregado, e alguém cujas expectativas de futuro eram tão humildes que, com todos os seus dons e talentos naturais, estava preparada para aceitar uma situação só um pouco melhor que a de uma ama de crianças.

Clara voltara com ela, e, graças ao seu bom senso e seus méritos, havia agora, ao que tudo indicava, garantido um lugar muito seguro na consideração de Lady Denham. Os seis meses há muito já haviam passado, e nem uma sílaba fora dita sobre qualquer mudança ou troca. Ela era a favorita de todo mundo. A influência de sua conduta firme e de seu temperamento suave e gentil era sentida por todos. Os preconceitos que ela havia encontrado a princípio, por parte de alguns, foram todos dissipados. Sentia-se que era digna de confiança, que era a companhia ideal para guiar e abrandar Lady Denham, para alargar sua mente e abrir sua mão. Era tão perfeitamente amável quanto encantadora, e, desde que passou a ter a vantagem dos ares de Sanditon, esse encanto se tornara completo.

CAPÍTULO 4

"E de quem é essa casa que parece tão agradável?", disse Charlotte, quando, num declive abrigado a duas milhas do mar, passaram perto de uma casa de tamanho médio, bem cercada e cheia de plantas, com um rico jardim, pomar e campos, que são os melhores ornamentos para uma habitação desse tipo. "Parece ter tanto conforto aqui quanto em Willingden."

"Ah", disse Mr. Parker, "essa era a minha antiga casa, a casa de meus antepassados, onde eu e todos os meus irmãos e irmãs nascemos e fomos criados, e onde os meus três filhos mais velhos nasceram; onde Mrs. Parker e eu moramos até dois anos atrás, quando a nossa casa nova ficou pronta. Fico contente que tenha gostado. É uma boa casa antiga; e Hillier a mantém em muito bom estado. Abri mão dela, sabe, para o homem que ocupa a maior parte de minhas terras. Assim ele conseguiu uma casa melhor, e eu, uma situação bem melhor! Mais uma colina e chegaremos a Sanditon –

– a beautiful spot. Our ancestors, you know, always built in a hole. Here were we, pent down in this little contracted nook, without air or view, only one mile and three quarters from the noblest expanse of ocean between the South Foreland and Land's End, and without the smallest advantage from it. You will not think I have made a bad exchange when we reach Trafalgar House – which by the bye, I almost wish I had not named Trafalgar for Waterloo is more the thing now. However, Waterloo is in reserve; and if we have encouragement enough this year for a little crescent to be ventured on, as I trust we shall, then we shall be able to call it Waterloo Crescent – and the name joined to the form of the building, which always takes, will give us the command of lodgers. In a good season we should have more applications than we could attend to."

"It was always a very comfortable house," said Mrs. Parker, looking at it through the back window with something like the fondness of regret. "And such a nice garden such an excellent garden."

"Yes, my love, but that we may be said to carry with us. It supplies us, as before, with all the fruit and vegetables we want. And we have, in fact, all the comfort of an excellent kitchen garden without the constant eyesore of its formalities or the yearly nuisance of its decaying vegetation. Who can endure a cabbage bed in October?"

"Oh dear, yes. We are quite as well off for garden stuff as ever we were; for if it is forgot to be brought at any time, we can always buy what we want at Sanditon House. The gardener there is glad enough to supply us. But it was a nice place for the children to run about in. So shady in summer!"

"My dear, we shall have shade enough on the hill, and more than enough in the course of a very few years. The growth of my plantations is a general astonishment. In the meanwhile we have the canvas awning which gives us the most complete comfort within doors. And you can get a parasol at Whitby's for little Mary at any time, or a large bonnet at Jebb's. And as for the boys, I must say I would rather them run about in the sunshine than not. I am sure we agree, my dear, in wishing our boys to be as hardy as possible."

"Yes indeed, I am sure we do. And I will get Mary a little parasol, which will make her as proud as can be. How grave she will walk about with it and fancy herself quite a little woman. Oh, I have not the smallest doubt of our being a great deal better off where we are now. If we any of us want to bathe, we have not a quarter of a mile to go. But you know", (still looking back), "one loves to look at an old friend at a place where one has been happy. The Hilliers did not seem to feel the storms last winter at all. I remember seeing Mrs. Hillier after one of those dreadful nights,

a Sanditon moderna – um belo lugar. Nossos antepassados, sabe, sempre construíam em depressões. Aqui estávamos, enclausurados nesse pequeno recanto estreito, sem ar ou vista, a apenas uma milha e três quartos da mais nobre extensão de oceano que se estende entre South Foreland e Land's End[19], sem tirar o menor proveito disso. Verá que não fiz um mau negócio quando chegarmos a Trafalgar House – a qual, aliás, quase me arrependo de ter denominado Trafalgar, pois Waterloo atualmente soaria melhor[20]. No entanto, Waterloo está na reserva; e, se tivermos incentivo suficiente este ano para arriscar a construção de um pequeno crescente, como estou certo que teremos, então poderemos chamá-lo Waterloo Crescent, e tal nome, unido a essa forma de construção, como sempre acontece, nos dará o controle dos inquilinos. Numa temporada boa, deveremos ter mais reservas do que poderemos atender."

"Sempre foi uma casa muito confortável", disse Mrs. Parker, olhando-a pela janelinha de trás com algo que parecia um doce pesar. "E com um jardim tão agradável, um jardim excelente."

"Sim, minha querida, mas esse podemos dizer que levamos conosco. Pois ele nos proporciona, como antes, todas as frutas e legumes que quisermos. E temos, na verdade, todo o conforto de uma horta excelente sem a inconveniência constante de seus cuidados ou o aborrecimento anual do declínio de sua vegetação. Quem pode suportar um canteiro de repolhos em outubro?"

"Ó, sim, querido. Estamos bem providos de hortaliças como sempre estivemos, pois se não produzir em algum momento, sempre poderemos comprar o que quisermos em Sanditon House. O jardineiro de lá fica bem satisfeito em nos fornecer. Mas era um lugar agradável para as crianças correrem. Tão sombreado no verão!"

"Minha cara, teremos bastante sombra na colina, e mais do que o suficiente dentro de poucos anos. O crescimento da minha vegetação causa surpresa geral. Enquanto isso, temos o toldo de lona que nos dá o mais perfeito conforto dentro de casa. E você pode conseguir uma sombrinha para a pequena Mary no Whitby's a qualquer hora, ou uma boina grande no Jebb's. E quanto aos meninos, devo dizer que prefiro que eles corram bastante ao sol do que o contrário. Creio que concordamos, minha querida, em que nossos meninos sejam tão robustos quanto possível."

"Sim, de fato, com certeza concordamos. E comprarei para Mary uma pequena sombrinha que a deixará toda orgulhosa. Como ela andará por aí toda importante, imaginando-se como uma senhorita. Ó, não tenho a menor dúvida de que estamos muito melhor onde estamos agora. Se qualquer um de nós quiser se banhar, só temos que andar um quarto de milha. Mas sabe", (ainda olhando para trás), "gostamos de olhar para um velho amigo onde fomos felizes. Os Hillier parecem não ter nem sentido as tempestades do inverno passado. Lembro-me de ver Mrs. Hillier depois de uma

---

19 South Foreland e Land's End são dois promontórios localizados nos extremos do sul da Inglaterra, o primeiro na costa oriental na província de Kent, sendo o contraponto geológico de Pas-de-Calais na França; e o segundo na extremidade sudoeste da ilha, na Cornualha.

20 Trafalgar e Waterloo são os nomes de duas renomadas batalhas contra as forças napoleônicas, sendo que na primeira os ingleses, apesar de vitoriosos, sofreram uma grande baixa com a morte de Lorde Nelson e, na segunda, Napoleão I foi finalmente derrotado pelas forças aliadas.

when we had been literally rocked in our bed, and she did not seem at all aware of the wind being anything more than common."

"Yes, yes, that's likely enough. We have all the grandeur of the storm with less real danger because the wind, meeting with nothing to oppose or confine it around our house, simply rages and passes on; while down in this gutter, nothing is known of the state of the air below the tops of the trees; and the inhabitants may be taken totally unawares by one of those dreadful currents, which do more mischief in a valley when they do arise than an open country ever experiences in the heaviest gale. But, my dear love, as to garden stuff, you were saying that any accidental omission is supplied in a moment by Lady Denham's gardener. But it occurs to me that we ought to go elsewhere upon such occasions, and that old Stringer and his son have a higher claim. I encouraged him to set up, you know, and am afraid he does not do very well. That is, there has not been time enough yet. He will do very well beyond a doubt. But at first it is uphill work, and therefore we must give him what help we can. When any vegetables or fruit happen to be wanted – and it will not be amiss to have them often wanted, to have something or other forgotten most days – just to have a nominal supply, you know, that poor old Andrew may not lose his daily job; but in fact to buy the chief of our consumption from the Stringers."

"Very well, my love, that can be easily done. And cook will be satisfied, which will be a great comfort, for she is always complaining of old Andrew now and says he never brings her what she wants. There now the old house is quite left behind. What is it your brother Sidney says about its being a hospital?"

"Oh, my dear Mary, merely a joke of his. He pretends to advise me to make a hospital of it. He pretends to laugh at my improvements. Sidney says anything, you know. He has always said what he chose, of and to us all. Most families have such a member among them, I believe, Miss Heywood. There is someone in most families privileged by superior abilities or spirits to say anything. In ours, it is Sidney, who is a very clever young man and with great powers of pleasing. He lives too much in the world to be settled; that is his only fault. He is here and there and everywhere. I wish we may get him to Sanditon. I should like to have you acquainted with him. And it would be a fine thing for the place! Such a young man as Sidney, with his neat equipage and fashionable air! You and I, Mary, know what effect it might have. Many a respectable family, many a careful mother, many a pretty daughter might it secure us to the prejudice of Eastbourne and Hastings."

They were now approaching the church and the real village of Sanditon, which stood at the foot of the hill they were afterwards to ascend – a hill whose side was covered with the woods and enclosures of Sanditon House and whose height ended in an open down where the new buildings might soon be looked for. A branch only, of the valley, winding more obliquely towards the sea, gave a passage to an inconsiderable stream, and formed at its mouth a third habitable division in a small

dessas noites terríveis, quando literalmente balançamos em nossas camas e ela não parecia nem ter se dado conta que o vento tivesse sido mais forte do que o normal."

"Sim, sim, é bem provável. Temos toda a grandiosidade da tempestade com menos perigo real, porque o vento, não tendo nada em volta da nossa casa para se opor ou confiná-lo, simplesmente sopra forte e passa; já nesse canal lá embaixo, nada se sabe do estado do vento sobre a copa das árvores, e os habitantes podem ser pegos totalmente desprevenidos por uma dessas terríveis correntes, que causam mais dano num vale quando surgem do que num campo aberto, onde isso jamais acontece nem com o vento mais forte. Mas, minha querida, a propósito das hortaliças, você estava dizendo que qualquer falta eventual é suprida imediatamente pelo jardineiro de Lady Denham. Mas me ocorre que poderíamos procurar em outros lugares em tais ocasiões, e que o velho Stringer e o filho têm mais direitos. Encorajei-o a instalar-se, como sabe, e receio que ele não esteja indo muito bem. Quer dizer, ainda não houve tempo suficiente para isso. Ele vai se dar muito bem, sem dúvida. Mas no início é preciso trabalhar duro e, portanto, devemos dar-lhes toda a ajuda que pudermos. Se acontecer de nos faltar qualquer fruta ou legume – e não será errado deixar que faltem muitas vezes, esquecermos de uma coisa ou outra de vez em quando – só para mantermos nosso suprimento normal, o pobre velho Andrew não pode perder seu trabalho diário; mas, na verdade, devemos comprar a maior parte de nosso consumo dos Stringer."

"Muito bem, meu querido, isso pode ser facilmente arranjado. E a cozinheira ficará satisfeita, o que será um grande alívio, pois agora vive reclamando do velho Andrew e diz que ele nunca lhe traz o que ela precisa. Veja, a velha casa agora já ficou para trás. O que diz o seu irmão Sidney sobre a ideia de transformá-la em hospital?"

"Ó, minha querida Mary, é apenas uma brincadeira dele. Finge me aconselhar a transformá-la em hospital. Finge rir das minhas melhorias. O que Sidney diz não se escreve, você sabe. Ele sempre disse o que quis, sobre nós e para todos nós. Imagino que a maioria das famílias tenha um membro assim, Miss Heywood. Em quase todas as famílias sempre há alguém que tem o privilégio, por sua capacidade superior ou seu espírito, de dizer o que bem entende. Na nossa, é Sidney, um rapaz muito inteligente e com grande capacidade de agradar. É mundano demais para pensar em se estabelecer; é o seu único defeito. Está aqui, ali, em toda parte. Bem que eu queria trazê-lo a Sanditon. Gostaria que o conhecesse. E seria uma boa coisa para o lugar! Um jovem como Sidney, com sua elegância e seu jeito moderno! Você e eu, Mary, sabemos o efeito que poderia provocar. Muitas famílias respeitáveis, muitas mães cuidadosas, muitas moças bonitas isso poderia nos assegurar, em detrimento de Eastbourne e de Hastings."

Estavam agora se aproximando da igreja e do próprio vilarejo de Sanditon, que ficava no sopé da colina que deviam subir em seguida – colina essa que tinha uma das faces coberta pelos bosques e os terrenos de Sanditon House, e cujo topo terminava num planalto onde logo surgiriam novas edificações. Apenas um braço do vale, serpenteando obliquamente em direção ao mar, dava passagem a um insignificante riacho, e formava em sua foz uma terceira divisão habitável em um

cluster of fishermen's houses.

The original village contained little more than cottages; but the spirit of the day had been caught, as Mr. Parker observed with delight to Charlotte, and two or three of the best of them were smartened up with a white curtain and "Lodgings to let," and farther on, in the little green court of an old farm house, two females in elegant white were actually to be seen with their books and camp stools; and in turning the corner of the baker's shop, the sound of a harp might be heard through the upper casement.

Such sights and sounds were highly blissful to Mr. Parker. Not that he had any personal concern in the success of the village itself; for considering it as too remote from the beach, he had done nothing there; but it was a most valuable proof of the increasing fashion of the place altogether. If the village could attract, the hill might be nearly full. He anticipated an amazing season. At the same time last year (late in July) there had not been a single lodger in the village! Nor did he remember any during the whole summer, excepting one family of children who came from London for sea air after the whooping cough, and whose mother would not let them be nearer the shore for fear of their tumbling in.

"Civilization, civilization indeed!" cried Mr. Parker, delighted. "Look, my dear Mary, look at William Heeley's windows. Blue shoes, and nankeen boots! Who would have expected such a sight at a shoemaker's in old Sanditon! This is new within the month. There was no blue shoe when we passed this way a month ago. Glorious indeed! Well, I think I have done something in my day. Now, for our hill, our health-breathing hill."

In ascending, they passed the lodge gates of Sanditon House and saw the top of the house itself among its groves. It was the last building of former days in that line of the parish. A little higher up, the modern began; and in crossing the down, a Prospect House, a Bellevue Cottage and a Denham Place were to be looked at by Charlotte with the calmness of amused curiosity, and by Mr. Parker with the eager eye which hoped to see scarcely any empty houses. More bills at the windows than he had calculated on – and a smaller show of company on the hill – fewer carriages, fewer walkers. He had fancied it just the time of day for them to be all returning from their airings to dinner; but the sands and the Terrace always attracted some – and the tide must be flowing about half-tide now.

He longed to be on the sands, the cliffs, at his own house, and everywhere out of his house at once. His spirits rose with the very sight of the sea and he could almost feel his ankle getting stronger already. Trafalgar House, on the most elevated

pequeno agrupamento de casas de pescadores.

O vilarejo original tinha pouco mais que chalés; mas já havia incorporado o espírito do dia, como Mr. Parker observou com satisfação para Charlotte, e dois ou três dos melhores estavam enfeitados com cortinas brancas e uma placa de "Alugam-se quartos"; mais adiante, no pequeno pátio ajardinado de uma velha casa de fazenda, podia-se de fato ver duas mulheres em elegantes trajes brancos com seus livros e seus banquinhos dobráveis; e ao virar a esquina da padaria, ouviu-se o som de uma harpa vindo de uma janela do andar superior.

Tais vistas e sons eram motivo de extrema alegria para Mr. Parker. Não que tivesse alguma preocupação pessoal quanto ao sucesso do vilarejo em si; pois, considerando-o longe demais da praia, não tinha feito nada ali; mas era a prova muito valiosa de que o lugar estava entrando na moda de qualquer modo. Se até o vilarejo podia atrair visitantes, a colina devia ficar quase cheia. Previa uma temporada espetacular. Na mesma época ano anterior (final de julho) não havia um único locatário no vilarejo! Nem se lembrava de algum durante todo o verão, exceto uma família com crianças que vieram de Londres em busca de ar marinho após a coqueluche, e cuja mãe não permitia que chegassem perto da praia com medo que caíssem dentro dele.

"Civilização, civilização de fato!" exclamou Mr. Parker, encantado. "Veja, minha cara Mary, veja as vitrines do William Heeley. Sapatos azuis e botinas de nanquim[21]! Quem esperaria ver uma coisa assim numa sapataria da velha Sanditon! Isso é novidade, coisa deste mês. Não havia sapatos azuis quando passamos por aqui no mês passado. Realmente magnífico! Bem, acho que fiz alguma coisa em minha época. Agora, direto para a nossa colina, nossa colina bela e saudável."

Na subida, passaram pela guarita de Sanditon House e viram o topo da própria casa entre o arvoredo. Era a última construção dos velhos tempos naquele estilo na paróquia. Um pouco acima, começava a modernidade; e, ao atravessarem o platô, casas como Prospect House, Bellevue Cottage e Denham Place foram vistas por Charlotte com tranquila e divertida curiosidade, e por Mr. Parker com o olhar ansioso de quem esperava ver poucas casas vazias. Mais cartazes nas janelas do que ele calculara, e menos gente na colina, poucas carruagens, poucos passantes. Imaginou que era hora em que estariam voltando de seu passeio para o jantar; mas as areias e a Esplanada sempre atraíam alguns, e a maré devia estar subindo, talvez já na metade do montante.

Ele ansiava por estar na praia, nos penhascos, em sua própria casa, e em todos os lugares ao redor ao mesmo tempo. Seu espírito se animou com a simples vista do mar e quase podia sentir seu tornozelo ficando mais forte. Trafalgar House,

---

21 Durante o período da Regência, sapatos amarrados saíram de moda, dando lugar a botas amarradas de meio cano, muito populares para uso ao ar livre. Feita de couro ou nanquim (um algodão rústico e durável oriundo da China, com uma distinta cor amarela), estas botas eram mais voltadas para longas caminhadas no campo do que as delicadas sapatilhas que substituíram. Porém, o tecido era muito fino para os padrões de hoje e rasgava facilmente, arruinado pela variação do clima. Como regra geral, sapatos de couro grosso, com solas de madeira resistente eram usados pelos trabalhadores; as classes dominantes não viam necessidade de artigos tão ásperos e sem acabamento.

spot on the down, was a light, elegant building, standing in a small lawn with a very young plantation round it, about a hundred yards from the brow of a steep but not very lofty cliff – and the nearest to it of every building, excepting one short row of smart-looking houses called the Terrace, with a broad walk in front, aspiring to be the Mall of the place. In this row were the best milliner's shop and the library – a little detached from it, the hotel and billiard room. Here began the descent to the beach and to the bathing machines. And this was therefore the favourite spot for beauty and fashion.

At Trafalgar House, rising at a little distance behind the Terrace, the travellers were safely set down; and all was happiness and joy between Papa and Mama and their children; while Charlotte, having received possession of her apartment, found amusement enough in standing at her ample Venetian window and looking over the miscellaneous foreground of unfinished buildings, waving linen and tops of houses, to the sea, dancing and sparkling in sunshine and freshness.

CHAPTER 5

When they met before dinner, Mr. Parker was looking over letters.

"Not a line from Sidney!" said he. "He is an idle fellow. I sent him an account of my accident from Willingden and thought he would have vouchsafed me an answer. But perhaps it implies that he is coming himself. I trust it may. But here is a letter from one of my sisters. They never fail me. Women are the only correspondents to be depended on. Now, Mary," smiling at his wife, "before I open it, what shall we guess as to the state of health of those it comes from or rather what would Sidney say if he were here? Sidney is a saucy fellow, Miss Heywood. And you must know, he will have it there is a good deal of imagination in my two sisters' complaints. But it really is not so, or very little. They have wretched health, as you have heard us say frequently, and are subject to a variety of very serious disorders. Indeed, I do not believe they know what a day's health is. And at the same time, they are such excellent useful women and have so much energy of character that where any good is to be done, they force themselves on exertions which, to those who do not thoroughly know them, have an extraordinary appearance. But there is really no affectation about them, you know. They have only weaker constitutions and stronger minds than are often met with, either separate or together. And our youngest brother, who lives with them and who is not much above twenty, I am sorry to say is almost as great an invalid as themselves. He is so delicate that he can engage in no profession. Sidney laughs at him. But it really is no joke, though Sidney often makes me laugh at them all in spite of myself. Now, if he were here, I know he would be offering odds that either Susan, Diana or Arthur would appear by this letter to have been at the point of death within the last month."

Having run his eye over the letter, he shook his head and began: "No chance

na parte mais elevada do planalto, era uma construção leve e elegante, erguendo-se de um pequeno gramado rodeado de árvores plantadas recentemente, a cerca de cem metros da borda de um penhasco íngreme, mas não muito alto – e era a mais próxima dele, excetuando-se uma curta fileira de casas elegantes chamada de Esplanada, com um largo passeio na frente que aspirava ser a alameda principal do lugar. Nesse agrupamento ficavam a melhor chapelaria e a livraria – e um pouco mais afastados, o hotel e o salão de bilhar. Ali começava a descida para a praia e as cabines de banho. E era ali, portanto, o lugar favorito da beleza e da moda.

Em Trafalgar House, que se erguia a pequena distância atrás da Esplanada, os viajantes chegaram sãos e salvos; e tudo era felicidade e alegria entre papai e mamãe e seus filhos; enquanto Charlotte, já de posse de seus aposentos, se divertia em ficar junto à ampla janela veneziana e olhar, por sobre o variado primeiro plano de construções inacabadas, roupas de cama ondulantes e telhados de casas, o mar que dançava e brilhava ao sol e ao frescor do vento.

CAPÍTULO 5

Ao se encontraram para o jantar, Mr. Parker examinava a correspondência.

"Nem uma linha do Sidney!", disse ele. "É um sujeito preguiçoso. Mandei-lhe um relato do meu acidente em Willingden e pensei que ele tivesse se dignado a me responder. Mas talvez isso signifique que ele próprio está vindo. Confio que sim. Mas aqui está uma carta de uma de minhas irmãs. *Elas* nunca me desapontam. As mulheres são as únicas correspondentes em quem se pode confiar. Agora, Mary – sorrindo para a esposa –, antes de abri-la, o que podemos deduzir sobre o estado de saúde de quem a mandou, ou por outra, o que diria Sidney se estivesse aqui? Sidney é um sujeito insolente, Miss Heywood. E a senhorita precisa saber, ele pensa que há um bocado de exagero nas queixas de minhas duas irmãs. Mas a coisa não é bem assim, ou só um pouco. Elas têm uma saúde precária, como a senhorita já nos ouviu falar muitas vezes, e estão sujeitas a uma série de distúrbios muito sérios. Na verdade, não acredito que saibam o que é um dia com saúde. E, ao mesmo tempo, são mulheres tão admiráveis e úteis e têm tanta energia de caráter que, onde quer que seja preciso fazer o bem, elas se desdobram em esforços que parecem extraor-dinários para aqueles que não as conhecem profundamente. Mas saiba que de fato não há qualquer fingimento da parte delas. Têm apenas uma constituição mais fra-ca e um espírito mais forte do que se vê habitualmente, seja juntos ou separados. E nosso irmão mais novo, que vive com elas e tem pouco mais de vinte anos, lamento dizer que é quase tão inválido quanto elas. É tão delicado que não pode exercer nenhuma profissão. Sidney zomba dele. Mas, na verdade, não é nem um pouco engraçado, embora Sidney muitas vezes me faça rir deles a contragosto. Ora, se ele estivesse aqui, sei que iria apostar que Susan, ou Diana, ou Arthur, pelo que diz a carta, deviam ter estado às portas da morte no mês que passou."

Depois de correr os olhos pela carta, balançou a cabeça e começou: "Não

of seeing them at Sanditon I am sorry to say. A very indifferent account of them indeed. Seriously, a very indifferent account. Mary, you will be quite sorry to hear how ill they have been and are. Miss Heywood, if you will give me leave, I will read Diana's letter aloud. I like to have my friends acquainted with each other and I am afraid this is the only sort of acquaintance I shall have the means of accomplishing between you. And I can have no scruple on Diana's account; for her letters show her exactly as she is, the most active, friendly, warm-hearted being in existence, and therefore must give a good impression."

He read:

My dear Tom,

We were all much grieved at your accident, and if you had not described yourself as fallen into such very good hands, I should have been with you at all hazards the day after the receipt of your letter, though it found me suffering under a more severe attack than usual of my old grievance, spasmodic bile, and hardly able to crawl from my bed to the sofa. But how were you treated? Send me more Particulars in your next. If indeed a simple sprain, as you denominate it, nothing would have been so judicious as friction, friction by the hand alone, supposing it could be applied instantly. Two years ago I happened to be calling on Mrs. Sheldon when her coachman sprained his foot as he was cleaning the carriage and could hardly limp into the house, but by the immediate use of friction alone steadily persevered in (and I rubbed his ankle with my own hand for six hours without intermission) he was well in three days. Many thanks, my dear Tom, for the kindness with respect to us, which had so large a share in bringing on your accident. But pray never run into peril again in looking for an apothecary on our account, for had you the most experienced man in his line settled at Sanditon, it would be no recommendation to us. We have entirely done with the whole medical tribe. We have consulted physician after physician in vain, till we are quite convinced that they can do nothing for us and that we must trust to our own knowledge of our own wretched constitutions for any relief. But if you think it advisable for the interest of the place, to get a medical man there, I will undertake the commission with pleasure, and have no doubt of succeeding. I could soon put the necessary irons in the fire. As for getting to Sanditon myself, it is quite an impossibility. I grieve to say that I dare not attempt it, but my feelings tell me too plainly that, in my present state, the sea air would probably be the death of me. And neither of my dear companions will leave me or I would promote their going down to you for a fortnight. But in truth, I doubt whether Susan's nerves would be equal to the effort. She has been suffering much from the headache, and six leeches a day for ten days together relieved her so little that we thought it right to change

há qualquer chance de vê-los em Sanditon, lamento dizer. Um relato bem ruim, realmente. É sério, um relato muito triste. Mary, você lamentará bastante ao saber o quanto estiveram e ainda estão doentes. Miss Heywood, se me der permissão, lerei a carta de Diana em voz alta. Gosto que meus amigos se conheçam e receio que esta seja a única forma de conhecimento que terei a oportunidade de proporcionar a vocês. E não posso ter qualquer escrúpulo quanto ao relato de Diana, pois suas cartas a mostram exatamente como ela é, a criatura mais ativa, amigável e gentil que existe, e por isso deve causar boa impressão."

Assim ele leu:

Meu caro Tom,

Ficamos muito aflitos com seu acidente e, se não tivesse informado que caíra em tão boas mãos, teria ido ter-lhe, apesar de todos os riscos, no dia seguinte ao recebimento de sua carta, embora me encontre sofrendo dum ataque ainda mais severo que o habitual da minha velha queixa, os espasmos biliares, mal sendo capaz de me arrastar da cama ao sofá. Mas como foi tratado? Mande-me mais detalhes na próxima. Se foi realmente uma simples entorse, como a chama, nada teria sido mais sensato do que uma fricção, apenas com as mãos, supondo que pudesse ter sido aplicada de imediato. Há dois anos, aconteceu de eu estar visitando Mrs. Sheldon quando seu cocheiro torceu o pé enquanto lavava a carruagem, e mal conseguiu mancar até a casa, mas com o uso imediato e contínuo apenas da fricção (e esfreguei seu tornozelo com minhas próprias mãos durante seis horas ininterruptas) em três dias estava bom. Muito obrigada, meu querido Tom, por sua bondade para conosco, a qual foi em grande parte responsável por seu acidente. Mas peço que nunca mais volte a correr riscos procurando por um boticário por nossa causa, pois, mesmo se tivesse o mais experiente profissional do ramo estabelecido em Sanditon, isso não seria nenhuma recomendação para nós. Rompemos totalmente com a laia dos médicos. Consultamos médico após médico em vão, até nos convencermos por completo de que não podem fazer nada por nós e que devemos confiar em nosso próprio conhecimento de nossas próprias constituições precárias para obter alívio. Mas se acha aconselhável, no interesse do local, ter alguém da área médica, aceitarei tal incumbência com prazer, e não tenho nenhuma dúvida de que conseguirei. Posso pôr as coisas a funcionarem sem qualquer demora. Quanto a ir a Sanditon pessoalmente, é de todo impossível. Entristece-me dizer que não ouso me arriscar, pois sinto com muita clareza que, no estado em que me encontro, o ar marinho provavelmente seria minha morte. E nenhuma das minhas queridas companheiras consentirá em deixar-me, ou as incentivaria a ficarem uma quinzena aí. Mas, na verdade, duvido que os nervos de Susan estejam à altura do esforço. Ela tem sofrido muito de enxaqueca, e seis sangrias por dia durante dez dias seguidos lhe aliviaram tão pouco que achamos por bem mudar de

our measures, and being convinced on examination that much of the evil lay in her gum, I persuaded her to attack the disorder there. She has accordingly had three teeth drawn, and is decidedly better, but her nerves are a good deal deranged. She can only speak in a whisper and fainted away twice this morning on poor Arthur's trying to suppress a cough. He, I am happy to say, is tolerably well though more languid than I like and I fear for his liver. I have heard nothing of Sidney since your being together in town, but conclude his scheme to the Isle of Wight has not taken place or we should have seen him in his way. Most sincerely do we wish you a good season at Sanditon, and though we cannot contribute to your beau monde" in person, we are doing our utmost to send you company worth having and think we may safely reckon on securing you two large families, one a rich West Indian from Surrey, the other a most respectable Girls Boarding School, or Academy, from Camberwell. I will not tell you how many people I have employed in the business – wheel within wheel – but success more than repays.

Yours most affectionately.

"Well," said Mr. Parker, as he finished. "Though I dare say Sidney might find something extremely entertaining in this letter and make us laugh for half an hour together, I declare I, by myself, can see nothing in it but what is either very pitiable or very creditable. With all their sufferings, you perceive how much they are occupied in promoting the good of others! So anxious for Sanditon! Two large families one for Prospect House probably, the other for Number two Denham place or the end house of the Terrace, with extra beds at the hotel. I told you my sister were excellent women, Miss Heywood."

"And I am sure they must be very extraordinary ones," said Charlotte. "I am astonished at the cheerful style of the letter, considering the state in which both sisters appear to be. Three teeth drawn at once – frightful! Your sister Diana seems almost as ill as possible, but those three teeth of your sister Susan's are more distressing than all the rest."

"Oh, they are so used to the operation – to every operation – and have such fortitude!"

"Your sisters know what they are about, I dare say, but their measures seem to touch on extremes. I feel that in any illness I should be so anxious for professional advice, so very little venturesome for myself or anybody I loved! But then, we have been so healthy a family that I can be no judge of what the habit of self-doctoring may do."

"Why to own the truth," said Mrs. Parker, "I do think the Miss Parkers carry it too far sometimes. And so do you, my love, you know. You often think they would be better if they would leave themselves more alone and especially Arthur. I know

tratamento, e, me convencendo pelos exames que muito de seu mal vinha das gengivas, a persuadi a atacar a doença ali. Mandou, portanto, arrancar três dentes, e está decididamente melhor, mas seus nervos estão muito abalados; só fala em sussurros, e desmaiou duas vezes esta manhã enquanto o pobre Arthur tentava parar de tossir. Ele, fico feliz em dizer, está razoavelmente bem, embora mais apático do que eu gostaria, e temo pelo seu fígado. Não tive notícias de Sidney desde que estiveram juntos na cidade, mas calculo que o projeto dele de ir à Ilha de Wight não se confirmou, ou o teríamos visto quando estivesse a caminho de lá. Com a maior sinceridade lhe desejamos uma boa temporada em Sanditon, e embora não possamos contribuir pessoalmente para o seu "beau monde", estamos fazendo o máximo para lhes mandar pessoas de valor, e pensamos poder com certeza assegurar a ida de duas famílias numerosas, uma delas de um rico morador das Antilhas natural de Surrey, a outra das jovens do mais respeitável internato de meninas, ou academia, de Camberwell. Não lhe contarei quantas pessoas empreguei nesse negócio – uma complicação – mas o sucesso mais que compensa.

Sua muito querida.

"Bem", disse Mr. Parker, ao terminar, "embora eu ouse dizer que Sidney iria encontrar algo extremamente divertido nessa carta e nos faria rir juntos por meia hora, eu, *de minha parte*, digo que não consigo ver nada nela que não seja muito lamentável ou muito meritório. Com todos os seus sofrimentos, percebe-se o quanto estão empenhadas em promover o bem dos outros! Tão preocupadas com Sanditon! Duas famílias numerosas, uma para a Prospect House, provavelmente, a outra para o número dois de Denham Place, ou a casa no fim da Esplanada, e leitos extras no hotel. Eu lhe disse que minhas irmãs são mulheres excelentes, Miss Heywood."

"E estou certa de que devem ser pessoas extraordinárias", disse Charlotte. "Estou surpresa com o estilo alegre da carta, considerando o estado de saúde em que ambas as irmãs parecem estar. Três dentes arrancados de uma vez... é assustador! Sua irmã Diana parece tão doente quanto possível, mas aqueles três dentes de sua irmã Susan são mais aflitivos que todo o resto."

"Ó, elas estão tão acostumadas com operações – qualquer tipo de operação – e tem tamanha força moral!"

"Suas irmãs sabem o que fazem, ouso dizer, mas seus tratamentos parecem chegar a extremos. Penso que, em caso de alguma doença, *eu* ficaria muito ansiosa por conselhos profissionais, não me arriscaria nem um pouco por mim nem por qualquer pessoa que eu amasse! Mas *nós* temos sido uma família tão saudável que não tenho condições de julgar o que o hábito da automedicação possa causar."

"Para dizer a verdade", disse Mrs. Parker, "creio que as meninas Parker às vezes levam isso longe demais. E você também, meu caro, sabe disso. Com frequência pensa que estariam melhor se se preocupassem menos com elas, e mais com Ar-

you think it a great pity they should give him such a turn for being ill."

"Well, well, my dear Mary, I grant you, it is unfortunate for poor Arthur that at his time of life he should be encouraged to give way to indisposition. It is bad that he should be fancying himself too sickly for any profession and sit down at one and twenty, on the interest of his own little fortune, without any idea of attempting to improve it or of engaging in any occupation that may be of use to himself or others. But let us talk of pleasanter things. These two large families are just what we wanted. But here is something at hand pleasanter still – Morgan with his 'Dinner on table.'"

CHAPTER 6

The party were very soon moving after dinner. Mr. Parker could not be satisfied without an early visit to the library and the library subscription book; and Charlotte was glad to see as much and as quickly as possible where all was new. They were out in the very quietest part of a watering-place day, when the important business of dinner or of sitting after dinner was going on in almost every inhabited lodging. Here and there might be seen a solitary elderly man, who was forced to move early and walk for health; but in general, it was a thorough pause of company, it was emptiness and tranquillity on the Terrace, the cliffs and the sands.

The shops were deserted. The straw hats and pendant lace seemed left to their fate both within the house and without, and Mrs. Whitby at the library was sitting in her inner room, reading one of her own novels for want of employment. The list of subscribers was but commonplace. The Lady Denham, Miss Brereton, Mr. and Mrs. Parker, Sir Edward Denham and Miss Denham, whose names might be said to lead off the season, were followed by nothing better than: Mrs. Mathews, Miss Mathews, Miss E. Mathews, Miss H. Mathews; Dr. and Mrs. Brown; Mr. Richard Pratt; Lieutenant Smith R.N.; Captain Little Limehouse; Mrs. Jane Fisher, Miss Fisher, Miss Scroggs; Reverend Mr. Hanking; Mr. Beard, Solicitor, Grays Inn; Mrs. Davis and Miss Merryweather.

Mr. Parker could not but feel that the list was not only without distinction but less numerous than he had hoped. It was but July, however, and August and September were the months. And besides, the promised large families from Surrey and Camberwell were an ever-ready consolation.

Mrs. Whitby came forward without delay from her literary recess, delighted to see Mr. Parker, whose manners recommended him to everybody, and they were

thur. Sei que acha uma lástima que deem a *ele* motivos para achar que está doente."

"Está bem, está bem, minha querida Mary, concordo que é uma desventura para o pobre Arthur que a esta altura da vida ele seja encorajado a sucumbir à indisposição. É ruim que ele esteja se imaginando tão doente que não possa exercer qualquer profissão, e se contente, aos vinte e um anos, com os juros de sua pequena herança, sem qualquer ideia de tentar aumentá-la ou de exercer alguma profissão que possa ser útil a ele ou aos outros. Mas vamos falar de coisas mais agradáveis. Essas duas famílias numerosas são exatamente o que precisamos. Mas aqui está algo ainda mais agradável: Morgan, que vem nos dizer que 'o jantar está servido'."

CAPÍTULO 6

O grupo se movimentou logo após o jantar. Mr. Parker não podia se dar por satisfeito sem uma visita prévia à biblioteca[22] e ao seu livro de assinantes; e Charlotte estava contente de ver o máximo e o mais rápido possível daquele lugar em que tudo era novo. Saíram na hora mais calma do dia em um balneário, quando a importante tarefa de jantar ou de se sentar para conversar após o jantar estava em andamento em quase toda habitação. Aqui e ali se podia ver algum senhor solitário, que era forçado a sair cedo e caminhar para manter a saúde; mas em geral, havia uma pausa completa da vida social; tudo era solidão e tranquilidade na Esplanada, nos penhascos e praias.

As lojas estavam desertas. Os chapéus de palha e as rendas pareciam abandonados à sua sorte tanto dentro das casas quanto fora delas, e Mrs. Whitby, na livraria, estava sentada na sala dos fundos, lendo um de seus próprios romances por falta de ocupação. A lista de assinantes era a de sempre: Lady Denham, Miss Brereton, Mr. e Mrs. Parker, Sir Edward Denham e Miss Denham, cujos nomes se podia dizer que lideravam a temporada, seguidos por nada melhor que: Mrs. Mathews, Miss Mathews, Miss E. Mathews, Miss H. Mathews; Dr. e Mrs. Brown; Mr. Richard Pratt; Tenente Smith R.N.; Capitão Little, Limehouse; Mrs. Jane Fisher, Miss Fisher, Miss Scroggs; Reverendo Mr. Hanking; Mr. Beard, advogado, Grays Inn; Mrs. Davis e Miss Merryweather.

Mr. Parker só pôde sentir que a lista não apenas era inexpressiva como menos numerosa do que ele havia esperado. No entanto, estavam em julho, e agosto e setembro é que eram os meses melhores. Além disso, as prometidas famílias numerosas de Surrey e Camberwell eram um consolo com que sempre podia contar.

Mrs. Whitby veio sem demora do seu recesso literário, encantada de ver Mr. Parker, cujas maneiras o recomendavam a todos, e os dois logo se ocuparam com

---

22 As bibliotecas circulantes, surgidas na Inglaterra nas primeiras décadas do século XVIII, além de oferecer acesso a baixo custo à maioria dos romances da época, também rapidamente se tornaram marcadas pelo estilo de vida dos indivíduos com tempo, dinheiro e lazer. Eram elegantes salões onde senhoras podiam se encontrar com outras e serem vistas; onde toda sorte de carteado era jogado; e onde se poderiam comprar joias e artigos finos. Além disso, as bibliotecas circulantes foram responsáveis por ajudar muitas mulheres a publicarem seus romances ao longo dos séculos XVIII e XIX, incluindo Frances Burney e Ann Radcliffe.

fully occupied in their various civilities and communications, while Charlotte, having added her name to the list as the first offering to the success of the season, was busy in some immediate purchases for the further good of everybody, as soon as Miss Whitby could be hurried down from her toilette, with all her glossy curls and smart trinkets, to wait on her.

The library, of course, afforded everything: all the useless things in the world that could not be done without; and among so many pretty temptations, and with so much good will for Mr. Parker to encourage expenditure, Charlotte began to feel that she must check herself – or rather she reflected that at two and twenty there could be no excuse for her doing otherwise – and that it would not do for her to be spending all her money the very first evening. She took up a book; it happened to be a volume of "Camilla". She had not Camilla's youth, and had no intention of having her distress; so, she turned from the drawers of rings and brooches, repressed further solicitation and paid for what she had bought.

For her particular gratification, they were then to take a turn on the cliff; but as they quitted the library they were met by two ladies whose arrival made an alteration necessary: Lady Denham and Miss Brereton. They had been to Trafalgar House and been directed thence to the library; and though Lady Denham was a great deal too active to regard the walk of a mile as anything requiring rest, and talked of going home again directly, the Parkers knew that to be pressed into their house and obliged to take her tea with them would suit her best; and therefore the stroll on the cliff gave way to an immediate return home.

"No, no," said her Ladyship. "I will not have you hurry your tea on my account. I know you like your tea late. My early hours are not to put my neighbours to inconvenience. No, no, Miss Clara and I will get back to our own tea. We came out with no other thought. We wanted just to see you and make sure of your being really come, but we get back to our own tea."

She went on however towards Trafalgar House and took possession of the drawing room very quietly without seeming to hear a word of Mrs. Parker's orders to the servant, as they entered, to bring tea directly. Charlotte was fully consoled for the loss of her walk by finding herself in company with those whom the conversation of the morning had given her a great curiosity to see. She observed them well. Lady Denham was of middle height, stout, upright and alert in her motions, with a shrewd eye and self-satisfied air but not an unagreeable countenance; and though her manner was rather downright and abrupt, as of a person who valued herself on being free-spoken, there was a good humour and cordiality about her – a civility and readiness to be acquainted with Charlotte herself, and a heartiness of welcome towards her old friends, which was inspiring the good will, she seemed to feel. And

suas várias demonstrações de amabilidade e suas comunicações. Charlotte, enquanto isso, depois de ter acrescentado seu nome à lista como uma primeira contribuição para o sucesso da temporada, dedicou-se a algumas compras imediatas que mais tarde fariam a alegria de todos, assim que Miss Whitby conseguisse apressar sua toalete, com seus cachos lustrosos e berloques vistosos, para atendê-la.

A biblioteca, é claro, tinha de tudo: todas as coisas inúteis do mundo sem as quais não se podia passar; e, entre tantas belas tentações, e com a boa vontade de Mr. Parker em encorajar gastos, Charlotte começou a perceber que devia se controlar – ou antes, refletiu que aos vinte e dois anos não poderia haver qualquer desculpa para que agisse de outro modo – e que não daria para ela gastar todo o seu dinheiro na primeira noite. Pegou um livro; por acaso era um volume de "Camilla"[23]. Ela não tinha a juventude de Camilla, e nem a intenção de sofrer o seu infortúnio; assim, virou-se para as vitrines de anéis e broches, reprimiu maiores desejos e pagou pelo que havia comprado.

Para sua especial satisfação, foram então dar uma volta pelo penhasco; mas ao deixar a biblioteca encontraram-se com duas senhoras, cuja chegada tornou necessária uma alteração de planos: Lady Denham e Miss Brereton. Haviam estado em Trafalgar House e dali foram encaminhadas para a biblioteca; e, embora Lady Denham fosse ativa o bastante para considerar um passeio de uma milha como algo que não exigia descanso, e falasse em voltar para casa imediatamente, os Parker sabiam que insistir para que ela fosse à casa deles e tomasse chá em sua companhia a agradaria muito mais; e assim o passeio pelo penhasco deu lugar a um imediato retorno a casa.

"Não, não", disse sua senhoria. "Não quero que apressem seu chá por minha causa. Sei que gostam de tomar chá mais tarde. Meus horários prematuros não devem causar inconvenientes aos meus vizinhos. Não, não, Miss Clara e eu voltaremos para tomar nosso próprio chá. Não saímos com outro propósito. Só queríamos vê-los e ter certeza de que chegaram, mas vamos voltar para tomar nosso próprio chá."

Ela prosseguiu, porém, em direção a Trafalgar House, e se apossou da sala de estar com a maior serenidade, sem parecer ouvir uma palavra das ordens de Mrs. Parker à criada, ao entrarem, para que trouxesse o chá de imediato. Charlotte foi inteiramente consolada pela perda de seu passeio ao se achar em companhia das pessoas a quem a conversa daquela manhã lhe despertara a maior curiosidade de conhecer. Observou-as bem. Lady Denham era de altura mediana, robusta, aprumada e alerta em seus movimentos; tinha um olhar astuto e ar presunçoso, mas o semblante não era desagradável; e, embora suas maneiras fossem diretas e abruptas, como as de uma pessoa que se orgulha de sua franqueza, havia nela bom humor e cordialidade – uma cortesia e presteza em travar conhecimento com a própria Charlotte, e um caloroso acolhimento aos seus velhos amigos que inspiravam a

---

23 "Camilla: The Picture of a Youth" é um romance de autoria da escritora inglesa Frances Burney (1752-1840), também conhecida como Madame d'Arblay, publicado em 1796 e que retrata, numa mesma situação e cenário, os infortúnios da personagem principal por sua impulsividade ao adquir joias em uma biblioteca circulante. Aparentemente Jane Austen, segundo alguns pesquisadores de sua obra, teria se inspirado em várias situações, personagens e temas retratados por Frances Burney.

as for Miss Brereton, her appearance so completely justified Mr. Parker's praise that Charlotte thought she had never beheld a more lovely or more interesting young woman.

Elegantly tall, regularly handsome, with great delicacy of complexion and soft blue eyes, a sweetly modest and yet naturally graceful address, Charlotte could see in her only the most perfect representation of whatever heroine might be most beautiful and bewitching in all the numerous volumes they had left behind on Mrs. Whitby's shelves. Perhaps it might be partly owing to her having just issued from a circulating library but she could not separate the idea of a complete heroine from Clara Brereton. Her situation with Lady Denham so very much in favour of it! She seemed placed with her on purpose to be ill-used. Such poverty and dependence joined to such beauty and merit seemed to leave no choice in the business.

These feelings were not the result of any spirit of romance in Charlotte herself. No, she was a very sober-minded young lady, sufficiently well-read in novels to supply her imagination with amusement, but not at all unreasonably influenced by them; and while she pleased herself the first five minutes with fancying the persecution which ought to be the lot of the interesting Clara, especially in the form of the most barbarous conduct on Lady Denham's side, she found no reluctance to admit from subsequent observation that they appeared to be on very comfortable terms. She could see nothing worse in Lady Denham than the sort of old-fashioned formality of always calling her Miss Clara; nor anything objectionable in the degree of observance and attention which Clara paid. On one side it seemed protecting kindness, on the other grateful and affectionate respect.

The conversation turned entirely upon Sanditon, its present number of visitants and the chances of a good season. It was evident that Lady Denham had more anxiety, more fears of loss, than her coadjutor. She wanted to have the place fill faster and seemed to have many harassing apprehensions of the lodgings being in some instances underlet. Miss Diana Parker's two large families were not forgotten.

"Very good, very good," said her Ladyship. "A West Indy family and a school. That sounds well. That will bring money."

"No people spend more freely, I believe, than West Indians," observed Mr. Parker.

"Aye, so I have heard; and because they have full purses fancy themselves equal, may be, to your old country families. But then, they who scatter their money so freely never think of whether they may not be doing mischief by raising the price of things. And I have heard that's very much the case with your West-injines. And if they come among us to raise the price of our necessaries of life, we shall not much thank them, Mr. Parker."

"My dear Madam, they can only raise the price of consumable articles by such an extraordinary demand for them and such a diffusion of money among us

boa vontade, ela parecia sentir. E quanto a Miss Brereton, sua aparência justificava de maneira tão cabal os elogios de Mr. Parker que Charlotte pensou nunca ter visto uma jovem mais adorável ou mais interessante.

Elegantemente alta, de beleza regular, com grande delicadeza de tez e suaves olhos azuis; de trato docemente modesto, mas cheio de uma graça natural, Charlotte só poderia ver nela a representação mais perfeita do que seria a heroína mais bela e fascinante de todos os numerosos volumes que deixara para trás nas estantes de Mrs. Whitby. Talvez em parte por ela ter acabado de sair de uma biblioteca circulante, mas Charlotte não podia separar a pessoa de Clara Brereton da ideia de uma perfeita heroína. Sua situação junto a Lady Denham contava muito a favor disso! Parecia ter sido colocada junto a ela de propósito para ser maltratada. Tal pobreza e dependência unidas a tal beleza e mérito pareciam não deixar dúvida a respeito.

Esses sentimentos não resultavam de qualquer espírito romanesco por parte da própria Charlotte. Não, ela era uma jovem bem sensata, bastante versada em termos de romances para proporcionar divertimento à imaginação, mas não para ser influenciada por eles de modo irracional; e, enquanto se divertia durante os primeiros cinco minutos imaginando a opressão que devia ser o destino da interessante Clara, principalmente sob a forma de uma conduta das mais cruéis por parte de Lady Denham, não relutou em admitir, pelas observações subsequentes, que elas pareciam estar em termos muito amigáveis. Não pôde ver nada pior em Lady Denham do que uma espécie de formalidade antiquada em sempre chamar a moça de Miss Clara; nem nada censurável no grau de cerimônia e atenção que Clara lhe dedicava. De um lado, parecia uma bondade protetora, de outro, um respeito grato e afetuoso.

A conversa passou a girar inteiramente em torno de Sanditon, seu número atual de visitantes e as probabilidades de uma boa temporada. Era evidente que Lady Denham demonstrava mais ansiedade, mais medo de perdas do que seu coadjutor. Ela queria ver o lugar lotado mais rapidamente, e parecia ter muitos receios perturbadores de que as acomodações não fossem todas ocupadas em alguns casos. As duas numerosas famílias de Miss Diana Parker não foram esquecidas.

"Muito bom, muito bom", disse sua senhoria. "Uma família das Índias Ocidentais e uma escola. Isso soa bem. Vai trazer dinheiro."

"Ninguém gasta com mais liberalidade, creio eu, do que os habitantes das Índias Ocidentais", observou Mr. Parker.

"Sim, foi o que ouvi; e porque eles têm a bolsa recheada devem se imaginar iguais às nossas antigas famílias rurais. Mas veja, eles que gastam com tanta liberalidade nunca pensam que podem estar causando prejuízo ao aumentar o preço das coisas. E ouvi dizer que este é bem o caso dos habitantes daquela terra. E se eles vêm para o nosso meio para aumentar o preço dos nossos gêneros de primeira necessidade, não seria o caso de lhes agradecermos, Mr. Parker."

"Minha cara senhora, eles só podem aumentar o preço dos artigos de consumo se houver uma demanda extraordinária por eles, e tal circulação de dinheiro

as must do us more good than harm. Our butchers and bakers and traders in general cannot get rich without bringing prosperity to *us*. If *they* do not gain, our rents must be insecure; and in proportion to their profit must be ours eventually in the increased value of our houses."

"Oh! well. But I should not like to have butcher's meat raised, though. And I shall keep it down as long as I can. Aye, that young lady smiles, I see. I dare say she thinks me an odd sort of creature; but *she* will come to care about such matters herself in time. Yes, yes, my dear, depend upon it, you will be thinking of the price of butcher's meat in time, though you may not happen to have quite such a servants' hall to feed as I have. And I do believe those are best off that have fewest servants. I am not a woman of parade as all the world knows, and if it was not for what I owe to poor Mr. Hollis's memory, I should never keep up Sanditon House as I do. It is not for my own pleasure. Well, Mr. Parker, and the other is a boarding school, a French boarding school, is it? No harm in that. They'll stay their six weeks. And out of such a number, who knows but some may be consumptive and want asses' milk; and I have two milch asses at this present time. But perhaps the little Misses may hurt the furniture. I hope they will have a good sharp governess to look after them."

Poor Mr. Parker got no more credit from Lady Denham than he had from his sisters for the object which had taken him to Willingden.

"Lord! my dear sir," she cried. "How could you think of such a thing? I am very sorry you met with your accident, but upon my word, you deserved it. Going after a doctor! Why, what should we do with a doctor here? It would be only encouraging our servants and the poor to fancy themselves ill if there was a doctor at hand. Oh! pray, let us have none of the tribe at Sanditon. We go on very well as we are. There is the sea and the downs and my milch asses. And I have told Mrs. Whitby that if anybody inquires for a *chamber-horse*, they may be supplied at a fair rate – poor Mr. Hollis's chamber-horse as good as new – and what can people want for more? Here have I lived seventy good years in the world and never took physic above twice and never saw the face of a doctor in all my life on my own account. And I verily believe if my poor dear Sir Harry had never seen one neither, he would have been alive now. Ten fees, one after another, did the man take who sent him out of the world. I beseech you Mr. Parker, no doctors here."

The tea things were brought in.

"Oh, my dear Mrs. Parker – you should not indeed – why would you do so? I was just upon the point of wishing you good evening. But since you are so very neighbourly, I believe Miss Clara and I must stay."

entre nós só pode nos causar mais bem do que mal. Nossos açougueiros, padeiros e comerciantes em geral não podem ficar ricos sem trazer prosperidade também a *nós*. E se *eles* não ganharem, nossos aluguéis estarão ameaçados; e o nosso lucro será eventualmente proporcional ao deles, pois aumentará o valor de nossas casas."

"Ó! Está bem. Mas mesmo assim não gostaria que o preço da carne aumentasse. E mantê-lo-ei baixo enquanto puder. Ora, estou vendo que a jovem ali sorri. Ouso dizer que me considera uma criatura esquisita; mas *ela* também acabará se preocupando com essas coisas no devido tempo. Sim, sim, minha cara, pode ter certeza, um dia você mesma acabará pensando no preço da carne, embora possa não acontecer que tenha um refeitório cheio de criados para alimentar, como eu. E de fato acredito que estão muito melhor aqueles que têm poucos criados. Não sou mulher de ostentar, como todos sabem, e, se não fosse o meu dever para com a memória do pobre Mr. Hollis, não manteria Sanditon House como faço. Não é para o meu próprio prazer. Bem, Mr. Parker, e o outro grupo é um internato, um internato francês, não é? Nenhum problema. Ficarão suas seis semanas. E considerando o grande número, talvez possa haver no meio alguma que seja tísica e necessite tomar leite de jumenta; e tenho duas jumentas leiteiras neste momento. Mas talvez essas mocinhas possam estragar a mobília. Espero que tenham uma governanta bem severa para cuidar delas."

O pobre Mr. Parker não obteve de Lady Denham mais reconhecimento do que obtivera de suas irmãs quanto ao motivo que o levara a Willingden.

"Meu Deus! caro senhor", exclamou ela, "como pôde pensar em tal coisa? Lamento muito pelo seu acidente, mas juro, foi merecido. Correndo atrás de um médico! Por quê? o que faríamos com um aqui? Apenas encorajaria nossos criados e os pobres a se imaginarem doentes, se houvesse um médico à mão. Ó! Por favor, não queremos ninguém dessa laia aqui em Sanditon. Estamos muito bem do jeito que estamos. Temos o mar, as enseadas e minhas jumentas leiteiras. E já disse a Mrs. Whitby que se alguém procurar por um *chamber-horse*[24], ele pode ser fornecido a um preço justo – o de Mr. Hollis está praticamente novo – e o que mais as pessoas podem querer? Vivo aqui há 70 bons anos e não tomei remédio mais do que duas vezes; e nunca vi a cara de um médico em toda minha vida, no que dependesse de mim. E realmente acredito que, se meu pobre e querido Sir Harry também nunca tivesse visto um, ainda estaria vivo. Dez visitas, uma após a outra, foi o que cobrou o homem que o mandou para o outro mundo. Suplico-lhe, Mr. Parker, nada de médicos aqui."

O serviço de chá chegou.

"Ó, minha cara Mrs. Parker, não era preciso, por que se incomodou? Eu estava justamente a ponto de lhes desejar boa noite. Mas como vocês são tão hospitaleiros, creio que Miss Clara e eu devemos ficar."

---

24 Cadeiras de exercício feitas de madeira-de-lei, usualmente mogno, também conhecidas como cavalos de molas, pois os usuários saltavam para cima e para baixo, exercitando as pernas de maneira similar à montaria de um cavalo.

CHAPTER 7

The popularity of the Parkers brought them some visitors the very next morning; amongst them, Sir Edward Denham and his sister who, having been at Sanditon House, drove on to pay their compliments; and the duty of letter writing being accomplished, Charlotte was settled with Mrs. Parker in the drawing room in time to see them all. The Denhams were the only ones to excite particular attention. Charlotte was glad to complete her knowledge of the family by an introduction to them; and found them, the better half at least – for while single, the gentleman may sometimes be thought the better half of the pair – not unworthy of notice. Miss Denham was a fine young woman, but cold and reserved, giving the idea of one who felt her consequence with pride and her poverty with discontent, and who was immediately gnawed by the want of a handsomer equipage than the simple gig in which they travelled, and which their groom was leading about still in her sight. Sir Edward was much her superior in air and manner – certainly handsome, but yet more to be remarked for his very good address and wish of paying attention and giving pleasure. He came into the room remarkably well, talked much – and very much to Charlotte, by whom he chanced to be placed – and she soon perceived that he had a fine countenance, a most pleasing gentleness of voice and a great deal of conversation. She liked him. Sober-minded as she was, she thought him agreeable and did not quarrel with the suspicion of his finding her equally so, which would arise from his evidently disregarding his sister's motion to go, and persisting in his station and his discourse. I make no apologies for my heroine's vanity. If there are young ladies in the world at her time of life more dull of fancy and more careless of pleasing, I know them not and never wish to know them.

At last, from the low French windows of the drawing room which commanded the road and all the paths across the down, Charlotte and Sir Edward as they sat could not but observe Lady Denham and Miss Brereton walking by – and there was instantly a slight change in Sir Edward's countenance – with an anxious glance after them as they proceeded – followed by an early proposal to his sister – not merely for moving, but for walking on together to the Terrace – which altogether gave a hasty turn to Charlotte's fancy, cured her of her half-hour's fever, and placed her in a more capable state of judging, when Sir Edward was gone, of *how* agreeable he had actually been. "Perhaps there was a good deal in his air and address; and his title did him no harm."

She was very soon in his company again. The first object of the Parkers, when their house was cleared of morning visitors, was to get out themselves. The Terrace was the attraction to all. Everybody who walked must begin with the Terrace; and there, seated on one of the two green benches by the gravel walk, they found the united Denham party; but though united in the gross, very distinctly divided again – the two superior ladies being at one end of the bench, and Sir Edward and Miss Brereton at the other. Charlotte's first glance told her that Sir Edward's air was that

CAPÍTULO 7

A popularidade dos Parker lhes trouxe algumas visitas já na manhã seguinte, entre elas, Sir Edward Denham e sua irmã, os quais, estando em Sanditon House, foram apresentar seus cumprimentos; e, cumprida sua obrigação de escrever cartas, Charlotte se instalou com Mrs. Parker na sala de visitas a tempo de recebê-las. Os Denham eram os únicos a despertar um interesse especial. Charlotte estava contente de completar seu conhecimento da família ao ser apresentada a eles; e achou que não eram indignos de atenção, pelo menos a melhor metade deles – pois quando solteiro, o cavalheiro pode às vezes ser considerado a melhor metade do par. Miss Denham era uma bela jovem, mas fria e reservada, dando a impressão de alguém orgulhoso de sua importância e desgostoso com sua pobreza, e que parecia consumida pelo desejo de ter uma equipagem mais elegante que o simples cabriolé em que viajavam, a qual o cavalariço ainda estava conduzindo diante de seus olhos. Sir Edward lhe era muito superior em aparência e maneiras – bonito, certamente, mas ainda mais notável por seu modo gentil de se dirigir às pessoas, e seu desejo de ser atencioso e querer agradá-las. Entrou na sala da maneira correta, falou muito – e mais ainda com Charlotte, ao lado da qual foi por acaso colocado – e ela logo percebeu que ele tinha um belo semblante, dono de uma voz muito agradável e suave e que gostava bastante de conversar. Gostou dele. Sensata como era, achou-o agradável e não brigou com a suspeita de que ele parecia achar o mesmo dela, a qual surgiria ao vê-lo desconsiderar claramente o sinal de sua irmã para que partissem, e de sua atitude de continuar no lugar e persistir na conversa. Não peço desculpas pela vaidade de minha heroína. Se existem jovens com a idade dela no mundo mais surdas à imaginação e menos cuidadosas de agradar, não as conheço e nem quero conhecê-las.

Por fim, através dos janelões baixos da sala de visitas, que descortinavam a estrada e todos os caminhos que cruzavam a colina, Charlotte e Sir Edward, sentados, não puderam deixar de observar Lady Denham e Miss Brereton que passavam, e imediatamente houve uma leve mudança no semblante de Sir Edward. Dirigiu-lhes um olhar ansioso enquanto elas prosseguiam, e em seguida propôs à irmã não apenas que partissem, mas que fizessem uma caminhada juntos pela Esplanada. Isso provocou uma rápida e completa reviravolta na imaginação de Charlotte, curou-a de sua meia hora de exaltação, e deixou-a numa posição de poder julgar melhor, assim que Sir Edward se foi, o *quanto* fora de fato agradável. "Talvez sua aparência e trato tenham contribuído muito para isso; e seu título também não fez mal algum."

Ela logo se viu novamente em companhia dele. O primeiro objetivo dos Parker, assim que a casa se esvaziou dos visitantes matutinos, foi o de saírem. A Esplanada era a atração geral. Todos que saíam para caminhar tinham que começar pela Esplanada; e lá, sentados em um dos dois bancos verdes junto ao caminho de cascalho, encontraram a família Denham reunida; mas embora reunidos no plano geral, estavam de novo claramente separados: as duas grandes damas numa ponta do banco, e Sir Edward e Miss Brereton na outra. O primeiro olhar de Charlotte reve-

of a lover. There could be no doubt of his devotion to Clara. How Clara received it was less obvious, but she was inclined to think not very favourably; for though sitting thus apart with him (which probably she might not have been able to prevent) her air was calm and grave.

That the young lady at the other end of the bench was doing penance was indubitable. The difference in Miss Denham's countenance, the change from Miss Denham sitting in cold grandeur in Mrs. Parker's drawing room, to be kept from silence by the efforts of others, to Miss Denham at Lady Denham's elbow, listening and talking with smiling attention or solicitous eagerness, was very striking – and very amusing – or very melancholy, just as satire or morality might prevail. Miss Denham's character was pretty well decided with Charlotte. Sir Edward's required longer observation. He surprised her by quitting Clara immediately on their all joining and agreeing to walk, and by addressing his attentions entirely to herself.

Stationing himself close by her, he seemed to mean to detach her as much as possible from the rest of the party and to give her the whole of his conversation. He began, in a tone of great taste and feeling, to talk of the sea and the sea shore; and ran with energy through all the usual phrases employed in praise of their sublimity and descriptive of the *undescribable* emotions they excite in the mind of sensibility. The terrific grandeur of the ocean in a storm, its glass surface in a calm, its gulls and its samphire and the deep fathoms of its abysses, its quick vicissitudes, its direful deceptions, its mariners tempting it in sunshine and overwhelmed by the sudden tempest, all were eagerly and fluently touched – rather commonplace perhaps, but doing very well from the lips of a handsome Sir Edward – and she could not but think him a man of feeling – till he began to stagger her by the number of his quotations and the bewilderment of some of his sentences.

"Do you remember," said he, "Scott's beautiful lines on the sea? Oh! what a description they convey! They are never out of my thoughts when I walk here. That man who can read them unmoved must have the nerves of an assassin! Heaven defend me from meeting such a man unarmed."

"What description do you mean?" said Charlotte. "I remember none at this moment, of the sea, in either of Scott's poems."

"Do you not indeed? Nor can I exactly recall the beginning at this moment. But you cannot have forgotten his description of woman,

Oh! Woman in our hours of ease...

"Delicious! Delicious! Had he written nothing more, he would have been immortal. And then again, that unequalled, unrivalled address to parental affection...

Some feelings are to mortals given

lou-lhe que Sir Edward tinha o ar de um apaixonado. Não podia haver dúvida de sua devoção por Clara. Como Clara a recebia era menos óbvio, mas se inclinava a pensar que não era de modo muito favorável, pois embora estivesse sentada à parte com ele (o que provavelmente não foi capaz de evitar) mantinha um ar calmo e circunspecto.

Na outra ponta do banco, era indubitável que a jovem fazia penitência. A mudança no semblante de Miss Denham, a diferença entre uma Miss Denham sentada em grandiosa frieza na sala de estar de Mrs. Parker, obrigada a sair de seu silêncio pelos esforços dos outros, e a Miss Denham junto à Lady Denham, ouvindo e falando com sorridente atenção ou solícita ansiedade, era muito impressionante – e muito divertida ou muito melancólica, conforme devesse prevalecer a sátira ou a moralidade. O caráter de Miss Denham estava bem definido na mente de Charlotte. O de Sir Edward requeria uma observação mais demorada. Ele a surpreendeu deixando Clara de imediato, quando todos se reuniram e concordaram em dar um passeio, e dirigindo toda sua atenção a ela.

Colocando-se ao seu lado, parecia querer separá-la tanto quanto possível do resto do grupo e dirigir sua conversa apenas a ela. Começou, num tom de muito bom gosto e emoção, a falar sobre o mar e a praia; e recorreu com grande empenho a todas as frases que se empregam habitualmente para elogiar sua sublimidade e para descrever as *indescritíveis* emoções que eles despertam numa mente sensível. A terrível grandiosidade do oceano em uma tempestade, sua superfície espelhada na calmaria, suas gaivotas e suas algas marinhas, as profundezas insondáveis de seus abismos, suas bruscas vicissitudes, suas medonhas decepções, seus marinheiros desafiando-o sob o sol e subjugados pela súbita tempestade, tudo isso foi mencionado com ardor e fluência, um tanto trivial, talvez, mas que soavam bem ao serem pronunciadas pelos lábios de um belo Sir Edward; ela não pôde deixar de considerá-lo um homem sensível, até que ele começou a deixá-la tonta com a quantidade de citações e a confusão de algumas de suas frases.

"Lembra-se", disse ele, "dos belos versos de Scott sobre o mar? Ó! Que magnífica descrição eles transmitem! Nunca estão longe dos meus pensamentos quando passeio por aqui. Um homem que consiga lê-los sem se comover deve ter os nervos de um assassino! Que o céu me defenda de encontrar tal homem desarmado."

"A que descrição se refere?", disse Charlotte. "Não me lembro de nenhuma sobre o mar neste momento, em nenhum dos poemas de Scott."

"Não lembra mesmo? Também não consigo recordar exatamente do começo, neste momento. Mas não pode ter se esquecido de sua descrição da mulher,

Ó! Mulher, em nossas horas de alívio...

– Delicioso! Delicioso! Se não tivesse escrito nada mais, já teria sido imortal. E depois ainda, esse inigualável, incomparável apelo ao afeto familiar...

Alguns sentimentos aos mortais são dados

With less of earth in them than heaven' etc.

"But while we are on the subject of poetry, what think you, Miss Heywood, of Burns's lines to his Mary? Oh! there is pathos to madden one! If ever there was a man who felt, it was Burns. Montgomery has all the fire of poetry, Wordsworth has the true soul of it, Campbell in his pleasures of hope has touched the extreme of our sensations – 'Like angel's visits, few and far between'. Can you conceive anything more subduing, more melting, more fraught with the deep sublime than that line? But Burns... I confess my sense of his pre-eminence, Miss Heywood. If Scott *has* a fault, it is the want of passion. Tender, elegant, descriptive but *tame*. The man who cannot do justice to the attributes of woman is my contempt. Sometimes indeed a flash of feeling seems to irradiate him, as in the lines we were speaking of – 'Oh. Woman in our hours of ease'. But Burns is always on fire. His soul was the altar in which lovely woman sat enshrined, his spirit truly breathed the immortal incense which is her due."

"I have read several of Burns's poems with great delight," said Charlotte as soon as she had time to speak. "But I am not poetic enough to separate a man's poetry entirely from his character; and poor Burns's known irregularities greatly interrupt my enjoyment of his lines. I have difficulty in depending on the *truth* of his feelings as a lover. I have not faith in the *sincerity* of the affections of a man of his description. He felt and he wrote and he forgot."

"Oh! no, no," exclaimed Sir Edward in an ecstasy. "He was all ardour and truth! His genius and his susceptibilities might lead him into some aberrations but who is perfect? It were hyper-criticism, it were pseudo-philosophy to expect from the soul of high-toned genius the grovellings of a common mind. The coruscations of talent, elicited by impassioned feeling in the breast of man, are perhaps incompatible with some of the prosaic decencies of life; nor can you, loveliest Miss Heywood," speaking with an air of deep sentiment, "nor can any woman be a fair judge of what a man may be propelled to say, write or do by the sovereign impulses of illimitable ardour."

This was very fine, but if Charlotte understood it at all, not very moral; and being moreover by no means pleased with his extraordinary style of compliment, she gravely answered, "I really know nothing of the matter. This is a charming day. The wind, I fancy, must be southerly."

"Happy, happy wind, to engage Miss Heywood's thoughts!"

She began to think him downright silly. His choosing to walk with her, she had learnt to understand. It was done to pique Miss Brereton. She had read it, in an anxious glance or two on his side; but why he should talk so much nonsense, unless he could do no better, was unintelligible. He seemed very sentimental, very full of some feeling or other, and very much addicted to all the newest-fashioned hard words, had not a very clear brain, she presumed, and talked a good deal by rote. The future might explain him further. But when there was a proposition for

Com menos de terra em si do que de céu, etc.

"Mas já que estamos falando de poesia, Miss Heywood, o que acha dos versos de Burns para a sua Mary? Ó! Há um apelo patético capaz de enlouquecer uma pessoa! Se já houve um homem capaz de *sentir*, esse foi Burns. Montgomery tem todo o ardor da poesia, Wordsworth toda a sua verdadeira alma, Campbell com seus prazeres esperançosos tocou o extremo de nossas sensações... 'Como as visitas dos anjos, entre o pouco e o muito'. Pode imaginar algo mais atraente, mais terno, mais repleto de profunda sublimidade do que esse verso? Mas Burns... confesso que o considero superior, Miss Heywood. Se Scott *tem* um defeito, é sua falta de paixão. Terno, elegante, descritivo, mas *contido*. O homem que não pode fazer justiça aos atributos de uma mulher tem o meu desprezo. Às vezes, de fato, um clarão de sentimento parece irradiá-lo, como nos versos de que falávamos, 'Ó! Mulher, em nossas horas de alívio'. Mas Burns é sempre ardente. Sua alma era o altar no qual a mulher amada era santificada, e seu espírito de fato exalava o incenso imortal que lhe era devido."

"Tenho lido vários poemas de Burns com grande deleite", disse Charlotte, assim que teve tempo de falar. "Mas não sou poética o bastante para dissociar inteiramente a poesia de um homem de seu caráter; e as irregularidades bem conhecidas do pobre Burns interferiram muito em minha apreciação de seus versos. Tenho dificuldade em confiar na *verdade* de seus sentimentos amorosos. Não tenho fé na *sinceridade* das afeições de um homem com a descrição dele. Ele sentia, escrevia e esquecia."

"Ó! não, não", exclamou Sir Edward em êxtase. "Ele era só ardor e verdade! Seu gênio e sua suscetibilidade podiam conduzi-lo a algumas aberrações, mas quem é perfeito? Seria hipercriticismo, seria pseudofilosofia esperar-se da grandeza da alma de um gênio os servilismos de uma mente comum. Os fulgores do talento, que despertam no peito do homem um sentimento apaixonado, são talvez incompatíveis com algumas das prosaicas decências da vida; nem a senhorita, minha encantadora Miss Heywood – falando com ar de profunda emoção –, nem qualquer outra mulher poderia ser um juiz imparcial do que um homem pode ser impelido a dizer, escrever ou fazer quando sob os impulsos soberanos de um ardor ilimitado."

Era algo muito bonito, mas se Charlotte entendera bem, não era de todo moral; e além disso, como não estava nem um pouco satisfeita com seu extraordinário estilo de elogiar, respondeu gravemente, "Eu realmente não sei nada sobre o assunto. Está um dia encantador. O vento, creio eu, está vindo do sul."

"Feliz, feliz o vento que cativa assim os pensamentos de Miss Heywood!"

Ela começava a achá-lo um completo tolo. Agora entendia por que ele escolhera caminhar a seu lado: para irritar Miss Brereton. Charlotte compreendera isso por alguns olhares ansiosos da parte dele. Mas por que ele falava tantas tolices, a menos que não conseguisse fazer melhor, era algo incompreensível. Parecia muito sentimental, sempre tomado por alguma emoção e completamente viciado em usar todas as palavras difíceis do novo vocabulário da moda; não tinha ideias muito claras, presumiu ela, e falava um bocado de coisas automaticamente, sem pensar. O fu-

going into the library, she felt that she had had quite enough of Sir Edward for one morning and very gladly accepted Lady Denham's invitation of remaining on the Terrace with her.

The others all left them, Sir Edward with looks of very gallant despair in tearing himself away, and they united their agreeableness, that is, Lady Denham, like a true great lady, talked and talked only of her own concerns, and Charlotte listened, amused in considering the contrast between her two companions. Certainly there was no strain of doubtful sentiment nor any phrase of difficult interpretation in Lady Denham's discourse. Taking hold of Charlotte's arm with the ease of one who felt that any notice from her was an honour, and communicative from the influence of the same conscious importance or a natural love of talking, she immediately said in a tone of great satisfaction and with a look of arch sagacity, "Miss Esther wants me to invite her and her brother to spend a week with me at Sanditon House, as I did last summer. But I shan't. She has been trying to get round me every way with her praise of this and her praise of that; but I saw what she was about. I saw through it all. I am not very easily taken in, my dear."

Charlotte could think of nothing more harmless to be said than the simple enquiry of "Sir Edward and Miss Denham?"

"Yes, my dear. *My young folks*, as I call them sometimes, for I take them very much by the hand. I had them with me last summer, about this time, for a week; from Monday to Monday; and very delighted and thankful they were. For they are very good young people, my dear. I would not have you think that I *only* notice them for poor dear Sir Harry's sake. No, no; they are very deserving themselves or, trust me, they would not be so much in my company. I am not the woman to help anybody blindfold. I always take care to know what I am about and who I have to deal with before I stir a finger. I do not think I was ever over-reached in my life. And that is a good deal for a woman to say that has been married twice. Poor dear Sir Harry, between ourselves, thought at first to have got more. But, with a bit of a sigh, he is gone, and we must not find fault with the dead. Nobody could live happier together than us and he was a very honourable man, quite the gentleman of ancient family. And when he died, I gave Sir Edward his gold watch."

She said this with a look at her companion which implied its right to produce a great impression; and seeing no rapturous astonishment in Charlotte's countenance, added quickly, "He did not bequeath it to his nephew, my dear. It was no bequest. It was not in the will. He only told me, and that but once, that he should wish his nephew to have his watch; but it need not have been binding if I had not chose it."

"Very kind indeed! Very handsome!" said Charlotte, absolutely forced to affect admiration.

"Yes, my dear, and it is not the only kind thing I have done by him. I have

turo poderia explicá-lo melhor. Mas quando alguém propôs que fossem à biblioteca, ela sentiu que já tivera o bastante de Sir Edward para uma manhã e aceitou com muita alegria o convite de Lady Denham para permanecer com ela na Esplanada.

Todos as deixaram, Sir Edward com olhares de um desespero muito galante ao afastar-se, e elas uniram suas gentilezas, ou seja, Lady Denham, como uma verdadeira grande dama, falava sem parar de coisas que só a ela interessavam, e Charlotte ouvia, divertindo-se ao pensar no contraste entre suas duas companhias. No discurso de Lady Denham certamente não havia qualquer sugestão de um sentimento duvidoso nem frases de difícil interpretação. Tomando o braço de Charlotte com a desenvoltura de alguém que sabia que qualquer deferência sua era uma honra, e comunicativa por influência dessa mesma consciência de sua importância ou por um prazer natural em falar, disse imediatamente, num tom de enorme satisfação e com um olhar de maliciosa sagacidade, "Miss Esther quer que a convide e ao irmão para passarem uma semana comigo em Sanditon House, como fiz verão passado. Mas não o farei. Vem tentando me envolver de todo modo, com um elogio aqui e ali; mas percebi o que ela quer. Vi a intenção por trás de tudo. Não me deixo levar assim tão fácil, minha cara."

Charlotte não pôde pensar em nada mais inofensivo para dizer do que a simples pergunta, "Sir Edward e Miss Denham?"

"Sim, minha cara. *Os meus pequenos,* como às vezes os chamo, pois tenho o costumo de orientá-los. Eu os recebi em minha casa no verão passado, mais ou menos nesta época, por uma semana; de segunda a segunda; e ficaram muito encantados e agradecidos. Pois são jovens excelentes, minha cara. Não quero que pense que me interesso por eles *apenas* por causa do meu pobre e querido Sir Harry. Não, não; são muito merecedores por si mesmos ou, creia-me, não estariam tanto em minha companhia. Não sou mulher de ajudar os outros cegamente. Sempre tomo o cuidado de saber em que estou entrando e com quem tenho que lidar antes de mover um dedo. Creio que nunca fui lograda em minha vida. E isso não é pouco para se dizer de uma mulher que já foi casada duas vezes. O pobre e querido Sir Harry, aqui entre nós, achou no início que ia conseguir mais. Mas, com um pequeno suspiro, se foi, e não devemos falar mal dos mortos. Ninguém poderia ter sido mais feliz do que nós dois fomos, e ele era um homem muito respeitável, o perfeito cavalheiro de família antiga. E, ao morrer, dei seu relógio de ouro para Sir Edward."

Ela disse essas palavras com um olhar que demonstrava sua intenção de causar uma profunda impressão; e, não vendo no semblante de Charlotte nenhum sinal de arrebatada surpresa, acrescentou depressa, "Ele não o havia legado ao sobrinho, minha querida. Não houve qualquer legado. Não estava no testamento. Ele apenas me disse, e *só* uma vez, que gostaria que seu sobrinho ficasse com o relógio; mas eu não estava obrigada a dá-lo, se não quisesse."

"Muita bondade sua, de fato. Um gesto muito bonito!", disse Charlotte, absolutamente forçada a afetar admiração.

"Sim, minha cara, e não é a única bondade que tive para com ele. Tenho sido

been a very liberal friend to Sir Edward. And poor young man, he needs it bad enough. For though I am only the dowager, my dear, and he is the heir, things do not stand between us in the way they commonly do between those two parties. Not a shilling do I receive from the Denham estate. Sir Edward has no payments to make me. He don't stand uppermost, believe me. It is I that help him."

"Indeed! He is a very fine young man, particularly elegant in his address."

This was said chiefly for the sake of saying something, but Charlotte directly saw that it was laying her open to suspicion by Lady Denham's giving a shrewd glance at her and replying, "Yes, yes, he is very well to look at. And it is to be hoped that some lady of large fortune will think so, for Sir Edward must marry for money. He and I often talk that matter over. A handsome young fellow like him will go smirking and smiling about and paying girls compliments, but he knows he must marry for money. And Sir Edward is a very steady young man in the main and has got very good notions.

"Sir Edward Denham," said Charlotte, "with such personal advantages may be almost sure of getting a woman of fortune, if he chooses it."

This glorious sentiment seemed quite to remove suspicion.

"Aye my dear, that's very sensibly said," cried Lady Denham. "And if we could but get a young heiress to Sanditon! But heiresses are monstrous scarce! I do not think we have had an heiress here or even a coheiress since Sanditon has been a public place. Families come after families but, as far as I can learn, it is not one in a hundred of them that have any real property, landed or funded. An income perhaps, but no property. Clergymen maybe, or lawyers from town, or half-pay officers, or widows with only a jointure. And what good can such people do anybody? – except just as they take our empty houses and, between ourselves, I think they are great fools for not staying at home. Now if we could get a young heiress to be sent here for her health and if she was ordered to drink asses' milk I could supply her and, as soon as she got well, have her fall in love with Sir Edward!"

"That would be very fortunate indeed."

"And Miss Esther must marry somebody of fortune too. She must get a rich husband. Ah, young ladies that have no money are very much to be pitied! But," after a short pause, "if Miss Esther thinks to talk me into inviting them to come and stay at Sanditon House, she will find herself mistaken. Matters are altered with me since last summer, you know. I have Miss Clara with me now which makes a great difference."

She spoke this so seriously that Charlotte instantly saw in it the evidence of real penetration and prepared for some fuller remarks; but it was followed only by, "I have no fancy for having my house as full as an hotel. I should not choose to have my two housemaids' time taken up all the morning in dusting out bedrooms. They

uma amiga muito generosa para Sir Edward. Pobre rapaz, ele bem que precisa disso. Pois embora eu seja apenas a viúva dotada, minha querida, e ele seja o herdeiro, as coisas entre nós não são como costumam ser entre essas duas partes. Eu não recebo um centavo da propriedade de Denham. Sir Edward não tem que me fazer nenhum pagamento. Ele não está num posição superior, creia-me. Sou eu quem o ajuda."

"É mesmo?! Ele é um belo rapaz, de maneiras especialmente elegantes."

Isso fora dito mais para dizer alguma coisa, mas Charlotte imediatamente viu que estava se expondo à suspeita de Lady Denham, pelo olhar penetrante que esta lhe dirigiu e por sua resposta, "Sim, sim, ele é muito agradável de se olhar. E é de se esperar que alguma dama de grande fortuna venha a pensar o mesmo, pois Sir Edward precisa se casar por dinheiro. Nós dois já falamos muitas vezes sobre isso. Um rapaz bonito como ele pode sair por aí distribuindo sorrisos e fazendo elogios às moças, mas ele sabe que tem que se casar por dinheiro. E de modo geral Sir Edward é um rapaz muito estável, e tem muito bom senso."

"Sir Edward Denham", disse Charlotte, "com tais qualidades pessoais, pode estar certo de conseguir uma mulher rica, se quiser."

Essa gloriosa opinião pareceu remover inteiramente qualquer suspeita.

"Sim, minha cara, muito bem dito!", exclamou Lady Denham. "Se ao menos pudéssemos conseguir uma jovem herdeira para Sanditon! Mas as herdeiras estão terrivelmente escassas! Acho que nunca tivemos uma por aqui, ou mesmo uma coerdeira, desde que Sanditon se tornou um lugar público. Vem família atrás da outra, mas, até onde sei, não há uma entre cem delas que tenha uma propriedade, em terras ou fundos de capital. Uma renda talvez, mas nenhuma propriedade. Clérigos, talvez, ou advogados da cidade, ou oficiais a meio-soldo, ou viúvas com um dote, apenas. E que bem essas pessoas podem fazer por alguém? Nenhum a não ser alugar nossas casas vazias e, cá entre nós, acho que são muito tolas por não ficarem em casa. Agora, se pudéssemos conseguir uma jovem herdeira mandada para cá para cuidar da saúde, e se lhe receitassem que bebesse leite de jumenta, poderia fornecer-lhe o leite e, assim que melhorasse, fazê-la apaixonar-se por Sir Edward!"

"Seria muita sorte, realmente."

"E Miss Esther também precisa se casar com alguém de fortuna. Tem que arranjar um marido rico. Ah, as jovens que não têm dinheiro são realmente dignas de pena! Mas", continuou, depois de uma curta pausa, "se Miss Esther pensa em me convencer a convidá-los para vir ficar em Sanditon House, verá que se enganou. As coisas mudaram para mim desde o verão passado, sabe? Agora tenho Miss Clara comigo, o que faz uma grande diferença."

Disse isso tão seriamente que Charlotte imediatamente viu ali a evidência de uma grande perspicácia e se preparou para observações mais detalhadas; mas o que se seguiu foi apenas, "Não tenho a menor vontade de ver minha casa cheia como um hotel. Não pretendo que minhas duas criadas passem a manhã inteira limpando

have Miss Clara's room to put to rights as well as my own every day. If they had hard places, they would want higher wages."

For objections of this nature, Charlotte was not prepared. She found it so impossible even to affect sympathy that she could say nothing. Lady Denham soon added, with great glee, "And besides all this, my dear, am I to be filling my house to the prejudice of Sanditon? If people want to be by the sea, why don't they take lodgings? Here are a great many empty houses – three on this very Terrace – no fewer than three lodging papers staring me in the face at this very moment, Numbers three, four and eight. Eight, the corner house, may be too large for them, but either of the two others are nice little snug houses, very fit for a young gentleman and his sister. And so, my dear, the next time Miss Esther begins talking about the dampness of Denham Park and the good bathing always does her, I shall advise them to come and take one of these lodgings for a fortnight. Don't you think that will be very fair? Charity begins at home, you know."

Charlotte's feelings were divided between amusement and indignation – but indignation had the larger and the increasing share. She kept her countenance and she kept a civil silence. She could not carry her forbearance farther; but without attempting to listen longer, and only conscious that Lady Denham was still talking on in the same way, allowed her thoughts to form themselves into such a meditation as this:

"She is thoroughly mean. I had not expected anything so bad. Mr. Parker spoke too mildly of her. His judgement is evidently not to be trusted. His own good nature misleads him. He is too kind-hearted to see clearly. I must judge for myself. And their very connection prejudices him. He has persuaded her to engage in the same speculation, and because their object in that line is the same, he fancies she feels like him in others. But she is very, very mean. I can see no good in her. Poor Miss Brereton! And she makes everybody mean about her. This poor Sir Edward and his sister – how far nature meant them to be respectable I cannot tell – but they are obliged to be mean in their servility to her. And I am mean, too, in giving her my attention with the appearance of coinciding with her. Thus it is, when rich people are sordid."

CHAPTER 8

The two ladies continued walking together till rejoined by the others, who, as they issued from the library, were followed by a young Whitby running off with five volumes under his arm to Sir Edward's gig; and Sir Edward, approaching Charlotte, said, "You may perceive what has been our occupation. My sister wanted my counsel in the selection of some books. We have many leisure hours and read a great deal. I am no indiscriminate novel reader. The mere trash of the common circulating library I hold in the highest contempt. You will never hear me advocating those puerile emanations which detail nothing but discordant princi-

quartos. Já têm o quarto de Miss Clara, assim como o meu, para pôr em ordem todos os dias. Se tivessem tarefas mais pesadas, iriam querer salários mais altos."

Charlotte não estava preparada para réplicas dessa natureza. Achou de tal forma impossível até mesmo afetar simpatia que não pôde dizer nada. Lady Denham logo acrescentou, com grande regozijo, "E além disso, minha cara, por acaso vou encher a minha casa em prejuízo de Sanditon? Se as pessoas querem ficar à beira-mar, por que não alugam apartamentos? Temos muitas casas vazias – três aqui mesmo na Esplanada – nada menos do que três cartazes de aluguel bem na minha frente neste momento, números três, quatro e oito. O oito, a casa da esquina, pode ser grande demais para eles, mas, qualquer uma das outras são casas pequenas e confortáveis, bem apropriadas para um jovem e sua irmã. Por isso, minha cara, da próxima vez que Miss Esther começar a falar da umidade de Denham Park e do bem que os banhos de mar lhe fazem, eu os aconselharei a vir e alugar um desses alojamentos por uma quinzena. Não acha que seria bem justo? A caridade começa em casa, você sabe."

Os sentimentos de Charlotte estavam divididos entre o divertimento e a indignação – mas a indignação ameaçava levar a melhor. Manteve a compostura e guardou um silêncio cortês. Não conseguia mais manter a paciência, mas, sem tentar ouvir por mais tempo, e apenas consciente de que Lady Denham ainda continuava falando do mesmo modo, deixou que seus pensamentos se juntassem para uma reflexão deste tipo:

"Ela é completamente mesquinha. Não esperava algo tão ruim. Mr. Parker falou dela tão suavemente. É evidente que não se pode confiar em seu julgamento. Sua própria gentileza o engana, pois é bondoso demais para ver com clareza. Devo julgar por mim mesma. E seus parentes o prejudicam. Ele a persuadiu a se engajar no mesmo tipo de investimento, e, sendo seus objetivos os mesmos, imagina que ela se sente como ele a respeito. Mas ela é muito, muito mesquinha. Não vejo nada de bom nela. Pobre Miss Brereton! E ela torna todos ao seu redor tão desprezíveis quanto ela. Esse pobre Sir Edward e sua irmã – não posso dizer o quanto a natureza tencionava que fossem respeitáveis – mas são forçados a serem mesquinhos em sua servilidade para com ela. E sou mesquinha também ao lhe dar minha atenção com a aparência de concordar com ela. Assim é, quando as pessoas ricas são sórdidas."

CAPÍTULO 8

As duas senhoras continuaram a caminhar juntas até se encontrarem com os outros, os quais, ao saírem da biblioteca, foram seguidos por um jovem Whitby que corria esbaforido para o cabriolé de Sir Edward com cinco volumes sob o braço; e Sir Edward, aproximando-se de Charlotte, disse, "Pode perceber com o que estivemos ocupados. Minha irmã queria o meu conselho na escolha de alguns livros. Temos muitas horas de lazer e lemos muito. Mas não leio romances indiscriminadamente. Tenho o maior desprezo pelo mero lixo das bibliotecas circulantes comuns. Nunca me verá defendendo essas emanações pueris da mente que não

ples incapable of amalgamation, or those vapid tissues of ordinary occurrences, from which no useful deductions can be drawn. In vain may we put them into a literary alembic; we distil nothing which can add to science. You understand me, I am sure?"

"I am not quite certain that I do. But if you will describe the sort of novels which you do approve, I dare say it will give me a clearer idea."

"Most willingly, fair questioner. The novels which I approve are such as display human nature with grandeur; such as show her in the sublimities of intense feeling; such as exhibit the progress of strong passion from the first germ of incipient susceptibility to the utmost energies of reason half-dethroned; where we see the strong spark of woman's captivations elicit such fire in the soul of man as leads him – though at the risk of some aberration – from the strict line of primitive obligations to hazard all, dare all, achieve all to obtain her. Such are the works which I peruse with delight and, I hope I may say, with amelioration. They hold forth the most splendid portraitures of high conceptions, unbounded views, illimitable ardour, indomitable decision. And even when the event is mainly anti-prosperous to the high-toned machinations of the prime character, the potent, pervading hero of the story, it leaves us full of generous emotions for him; our hearts are paralysed. T'were pseudo-philosophy to assert that we do not feel more enwrapped by the brilliancy of his career than by the tranquil and morbid virtues of any opposing character. Our approbation of the latter is but eleemosynary. These are the novels which enlarge the primitive capabilities of the heart; and which it cannot impugn the sense or be any dereliction of the character of the most anti-puerile man, to be conversant with."

"If I understand you aright," said Charlotte, "our taste in novels is not at all the same."

And here they were obliged to part, Miss Denham being much too tired of them all to stay any longer.

The truth was that Sir Edward, whom circumstances had confined very much to one spot, had read more sentimental novels than agreed with him. His fancy had been early caught by all the impassioned and most exceptionable parts of Richardson's, and such authors as had since appeared to tread in Richardson's steps, so far as man's determined pursuit of woman in defiance of every opposition of feeling and convenience was concerned, had since occupied the greater part of his literary hours, and formed his character. With a perversity of judgement which must be attributed to his not having by nature a very strong head, the graces, the spirit, the sagacity and the perseverance of the villain of the story out-weighed all his absurdities and all his atrocities with Sir Edward. With him such conduct was genius, fire and feeling. It interested and inflamed him. And he was always more anxious for its success, and mourned over its discomfitures with more tenderness, than could ever have been contemplated by the authors.

detalham nada a não ser princípios discordantes incapazes de se amalgamar, ou esses tecidos insípidos de acontecimentos ordinários dos quais não se pode tirar qualquer dedução útil. Em vão os colocamos num alambique literário; não destilamos nada que possa acrescentar à ciência. Compreende-me, por certo?"

"Não tenho muita certeza de compreender. Mas se me descrever o tipo de romance que aprova, creio que me dará uma ideia mais clara."

"Com prazer, bela questionadora. Os romances que aprovo são os que mostram a natureza humana com grandeza; que a mostram na sublimidade de um sentimento intenso; que expõem o progresso de uma paixão profunda, desde o primeiro germe da sensibilidade incipiente até as energias extremas da razão semidestronada; em que vemos a forte centelha dos encantos femininos produzir tal fogo na alma do homem que o conduza – embora ao risco de alguma aberração – da linha rígida dos deveres primitivos a tudo arriscar, a tudo ousar, a tudo realizar para conquistá-la. Tais são as obras que leio com prazer e, espero poder dizer, com proveito. Elas exibem em detalhes os mais esplêndidos retratos dos conceitos superiores, das visões irrestritas e ardores sem limites, das decisões indomáveis. E mesmo quando acontecimentos são especialmente desfavoráveis às vigorosas maquinações do protagonista, o poderoso e penetrante herói da história, deixa-nos cheios de generosos sentimentos por ele; nossos corações ficam paralisados. Seria filosofismo afirmar que não nos sentimos mais envolvidos pelo esplendor de sua carreira do que pelas tranquilas e mórbidas virtudes de algum personagem rival. Nossa aprovação a este último é apenas um gesto de caridade. São esses os romances que aumentam as capacidades primitivas do coração; e dos quais não se pode contestar o sentido ou encontrar a menor falha no caráter do personagem menos ingênuo com a qual possamos nos familiarizar."

"Se o compreendo bem", disse Charlotte, "nosso gosto em termos de romances não é de modo algum o mesmo."

E então foram obrigados a se separar, pois Miss Denham estava cansada demais de todos eles para ficar por mais tempo.

A verdade era que Sir Edward, cujas circunstâncias o confinara por muito tempo a um lugar, tinha lido mais romances sentimentais do que admitia. Desde cedo, sua imaginação fora capturada por todas as passagens mais apaixonadas e questionáveis dos romances de Richardson; e os autores que surgiram depois para seguir a trilha de Richardson, quanto à perseguição determinada de um homem à uma mulher, desafiando toda oposição de sentimentos e conveniências, tinham desde então ocupado a maior parte de suas horas dedicadas à literatura e formado seu caráter. Com uma perversidade de julgamento que deve ser atribuída ao fato de não ter por natureza uma mente muito firme, para ele os encantos, o espírito, a sagacidade e a perseverança do vilão da história ultrapassavam todos os absurdos e atrocidades. Para ele, tal conduta era sinal de gênio, ardor e sentimento. Isso o interessava e inflamava. E estava sempre mais ansioso pelo sucesso do vilão e lamentava com mais ternura as suas derrotas do que jamais poderiam ter imaginado os próprios autores.

Though he owed many of his ideas to this sort of reading, it would be unjust to say that he read nothing else or that his language was not formed on a more general knowledge of modern literature. He read all the essays, letters, tours and criticisms of the day; and with the same ill-luck which made him derive only false principles from lessons of morality, and incentives to vice from the history of its overthrow, he gathered only hard words and involved sentences from the style of our most approved writers.

Sir Edward's great object in life was to be seductive. With such personal advantages as he knew himself to possess, and such talents as he did also give himself credit for, he regarded it as his duty. He felt that he was formed to be a dangerous man, quite in the line of the Lovelaces. The very name of Sir Edward, he thought, carried some degree of fascination with it. To be generally gallant and assiduous about the fair, to make fine speeches to every pretty girl, was but the inferior part of the character he had to play. Miss Heywood, or any other young woman with any pretensions to beauty, he was entitled (according to his own view of society) to approach with high compliment and rhapsody on the slightest acquaintance. But it was Clara alone on whom he had serious designs; it was Clara whom he meant to seduce.

Her seduction was quite determined on. Her situation in every way called for it. She was his rival in Lady Denham's favour; she was young, lovely and dependent. He had very early seen the necessity of the case, and had now been long trying with cautious assiduity to make an impression on her heart and to undermine her principles. Clara saw through him and had not the least intention of being seduced; but she bore with him patiently enough to confirm the sort of attachment which her personal charms had raised. A greater degree of discouragement indeed would not have affected Sir Edward. He was armed against the highest pitch of disdain or aversion. If she could not be won by affection, he must carry her off. He knew his business. Already had he had many musings on the subject. If he were constrained so to act, he must naturally wish to strike out something new, to exceed those who had gone before him; and he felt a strong curiosity to ascertain whether the neighbourhood of Timbuctoo might not afford some solitary house adapted for Clara's reception. But the expense, alas! of measures in that masterly style was ill-suited to his purse; and prudence obliged him to prefer the quietest sort of ruin and disgrace for the object of his affections to the more renowned.

CHAPTER 9

One day, soon after Charlotte's arrival at Sanditon, she had the pleasure of seeing, just as she ascended from the sands to the Terrace, a gentleman's carriage with post horses standing at the door of the hotel, as very lately arrived and by the quantity of luggage being taken off, bringing, it might be hoped, some respectable family determined on a long residence.

Embora ele devesse muitas de suas ideias a esse gênero de leitura, seria injusto dizer que não havia lido nada além disso, ou que sua linguagem não fosse formada por um conhecimento mais geral da literatura moderna. Ele lia todos os ensaios, cartas, relatos de viagem e críticas do momento; e, com o mesmo azar que o fazia extrair apenas falsos princípios de lições de moralidade e incentivos ao vício de histórias de suas derrotas, colhia apenas as palavras difíceis e as frases complexas do estilo dos nossos escritores mais conceituados.

O grande objetivo da vida de Sir Edward era ser sedutor. Com as qualidades pessoais que sabia possuir, e com os talentos que também se atribuía, considerava isso um dever. Sentia que fora feito para ser um homem perigoso, bem no estilo de Lovelace. O próprio nome de Sir Edward, pensava, já carregava em si certo grau de fascínio. Ser de modo geral galante e assíduo diante da beleza, e fazer belos discursos para toda moça bonita eram apenas a parte menos importante do personagem que ele tinha que representar. Achava-se no direito (de acordo com sua própria visão da sociedade) de se aproximar de Miss Heywood, ou de qualquer outra jovem com alguma pretensão à beleza, com altos elogios e arroubos desde a primeira apresentação. Mas era só em relação a Clara que ele tinha propósitos mais sérios; era Clara que ele pretendia seduzir.

A sedução dela já estava decidida. Sua situação o exigia, em todos os sentidos. Ela era sua rival nos favores de Lady Denham, além de ser jovem, adorável e dependente. Ele vira desde logo a necessidade do caso, e agora vinha há tempos tentando com cautelosa assiduidade impressionar seu coração e arruinar seus princípios. Clara percebeu seus intentos, e não tinha a menor intenção de se deixar seduzir; mas o tolerava com paciência suficiente para fortalecer o tipo de afeição que seus próprios encantos haviam despertado. Um grau maior de desencorajamento de fato não teria afetado Sir Edward. Ele estava preparado para enfrentar manifestações maiores de desdém ou aversão. Se não pudesse vencê-la pelo afeto, conquistar-la-ia à força. Sabia o que estava fazendo. Já refletira muito sobre o assunto. Se fosse constrangido a agir assim, naturalmente teria que surgir com algo novo para suplantar os que o haviam precedido; e sentia grande curiosidade em saber se os arredores de Timbuctu não poderiam dispor de alguma casa solitária própria para receber Clara. Mas as despesas acarretadas por um estilo tão magistral, ai dele!, não se ajustavam ao seu bolso; e a prudência o obrigava a preferir uma espécie mais comedida de ruína e desgraça para o objeto de seus afetos do que um método mais renomado.

CAPÍTULO 9

Certo dia, logo após a chegada de Charlotte a Sanditon, ela teve o prazer de ver, no momento em que subia da praia para a Esplanada, a carruagem de um cavalheiro com cavalos de muda parada à porta do hotel; parecia ter acabado de chegar e, pela quantidade de bagagens que eram retiradas, podia se esperar que estivesse trazendo alguma família respeitável determinada a passar uma longa temporada.

Delighted to have such good news for Mr. and Mrs. Parker, who had both gone home some time before, she proceeded to Trafalgar House with as much alacrity as could remain after having contended for the last two hours with a very fine wind blowing directly on shore. But she had not reached the little lawn when she saw a lady walking nimbly behind her at no great distance; and convinced that it could be no acquaintance of her own, she resolved to hurry on and get into the house if possible before her. But the stranger's pace did not allow this to be accomplished. Charlotte was on the steps and had rung, but the door was not opened, when the other crossed the lawn; and when the servant appeared, they were just equally ready for entering the house.

The ease of the lady, her "How do you do, Morgan?" and Morgan's looks on seeing her, were a moment's astonishment; but another moment brought Mr. Parker into the hall to welcome the sister he had seen from the drawing room; and Charlotte was soon introduced to Miss Diana Parker. There was a great deal of surprise but still more pleasure in seeing her. Nothing could be kinder than her reception from both husband and wife. How did she come? And with whom? And they were so glad to find her equal to the journey! And that she was to belong to them was taken as a thing of course.

Miss Diana Parker was about four and thirty, of middling height and slender; delicate looking rather than sickly; with an agreeable face and a very animated eye; her manners resembling her brother's in their ease and frankness, though with more decision and less mildness in her tone. She began an account of herself without delay. Thanking them for their invitation but "that was quite out of the question for, they were all three come and meant to get into lodgings and make some stay."

"All three come! What! Susan and Arthur! Susan able to come too! This is better and better."

"Yes, we are actually all come. Quite unavoidable. Nothing else to be done. You shall hear all about it. But my dear Mary, send for the children, I long to see them."

"And how has Susan born the journey? And how is Arthur? And why do we not see him here with you?"

"Susan has born it wonderfully. She had not a wink of sleep either the night before we set out or last night at Chichester, and as this is not so common with her as with me, I have had a thousand fears for her. But she has kept up wonderfully – no hysterics of consequence till we came within sight of poor old Sanditon and the attack was not very violent – nearly over by the time we reached your hotel so that we got her out of the carriage extremely well, with only Mr. Woodcock's assistance. And when I left her she was directing the disposal of the luggage and helping old Sam uncord the trunks. She desired her best love with a thousand regrets at being so poor a creature that she could not come with me. And as for poor Arthur, he would not have been unwilling himself, but there is so much wind

Encantada por levar tão boas notícias para Mr. e Mrs. Parker, que tinham ido para casa pouco tempo antes, ela seguiu para Trafalgar House com tanta vivacidade quanto ainda podia manter depois de haver lutado durante as últimas duas horas com um forte vento que soprava diretamente sobre a praia. Mas ainda não tinha alcançado o pequeno gramado quando viu que uma senhora caminhava agilmente atrás dela, a pequena distância; e, convencida de que não podia ser nenhuma conhecida sua, decidiu apressar-se para entrar na casa, se possível, antes dela. Mas o passo da desconhecida não permitiu que o fizesse. Charlotte estava nos degraus e havia tocado a campainha, mas a porta ainda não fora aberta quando a outra cruzou o gramado; e quando o criado apareceu, as duas estavam igualmente prontas para entrar na casa.

A familiaridade da senhora com o seu "Como vai, Morgan?" e a expressão de Morgan ao vê-la causaram um momento de surpresa; mas o momento seguinte trouxe Mr. Parker ao vestíbulo para dar as boas-vindas à irmã, que ele tinha visto pelas janelas da sala de visitas; e Charlotte foi logo apresentada à Miss Diana Parker. Se houve muita surpresa, ainda maior foi o prazer que sentiram ao vê-la. Nada poderia ser mais amável do que o modo como foi recebida pelo casal. Como ela veio? E com quem? E estavam tão contentes de ver que conseguira fazer a viagem! E que ela ficaria com *eles* era algo que não admitia discussão.

Miss Diana Parker tinha cerca de trinta e quatro anos, de altura média e esbelta; aparência delicada, e não doentia; com um rosto agradável e olhos muito vivos; seus modos se assemelhavam aos do irmão pela desenvoltura e franqueza, embora com mais decisão e menos suavidade no tom de voz. Começou a falar da viagem sem demora. Agradeceu-lhes pelo convite, mas "*isso* estava fora de questão, pois vieram os três, e pretendiam ficar num alojamento para uma longa estadia."

"Vieram os três! O quê? E Susan e Arthur! Susan conseguiu vir também! A coisa está cada vez melhor."

"Sim, na verdade viemos todos. Era inevitável. Não havia outra coisa a fazer. Vocês vão saber de tudo. Mas, minha querida Mary, mande chamar as crianças, estou ansiosa por vê-las."

"E como Susan suportou a viagem? E como está o Arthur? E por que não o vemos aqui com você?"

"Susan suportou a viagem maravilhosamente. Ela não pregou o olho, nem na noite anterior à nossa partida nem na noite passada em Chichester, e, como isso não acontece tanto com ela como acontece comigo, fiquei muito temerosa por ela. Mas se portou maravilhosamente; não teve nenhuma crise de nervos importante até que avistamos a pobre e velha Sanditon e a crise não foi muito violenta; e já tinha quase passado quando chegamos ao seu hotel, de modo que a descemos muito bem da carruagem, só com a ajuda de Mr. Woodcock. E ao deixá-la, já estava supervisionando a disposição da bagagem e ajudando o velho Sam a desamarrar os baús. Mandou muitos cumprimentos e pede um milhão de desculpas por ser uma criatura tão fraca a ponto de não poder vir comigo. E quanto ao pobre Arthur, até que queria vir, mas

that I did not think he could safely venture for I am sure there is lumbago hanging about him; and so I helped him on with his great coat and sent him off to the Terrace to take us lodgings. Miss Heywood must have seen our carriage standing at the hotel. I knew Miss Heywood the moment I saw her before me on the down. My dear Tom, I am so glad to see you walk so well. Let me feel your ankle. That's right; all right and clean. The play of your sinews a very little affected, barely perceptible. Well, now for the explanation of my being here. I told you in my letter of the two considerable families I was hoping to secure for you, the West Indians and the seminary."

Here Mr. Parker drew his chair still nearer to his sister and took her hand again most affectionately as he answered, "Yes, yes, how active and how kind you have been!"

"The West Indians," she continued, "whom I look upon as the most desirable of the two, as the best of the good, prove to be a Mrs. Griffiths and her family. I know them only through others. You must have heard me mention Miss Capper, the particular friend of my very particular friend Fanny Noyce. Now, Miss Capper is extremely intimate with a Mrs. Darling, who is on terms of constant correspondence with Mrs. Griffiths herself. Only a short chain, you see, between us, and not a link wanting. Mrs. Griffiths meant to go to the sea for her young people's benefit, had fixed on the coast of Sussex, but was undecided as to the where, wanted something private, and wrote to ask the opinion of her friend, Mrs. Darling. Miss Capper happened to be staying with Mrs. Darling when Mrs. Griffiths' letter arrived and was consulted on the question. She wrote the same day to Fanny Noyce and mentioned it to her; and Fanny, all alive for us, instantly took up her pen and forwarded the circumstance to me, except as to names – which have but lately transpired. There was but one thing for me to do. I answered Fanny's letter by the same post and pressed for the recommendation of Sanditon. Fanny had feared your having no house large enough to receive such a family. But I seem to be spinning out my story to an endless length. You see how it was all managed. I had the pleasure of hearing soon afterwards, by the same simple link of connection, that Sanditon had been recommended by Mrs. Darling, and that the West Indians were very much disposed to go thither. This was the state of the case when I wrote to you. But two days ago – yes, the day before yesterday – I heard again from Fanny Noyce, saying that she had heard from Miss Capper, who by a letter from Mrs. Darling understood that Mrs. Griffiths had expressed herself in a letter to Mrs. Darling more doubtingly on the subject of Sanditon. Am I clear? I would be anything rather than not clear."

"Oh, perfectly, perfectly. Well?"

"The reason of this hesitation was her having no connections in the place, and no means of ascertaining that she should have good accommodations on arriving there; and she was particularly careful and scrupulous on all those matters, more on account of a certain Miss Lambe, a young lady – probably a niece – under her care, than on her own account or her daughters'. Miss Lambe

havia tanto vento que achei mais prudente ele não se arriscar, pois tenho certeza de que está para pegar lumbago; então, ajudei-o a vestir seu casacão e o mandei para a Esplanada para nos conseguir alojamento. Miss Heywood deve ter visto nossa carruagem na porta do hotel. Reconheci Miss Heywood no momento em que a vi diante de mim na colina. Meu caro Tom, estou tão contente em vê-lo caminhando tão bem. Deixe-me sentir seu tornozelo. Está bem; tudo em ordem. O movimento dos tendões está um pouquinho afetado, mas mal se percebe. Bem, agora vamos à explicação da minha presença aqui. Eu lhe falei em minha carta das duas numerosas famílias que estava esperando conseguir para vocês, os das Índias Ocidentais e do internato."

Neste momento, Mr. Parker puxou sua cadeira para mais perto da irmã e pegou-lhe de novo a mão de modo muito afetuoso, dizendo, "Sim, sim. Como você tem sido ativa e bondosa!"

"Os das Índias Ocidentais", continuou ela, "que das duas considero a mais desejável, o que há de melhor, são de fato uma Mrs. Griffiths e sua família. Eu só os conheço através de outros. Deve ter me ouvido mencionar Miss Capper, a grande amiga de minha grande amiga Fanny Noyce. Ora, Miss Capper é extremamente íntima de Mrs. Darling, que mantém uma correspondência constante com a própria Mrs. Griffiths. Só uma cadeia muito curta, você vê, existe entre nós, e não lhe falta nenhum elo. Mrs. Griffiths pretendia vir para o mar para benefício de seus filhos, e resolveu-se pela costa de Sussex, mas faltava decidir onde; desejava algo exclusivo e escreveu para perguntar a opinião de sua amiga, Mrs. Darling. Aconteceu de Miss Capper estar passando um tempo com Mrs. Darling quando a carta de Mrs. Griffiths chegou, e ela foi consultada sobre a questão. Escreveu no mesmo dia para Fanny Noyce e mencionou o assunto; e Fanny, muito ativa quanto aos nossos interesses, tomou da pena imediatamente e referiu a situação toda para mim, exceto os nomes – que só transpiraram mais tarde. Só havia uma coisa que eu podia fazer. Respondi a carta de Fanny na mesma hora, insistindo em recomendar Sanditon. Fanny receava que vocês não tivessem uma casa grande o bastante para receber uma família assim. Parece que estou estendendo indefinidamente minha história. Veja como tudo foi conduzido. Tive o prazer de saber logo depois, graças à mesma cadeia simples de contatos que Sanditon tinha sido recomendada por Mrs. Darling, e que eles estavam totalmente dispostos a vir para cá. As coisas estavam nesse pé ao lhe escrever. Mas dois dias atrás – sim, anteontem – voltei a ter notícias de Fanny Noyce, dizendo que soubera através de Miss Capper, que por uma carta de Mrs. Darling entendeu que Mrs. Griffiths, numa carta enviada a Mrs. Darling, havia expressado dúvidas a respeito de Sanditon. Estou sendo clara? Posso ser acusada de tudo, menos de falta de clareza."

"Ó! Perfeitamente clara, não há dúvida. E então?"

"A razão para essa hesitação era o fato de ela não ter conhecidos em Sanditon, e não ter meios de saber com certeza se teria boas acomodações ao chegar aqui; e estava sendo particularmente cuidadosa e exigente com tais questões mais por causa de certa Miss Lambe, uma jovem – provavelmente uma sobrinha – entregue aos seus cuidados, do que por sua própria causa ou de suas filhas. Miss Lambe possui

has an immense fortune, richer than all the rest, and very delicate health. One sees clearly enough by all this the *sort* of woman Mrs. Griffiths must be: as helpless and indolent as wealth and a hot climate are apt to make us. But we are not born to equal energy. What was to be done? I had a few moments' indecision, whether to offer to write to you, or to Mrs. Whitby, to secure them a house; but neither pleased me. I hate to employ others when I am equal to act myself; and my conscience told me that this was an occasion which called for me. Here was a family of helpless invalids whom I might essentially serve. I sounded Susan. The same thought had occurred to her. Arthur made no difficulties. Our plan was arranged immediately, we were off yesterday morning at six, left Chichester at the same hour today, and here we are."

"Excellent! Excellent!" cried Mr. Parker. "Diana, you are unequalled in serving your friends and doing good to all the world. I know nobody like you. Mary, my love, is not she a wonderful creature? Well, and now, what house do you design to engage for them? What is the size of their family?"

"I do not at all know," replied his sister, "have not the least idea, never heard any particulars; but I am very sure that the largest house at Sanditon cannot be too large. They are more likely to want a second. I shall take only one, however, and that but for a week certain. Miss Heywood, I astonish you. You hardly know what to make of me. I see by your looks that you are not used to such quick measures."

The words "Unaccountable officiousness! Activity run mad!" had just passed through Charlotte's mind, but a civil answer was easy.

"I dare say I do look surprised," said she, "because these are very great exertions, and I know what invalids both you and your sister are.

"Invalids indeed. I trust there are not three people in England who have so sad a right to that appellation! But my dear Miss Heywood, we are sent into this world to be as extensively useful as possible, and where some degree of strength of mind is given, it is not a feeble body which will excuse us or incline us to excuse ourselves. The world is pretty much divided between the weak of mind and the strong; between those who can act and those who cannot; and it is the bounden duty of the capable to let no opportunity of being useful escape them. My sister's complaints and mine are happily not often of a nature to threaten existence immediately. And as long as we can exert ourselves to be of use to others, I am convinced that the body is the better for the refreshment the mind receives in doing its duty. While I have been travelling with this object in view, I have been perfectly well."

The entrance of the children ended this little panegyric on her own disposition; and after having noticed and caressed them all, she prepared to go.

"Cannot you dine with us? Is not it possible to prevail on you to dine with us?" was then the cry. And that being absolutely negatived, it was, "And when shall

uma imensa fortuna, é mais rica que todos eles, e de saúde muito delicada. Pode-se ver com bastante clareza a *espécie* de mulher que deve ser Mrs. Griffiths: tão desamparada e indolente quanto a riqueza e um clima quente são capazes de propiciar. Mas não nascemos para ter a mesma energia. O que se devia fazer? Fiquei indecisa por um momento, se devia me oferecer para lhe escrever ou à Mrs. Whitby para lhes garantir uma casa; mas nada disso me agradava. Odeio recorrer aos outros quando posso agir por mim mesma, e a minha consciência me disse que aquela era uma ocasião que exigia a minha presença. Ali estava uma família de inválidos desamparados a quem devia basicamente servir. Sondei Susan. O mesmo pensamento lhe ocorrera. Arthur não criou obstáculos. Fizemos imediatamente nossos planos: partimos ontem às seis, deixamos Chichester à mesma hora de hoje, e aqui estamos."

"Excelente! Excelente!", exclamou Mr. Parker. "Diana, você não tem igual ao servir aos seus amigos e fazer o bem a todo mundo. Não conheço ninguém como você. Mary, minha querida, ela não é uma criatura maravilhosa? Bem, e agora, que casa você pretende reservar para eles? Qual é o tamanho da família?"

"Não sei de nada", respondeu sua irmã, "não tenho a menor ideia, nunca soube de nenhum detalhe; mas tenho plena certeza de que a maior casa de Sanditon não poderá ser grande demais. É mais provável até que queiram uma segunda. Vou reservar só uma, porém, e apenas por uma semana garantida. Miss Heywood, vejo que lhe causo espanto. Não sabe o que pensar de mim. Percebo pela sua expressão que não está acostumada a medidas tão ágeis."

As expressões "inexplicável intromissão!" e "atividade enlouquecedora!" acabavam de passar pela mente de Charlotte, mas uma resposta cortês era mais cômoda.

"Confesso que pareço surpresa", disse ela, "porque esses são esforços imensos e sei o quanto a senhora e sua irmã são doentes."

"Doentes, de fato. Creio que não há em toda Inglaterra três pessoas que tenham mais triste direito a esse título! Mas minha cara Miss Heywood, somos enviados a este mundo para sermos tão úteis quanto possível, e, onde nos é concedido algum grau de força de espírito, não será um corpo fraco que poderá nos desculpar ou nos levar a nos desculparmos. O mundo é praticamente dividido entre os fracos e os fortes de espírito; entre os que podem e os que não podem agir; e é o dever imperioso dos capazes não deixar escapar nenhuma oportunidade de ser útil. As queixas minhas e de minha irmã, felizmente, não são de natureza tão frequente que nos ameace a existência de imediato. E, enquanto pudermos nos esforçar para sermos úteis aos outros, estou convencida de que o corpo se beneficia com o descanso que o espírito recebe ao cumprir o seu dever. Enquanto viajei com esse objetivo em mente, senti-me perfeitamente bem."

A entrada das crianças terminou com esse pequeno panegírico sobre sua própria disposição; e, após observar e acariciar a todos, ela preparou-se para sair.

"Não pode jantar conosco? Não é possível convencê-la a jantar conosco?", foi a exclamação geral. E sendo a resposta absolutamente negativa, ouviu-se, "E

we see you again? And how can we be of use to you?" And Mr. Parker warmly offered his assistance in taking the house for Mrs. Griffiths.

"I will come to you the moment I have dined," said he, "and we will go about together."

But this was immediately declined.

"No, my dear Tom, upon no account in the world shall you stir a step on any business of mine. Your ankle wants rest. I see by the position of your foot that you have used it too much already. No, I shall go about my house-taking directly. Our dinner is not ordered till six; and by that time I hope to have completed it. It is now only half past four. As to seeing me again today, I cannot answer for it. The others will be at the hotel all the evening and delighted to see you at any time; but as soon as I get back I shall hear what Arthur has done about our own lodgings, and probably the moment dinner is over shall be out again on business relative to them, for we hope to get into some lodgings or other and be settled after breakfast tomorrow. I have not much confidence in poor Arthur's skill for lodging-taking, but he seemed to like the commission."

"I think you are doing too much," said Mr. Parker. "You will knock yourself up. You should not move again after dinner."

"No, indeed you should not," cried his wife, "for dinner is such a mere name with you all that it can do you no good. I know what your appetites are."

"My appetite is very much mended, I assure you, lately. I have been taking some bitters of my own decocting, which have done wonders. Susan never eats, I grant you; and just at present I shall want nothing. I never eat for about a week after a journey. But as for Arthur, he is only too much disposed for food. We are often obliged to check him."

"But you have not told me anything of the other family coming to Sanditon," said Mr. Parker as he walked with her to the door of the house. "The Camberwell Seminary. Have we a good chance of them?"

"Oh, certain. Quite certain. I had forgotten them for the moment. But I had a letter three days ago from my friend Mrs. Charles Dupuis, which assured me of Camberwell. Camberwell will be here to a certainty, and very soon. That good woman – I do not know her name – not being so wealthy and independent as Mrs. Griffiths, can travel and choose for herself. I will tell you how I got at her. Mrs. Charles Dupuis lives almost next door to a lady, who has a relation lately settled at Clapham, who actually attends the seminary and gives lessons on eloquence and Belles Lettres to some of the girls. I got this man a hare from one of Sidney's friends; and he recommended Sanditon. Without my appearing however, Mrs. Charles Dupuis managed it all."

quando a veremos de novo? Em que podemos lhes ser úteis?" E Mr. Parker ofereceu calorosamente sua ajuda para reservar a casa para Mrs. Griffiths.

"Irei procurá-los assim que tenha terminado de jantar", disse ele, "e iremos juntos até lá."

Mas essa oferta foi imediatamente recusada.

"Não, meu caro Tom, não deve por nada deste mundo dar um passo no que se refere aos meus negócios. Seu tornozelo necessita de repouso. Vejo pela posição do seu pé que já o usou muito. Não, eu mesma tratarei da locação imediatamente. Nosso jantar está marcado apenas para as seis, e à essa hora espero já ter resolvido. Agora são só quatro e meia. Quanto a me ver de novo hoje, não posso garantir. Os outros estarão no hotel a noite inteira e ficarão encantados de vê-lo a qualquer hora; mas assim que eu voltar saberei o que Arthur conseguiu a respeito das nossas próprias acomodações e, provavelmente, logo que o jantar terminar estarei fora de novo resolvendo isso, pois esperamos conseguir um alojamento qualquer para nos instalarmos amanhã depois do café da manhã. Não tenho muita confiança na habilidade de Arthur para arranjar acomodações, mas ele pareceu gostar da incumbência."

"Creio que está fazendo coisas demais", disse Mr. Parker. "Vai acabar se esgotando. Não devia sair de novo depois do jantar."

"Não, realmente, não devia", exclamou sua esposa, "pois jantar é só uma palavra para vocês e isso não pode lhes fazer nenhum bem. Conheço bem o seu apetite."

"Meu apetite ultimamente está muito melhor, asseguro-lhe. Tenho tomado alguns *bitters*[25] que eu mesma preparo e que fazem maravilhas. Susan nunca come, reconheço; e no momento eu não quero nada. Não consigo comer por cerca de uma semana, após uma viagem. Mas quanto ao Arthur, está sempre disposto demais para comer. Às vezes, somos obrigadas a controlá-lo."

"Mas você não me contou nada sobre a outra família que está vindo para Sanditon", disse Mr. Parker, enquanto a acompanhava até a porta da casa. "O internato de Camberwell. Será que temos alguma possibilidade com eles?"

"Ó, claro. Com toda certeza. Havia me esquecido deles por um momento. Mas três dias atrás recebi uma carta de minha amiga Mrs. Charles Dupuis, assegurando-me sobre Camberwell. Camberwell estará aqui com certeza, e muito em breve. Essa boa mulher – cujo nome não sei – não sendo tão rica e independente como Mrs. Griffiths, pode viajar e decidir por si. Vou lhe dizer como cheguei a ela. Mrs. Charles Dupuis mora quase ao lado de uma senhora que tem um parente recentemente estabelecido em Clapham, que na verdade leciona no internato e dá lições de oratória e literatura clássica para algumas das meninas. Eu consegui para esse senhor uma lebre, que recebi de um dos amigos de Sidney, e ele recomendou Sanditon. Foi Mrs. Charles Dupuis quem conseguiu tudo, sem que eu sequer aparecesse."

---

25 Bebida alcoólica, normalmente em forma de licor, com sabor de essências herbais, caracterizado por um sabor amargo ou agridoce, muito utilizado desde o século XVIII como bebida digestiva.

CHAPTER 10

It was not a week since Miss Diana Parker had been told by her feelings, that the sea air would probably, in her present state, be the death of her; and now she was at Sanditon, intending to make some stay and without appearing to have the slightest recollection of having written or felt any such thing. It was impossible for Charlotte not to suspect a good deal of fancy in such an extraordinary state of health. Disorders and recoveries so very much out of the common way seemed more like the amusement of eager minds in want of employment, than of actual afflictions and relief. The Parkers were, no doubt, a family of imagination and quick feelings, and while the eldest brother found vent for his superfluity of sensation as a projector, the sisters were perhaps driven to dissipate theirs in the invention of odd complaints.

The whole of their mental vivacity was evidently not so employed; part was laid out in a zeal for being useful. It would seem that they must either be very busy for the good of others or else extremely ill themselves. Some natural delicacy of constitution in fact, with an unfortunate turn for medicine, especially quack medicine, had given them an early tendency at various times, to various disorders; the rest of their sufferings was from fancy, the love of distinction and the love of the wonderful. They had charitable hearts and many amiable feelings; but a spirit of restless activity, and the glory of doing more than anybody else, had their share in every exertion of benevolence; and there was vanity in all they did, as well as in all they endured.

Mr. and Mrs. Parker spent a great part of the evening at the hotel; but Charlotte had only two or three views of Miss Diana posting over the down after a house for this lady whom she had never seen, and who had never employed her. She was not made acquainted with the others till the following day, when, being removed into lodgings and all the party continuing quite well, their brother and sister and herself were entreated to drink tea with them.

They were in one of the Terrace houses; and she found them arranged for the evening in a small neat drawing room, with a beautiful view of the sea if they had chosen it; but though it had been a very fair English summer day, not only was there no open window, but the sofa and the table, and the establishment in general was all at the other end of the room by a brisk fire. Miss Parker, whom, remembering the three teeth drawn in one day, Charlotte approached with a peculiar degree of respectful compassion, was not very unlike her sister in person or manner, though more thin and worn by illness and medicine, more relaxed in air and more subdued in voice. She talked, however, the whole evening as incessantly as Diana; and excepting that she sat with salts in her hand, took drops two or three times from one out of several phials already at home on the mantelpiece, and made a great many odd faces and contortions, Charlotte could perceive no symptoms of illness which she, in the boldness of her own good health, would not have undertaken to cure by

CAPÍTULO 10

Há menos de uma semana os sentimentos de Miss Diana Parker lhe haviam dito que o ar marinho, no seu estado atual de saúde, provavelmente seria a morte para ela; e agora, lá estava ela em Sanditon, pretendendo permanecer por algum tempo, e sem parecer que tivesse a mais leve lembrança de ter escrito ou sentido qualquer coisa do gênero. Era impossível para Charlotte não suspeitar de que houvesse um bocado de fantasia em tão extraordinário estado de saúde. Doenças e restabelecimentos tão fora das regras comuns pareciam mais a diversão de mentes ansiosas em busca de ocupação do que aflições e alívios verdadeiros. Os Parker eram sem dúvida uma família de muita imaginação e sentimentos vivos, e, enquanto o irmão mais velho dera vazão a seu excesso de sensibilidade tornando-se um investidor, as irmãs foram talvez levadas a dissipar a delas na invenção de estranhas doenças.

Sua vivacidade mental evidentemente não era utilizada por inteiro; parte era consumida no seu ardor por serem úteis. Parecia que ou deviam estar muito ocupados fazendo o bem aos outros ou então extremamente doentes. Certa delicadeza natural de constituição, na verdade, junto a um pendor infeliz para a medicina, especialmente a medicina dos charlatões, trouxera-lhes uma tendência precoce para vários distúrbios, em várias épocas; o resto de seus males vinha da imaginação, do amor por se mostrar e do amor pelo surpreendente. Tinham um coração caridoso e muitos sentimentos amáveis; mas um espírito de atividade incansável e a glória de fazer mais do que qualquer outro tinham sua parte em cada um dos seus esforços de benevolência; e havia vaidade em tudo o que faziam, bem como em tudo o que suportavam.

Mr. e Mrs. Parker passaram grande parte da noite no hotel; mas Charlotte só teve uma ou duas chances de ver Miss Diana correndo pela colina atrás de uma casa para uma senhora que ela nunca tinha visto, e que nunca lhe pedira isso. Charlotte só conheceu os outros no dia seguinte, quando, depois de terem se mudado para seus alojamentos e todos continuarem se sentindo muito bem, o irmão, a cunhada e ela mesma foram instados a tomar chá com eles.

Alugaram uma das casas da Esplanada; e Charlotte os encontrou preparados para a noite numa sala pequena e elegante, com uma bela vista para o mar, caso o desejassem; mas, embora fosse um lindo dia de verão inglês, não só não havia nenhuma janela aberta, como o sofá e a mesa e os móveis de modo geral estavam todos do outro lado da peça junto a um fogo vivo. Miss Parker, de quem Charlotte, lembrando-se dos três dentes arrancados num só dia, se aproximou com um elevado grau de compaixão respeitosa, não era muito diferente da irmã na aparência ou nas maneiras, embora mais magra, e mesmo abatida pela doença e pelos remédios tinha o ar mais descansado e a voz mais suave. No entanto, falou a noite inteira de modo tão incessante quanto Diana; e, exceto por ter se sentado com os sais à mão, tomado duas ou três vezes algumas gotas de um dos vários frascos já dispostos no consolo da lareira, e feito várias caretas e contorções, Charlotte não pôde perceber nenhum sintoma de doença que ela própria, na audácia de sua boa saúde, não tivesse tentado

putting out the fire, opening the window and disposing of the drops and the salts by means of one or the other. She had had considerable curiosity to see Mr. Arthur Parker; and having fancied him a very puny, delicate-looking young man, materially the smallest of a not very robust family, was astonished to find him quite as tall as his brother, and a great deal stouter, broad made and lusty, and with no other look of an invalid than a sodden complexion.

Diana was evidently the chief of the family, principal mover and actor. She had been on her feet the whole morning, on Mrs. Griffiths' business or their own, and was still the most alert of the three. Susan had only superintended their final removal from the hotel, bringing two heavy boxes herself, and Arthur had found the air so cold that he had merely walked from one house to the other as nimbly as he could, and boasted much of sitting by the fire till he had cooked up a very good one. Diana, whose exercise had been too domestic to admit of calculation but who, by her own account, had not once sat down during the space of seven hours, confessed herself a little tired. She had been too successful, however, for much fatigue; for not only had she, by walking and talking down a thousand difficulties, at last secured a proper house at eight guineas per week for Mrs. Griffiths; she had also opened so many treaties with cooks, housemaids, washerwomen and bathing women, that Mrs. Griffiths would have little more to do on her arrival than to wave her hand and collect them around her for choice. Her concluding effort in the cause, had been a few polite lines of information to Mrs. Griffiths herself, time not allowing for the circuitous train of intelligence which had been hitherto kept up; and she was now regaling in the delight of opening the first trenches of an acquaintance with such a powerful discharge of unexpected obligation.

Mr. and Mrs. Parker and Charlotte had seen two post chaises crossing the down to the hotel as they were setting off, a joyful sight and full of speculation. The Miss Parkers and Arthur had also seen something; they could distinguish from their window that there was an arrival at the hotel, but not its amount. Their visitors answered for two hack chaises. Could it be the Camberwell Seminary? No, no. Had there been a third carriage, perhaps it might; but it was very generally agreed that two hack chaises could never contain a seminary. Mr. Parker was confident of another new family.

When they were all finally seated, after some removals to look at the sea and the hotel, Charlotte's place was by Arthur, who was sitting next to the fire with a degree of enjoyment which gave a good deal of merit to his civility in wishing her to take his chair. There was nothing dubious in her manner of declining it and he sat down again with much satisfaction. She drew back her chair to have all the advantage of his person as a screen, and was very thankful for every inch of back and shoulders beyond her preconceived idea. Arthur was heavy in eye as well as figure, but by no means indisposed to talk; and while the other four were chiefly engaged together, he evidently felt it no penance to have a fine young woman next to him, requiring in common politeness some attention, as his brother, who felt

curar apenas apagando a lareira, abrindo a janela e se desfazendo dos sais e das gotas por meio de uma ou de outra. Sentira bastante curiosidade de conhecer Mr. Arthur Parker; e, tendo imaginado um rapaz muito franzino, de aspecto delicado, e o menor em físico de uma família não muito robusta, ficou espantada ao ver que ele era tão alto quanto o irmão dela, e um bocado mais robusto, de ombros largos e vigorosos, não tendo nada de inválido, senão uma compleição meio pesada.

Diana era evidentemente a chefe da família, seu motor e personagem principais. Passara andando a manhã inteira, tratando dos assuntos de Mrs. Griffiths ou dos deles, e ainda era a mais alerta dos três. Susan tinha apenas supervisionado sua mudança final do hotel, carregando ela mesma duas caixas pesadas, enquanto Arthur havia achado o ar tão frio que simplesmente caminhara de uma casa para a outra tão agilmente quanto pôde, e se gabava de ter ficado junto ao fogo até conseguir uma boa chama. Diana, cuja atividade fora doméstica demais para se admitir que tivesse sido calculada, mas que, pelo que contara, não se sentara nem uma vez no espaço de sete horas, confessou-se um pouco cansada. Tivera enorme êxito, porém, mas com muita fadiga; pois, caminhando e vencendo mil dificuldades, não apenas havia garantido uma casa apropriada para Mrs. Griffiths por oito guinéus por semana, como também começara tantas tratativas com cozinheiras, criadas, lavadeiras e banhistas, que Mrs. Griffiths teria pouco mais a fazer, à sua chegada, do que erguer a mão e juntá-las ao seu redor quando quisesse. Seu esforço final pela causa tinha sido enviar algumas linhas corteses de informação à própria Mrs. Griffiths, já que o pouco tempo disponível não permitia o uso da cadeia tortuosa de informações que tinha sido mantida até então; e estava agora se deliciando com o prazer de cavar as primeiras trincheiras de um relacionamento com tão poderosa efusão de inesperada cortesia.

Ao sairem, Mr. e Mrs. Parker e Charlotte haviam visto duas carruagens postais cruzando a colina na direção do hotel, uma visão prazerosa e carregada de especulações. As Parker e Arthur também tinham visto algo; puderam ver pela janela que houvera uma chegada ao hotel, mas não sabiam quantas pessoas. Os visitantes respondiam pela lotação de duas carruagens de aluguel. Poderia ser o internato de Camberwell? Não, não era. Se houvesse uma terceira carruagem, talvez sim, mas houve um consenso geral de que duas carruagens de aluguel jamais poderiam conter um internato inteiro. Mr. Parker estava confiante na chegada de uma nova família.

Quando todos finalmente se sentaram, após alguns deslocamentos para ver o mar e o hotel, Charlotte acabou ao lado de Arthur, que estava sentado próximo ao fogo com grande prazer, o que tornava bastante meritório sua cortesia em oferecer-lhe o lugar. Não houve nada dúbio na maneira como ela recusou o oferecimento, e ele voltou a sentar-se com muita satisfação. Ela recuou sua cadeira de modo a tirar toda vantagem do corpo dele como anteparo e ficou muito agradecida por cada polegada de costas e ombros que ultrapassava sua ideia preconcebida. Arthur era tão pesado no olhar quanto na figura, mas de modo algum indisposto a conversar; e, enquanto os demais ocupavam-se principalmente entre si, era evidente que ele não considerava nenhuma penitência ter perto de si uma bela jovem que exigia, pelas regras da boa educação,

the decided want of some motive for action, some powerful object of animation for him, observed with considerable pleasure.

Such was the influence of youth and bloom that he began even to make a sort of apology for having a fire. "We should not have had one at home," said he, "but the sea air is always damp. I am not afraid of anything so much as damp."

"I am so fortunate," said Charlotte, "as never to know whether the air is damp or dry. It has always some property that is wholesome and invigorating to me."

"I like the air too, as well as anybody can," replied Arthur. "I am very fond of standing at an open window when there is no wind. But, unluckily, a damp air does not like me. It gives me the rheumatism. You are not rheumatic, I suppose?"

"Not at all."

"That's a great blessing. But perhaps you are nervous?"

"No, I believe not. I have no idea that I am."

"I am very nervous. To say the truth, nerves are the worst part of my complaints in my opinion. My sisters think me bilious, but I doubt it."

"You are quite in the right to doubt it as long as you possibly can, I am sure."

"If I were bilious," he continued, "you know, wine would disagree with me, but it always does me good. The more wine I drink in moderation the better I am. I am always best of an evening. If you had seen me today before dinner, you would have thought me a very poor creature."

Charlotte could believe it. She kept her countenance, however, and said, "As far as I can understand what nervous complaints are, I have a great idea of the efficacy of air and exercise for them – daily, regular exercise – and I should recommend rather more of it to you than I suspect you are in the habit of taking."

"Oh, I am very fond of exercise myself," he replied, "and I mean to walk a great deal while I am here, if the weather is temperate. I shall be out every morning before breakfast and take several turns upon the Terrace, and you will often see me at Trafalgar House."

"But you do not call a walk to Trafalgar House much exercise?"

"Not as to mere distance, but the hill is so steep! Walking up that hill, in the middle of the day, would throw me into such a perspiration! You would see me all in a bath by the time I got there! I am very subject to perspiration, and there cannot be a surer sign of nervousness."

They were now advancing so deep in physics, that Charlotte viewed the entrance of the servant with the tea things as a very fortunate interruption. It produced a great and immediate change. The young man's attentions were instantly lost. He took his own cocoa from the tray, which seemed provided with almost as many teapots as there were persons in company; Miss Parker drinking one sort of herb tea, and Miss Diana another and turning completely to the fire, sat coddling

um pouco de atenção, como seu irmão observou com considerável prazer, sentindo a indubitável falta de algum motivo para ação, algum poderoso motivo que o animasse.

Tal foi a influência da juventude e do frescor que ele até fez uma espécie de desculpas por ter acendido o fogo. "Em casa não precisaríamos de um", disse ele, "mas o ar marinho é sempre úmido. Não há nada que eu receie mais do que a umidade."

"Pois tenho a sorte de jamais saber se o ar está úmido ou seco", disse Charlotte. "Sempre tem alguma propriedade que para mim é saudável e revigorante."

"Também gosto do ar livre, tanto quanto qualquer um", respondeu Arthur. "Adoro ficar diante de uma janela aberta quando não há vento. Mas, infelizmente, é o ar úmido que não gosta de mim. Causa-me reumatismo. Não é reumática, imagino?"

"De modo algum."

"É uma grande bênção. Mas quem sabe sofre dos nervos?"

"Não, creio que não. Não tenho conhecimento de que sofra."

"Sou muito nervoso. Para dizer a verdade, os nervos são a pior parte de minhas queixas em minha opinião. Minhas irmãs acham que sou bilioso, mas duvido."

"Tem todo o direito de duvidar disso enquanto puder, tenho certeza."

"Se eu fosse bilioso", continuou ele, "o vinho me faria mal, mas, sabe, sempre me faz bem. Quanto mais vinho eu tomo, com moderação, melhor me sinto. É sempre à noite que me sinto melhor. Se tivesse me visto hoje antes do jantar, teria me achado um pobre coitado."

Charlotte bem que o acreditava. Manteve a compostura, porém, e disse, "Até onde entendo o que são as doenças nervosas, tenho bastante conhecimento da eficácia do ar livre e dos exercícios sobre elas; exercício diário, regular, e eu lhe recomendaria mais exercício do que suspeito tenha o hábito de fazer."

"Ó, eu mesmo adoro exercícios, também", respondeu ele, "e pretendo caminhar um bocado enquanto estiver aqui, se o tempo for agradável. Sairei todas as manhãs antes do café e darei várias voltas pela Esplanada e ver-me-á com frequência em Trafalgar House."

"Mas não acha uma caminhada até Trafalgar House muito grande?"

"Não no que se refere à distância, mas a subida é tão íngreme! Subir essa colina, no meio do dia, me faria transpirar demais! A senhorita iria me ver banhado de suor quando eu chegasse lá! Sou muito sujeito à transpiração, e não pode haver sinal mais certo de nervosismo."

Estavam agora avançando tanto em questões de exercícios físicos que Charlotte viu como uma feliz interrupção a entrada da criada com o serviço de chá. Isso produziu uma considerável e imediata mudança. A atenção do rapaz foi imediatamente desviada. Pegou seu próprio chocolate da bandeja, que parecia conter quase o mesmo número de bules que o das pessoas na sala; Miss Parker bebia um tipo de chá de ervas e Miss Diana outro; e, inteiramente voltando para o fogo, mexia e

and cooking it to his own satisfaction and toasting some slices of bread, brought up ready-prepared in the toast rack – and till it was all done, she heard nothing of his voice but the murmuring of a few broken sentences of self-approbation and success.

When his toils were over, however, he moved back his chair into as gallant a line as ever, and proved that he had not been working only for himself by his earnest invitation to her to take both cocoa and toast. She was already helped to tea, which surprised him, so totally self-engrossed had he been.

"I thought I should have been in time," said he, "but cocoa takes a great deal of boiling."

"I am much obliged to you," replied Charlotte. "But I prefer tea."

"Then I will help myself," said he. "A large dish of rather weak cocoa every evening agrees with me better than anything."

It struck her, however, as he poured out this rather weak cocoa, that it came forth in a very fine, dark-coloured stream; and at the same moment, his sisters both crying out, "Oh, Arthur, you get your cocoa stronger and stronger every evening," with Arthur's somewhat conscious reply of 'Tis rather stronger than it should be tonight", convinced her that Arthur was by no means so fond of being starved as they could desire, or as he felt proper himself. He was certainly very happy to turn the conversation on dry toast and hear no more of his sisters.

"I hope you will eat some of this toast," said he. "I reckon myself a very good toaster. I never burn my toasts, I never put them too near the fire at first. And yet, you see, there is not a corner but what is well browned. I hope you like dry toast."

"With a reasonable quantity of butter spread over it, very much," said Charlotte, "but not otherwise.

"No more do I," said he, exceedingly pleased. "We think quite alike there. So far from dry toast being wholesome, I think it a very bad thing for the stomach. Without a little butter to soften it, it hurts the coats of the stomach. I am sure it does. I will have the pleasure of spreading some for you directly, and afterwards I will spread some for myself. Very bad indeed for the coats of the stomach, but there is no convincing some people. It irritates and acts like a nutmeg grater."

He could not get command of the butter, however, without a struggle; his sisters accusing him of eating a great deal too much and declaring he was not to be trusted, and he maintaining that he only ate enough to secure the coats of his stomach, and besides, he only wanted it now for Miss Heywood.

Such a plea must prevail. He got the butter and spread away for her with an accuracy of judgement which at least delighted himself. But when her toast was done and he took his own in hand, Charlotte could hardly contain herself

cozinhava lentamente sua bebida, preparando-a a seu gosto, enquanto aquecia algumas torradas trazidas já prontas na bandeja, e, até que tudo estivesse terminado, Charlotte não ouviu a voz dele, a não ser por alguns murmúrios de frases entrecortadas com que expressava sua autoaprovação com o sucesso obtido.

Ao terminar a tarefa, contudo, voltou sua cadeira para a mesma posição galante de antes, e demonstrou que não estivera trabalhando apenas em seu benefício ao insistir fervorosamente para que ela se servisse do chocolate e das torradas. Ela já havia se servido de chá, o que o pegou de surpresa, tão entretido estivera em sua ocupação.

"Achei que terminaria a tempo", disse ele, "mas o chocolate custa muito a ferver."

"Agradeço-lhe muito", respondeu Charlotte, "mas prefiro chá."

"Vou me servir, então", disse ele. "Uma boa xícara de chocolate bem fraco todas as noites me faz muito bem, mais do que qualquer outra coisa."

Ela se surpreendeu, contudo, ao vê-lo despejar o que chamava de chocolate fraco, pois saiu do bule um belo jato de cor escura; no mesmo instante, a exclamação das suas irmãs, "Ó, Arthur, a cada noite você faz o seu chocolate mais forte!" e a resposta um tanto embaraçada dele, "Está um pouco mais forte do que deveria esta noite", a convenceu de que Arthur não apreciava nem um pouco fazer jejum como queriam ou como ele mesmo achava adequado. Certamente ficou muito contente de mudar a conversa para as torradas e não ouvir mais nada do que as irmãs diziam.

"Espero que aceite algumas destas torradas", disse ele. "Considero-me um bom preparador de torradas. Nunca as deixo queimar, nunca as ponho muito perto do fogo no início. E, como pode ver, não há nem um canto que não esteja bem dourado. Espero que goste de torrada pura."

"Com uma razoável quantidade de manteiga espalhada por cima, gosto muito", disse Charlotte, "mas não de outro jeito."

"Eu também não", disse, extremamente satisfeito. "Neste ponto concordamos sim. Longe de achar as torradas puras saudáveis, creio que fazem muito mal ao estômago. Sem um pouco de manteiga para amolecê-las, ferem as paredes do estômago. Estou certo disso. Terei o prazer de espalhar um pouco de manteiga nelas para você agora mesmo, e depois farei o mesmo para mim. Fazem muito mal, de fato, às paredes do estômago, mas não há como convencer certas pessoas. Irritam e agem como um ralador de noz-moscada."

Mas ele não conseguiu se apoderar da manteiga sem luta, com as irmãs acusando-o de comer demais e declarando que não se devia confiar nele, e ele sustentando que comia apenas o suficiente para preservar as paredes do estômago, e que além do mais só queria a manteiga agora para Miss Heywood.

Tal argumento só poderia prevalecer. Ele conseguiu a manteiga, e espalhou-a na torrada para ela com uma precisão que pelo menos o agradou. Mas, quando a torrada dela ficou pronta e ele pegou a sua na mão, Charlotte mal pôde se conter ao vê-lo

as she saw him watching his sisters while he scrupulously scraped off almost as much butter as he put on, and then seizing an odd moment for adding a great dab just before it went into his mouth. Certainly, Mr. Arthur Parker's enjoyments in invalidism were very different from his sisters, by no means so spiritualised. A good deal of earthy dross hung about him. Charlotte could not but suspect him of adopting that line of life principally for the indulgence of an indolent temper, and to be determined on having no disorders but such as called for warm rooms and good nourishment.

In one particular, however, she soon found that he had caught something from them. "What!" said he. "Do you venture upon two dishes of strong green tea in one evening? What nerves you must have! How I envy you. Now, if I were to swallow only one such dish, what do you think its effect would be upon me?"

"Keep you awake perhaps all night," replied Charlotte, meaning to overthrow his attempts at surprise, by the grandeur of her own conceptions.

"Oh, if that were all!" he exclaimed. "No. It acts on me like poison and would entirely take away the use of my right side before I had swallowed it five minutes. It sounds almost incredible, but it has happened to me so often that I cannot doubt it. The use of my right side is entirely taken away for several hours!"

"It sounds rather odd to be sure," answered Charlotte coolly, "but I dare say it would be proved to be the simplest thing in the world by those who have studied right sides and green tea scientifically and thoroughly understand all the possibilities of their action on each other."

Soon after tea, a letter was brought to Miss Diana Parker from the hotel.

"From Mrs. Charles Dupuis," said she, "some private hand."

And, having read a few lines, exclaimed aloud, "Well, this is very extraordinary! Very extraordinary indeed! That both should have the same name. Two Mrs. Griffiths! This is a letter of recommendation and introduction to me of the lady from Camberwell and her name happens to be Griffiths too."

A few more lines, however, and the colour rushed into her cheeks and with much perturbation, she added, "The oddest thing that ever was! A Miss Lambe too! A young West Indian of large fortune. But it cannot be the same. Impossible that it should be the same."

She read the letter aloud for comfort. It was merely to introduce the bearer, Mrs. Griffiths from Camberwell, and the three young ladies under her care, to Miss Diana Parker's notice. Mrs. Griffiths, being a stranger at Sanditon, was anxious for a respectable introduction; and Mrs. Charles Dupuis, therefore, at the instance of the intermediate friend, provided her with this letter, knowing that she could not do her dear Diana a greater kindness than by giving her the means of being useful.

"Mrs. Griffiths' chief solicitude would be for the accommodation and

observando as irmãs enquanto passava escrupulosamente na torrada quase a mesma quantidade de manteiga que pusera na outra, e então, aproveitando um momento de descuido, acrescentar-lhe uma boa camada logo antes de metê-la na boca. Certamente, os prazeres que Mr. Arthur Parker encontrava em ser um enfermo eram muito diferentes dos de suas irmãs, nem um pouco tão espiritualizados. Uma boa quantidade de males terrenos o esperava. Charlotte só podia suspeitar que adotasse aquele estilo de vida principalmente para satisfazer um temperamento indolente, determinado a não sofrer de nenhuma doença que não exigisse aposentos aquecidos e boa alimentação.

Em um particular, contudo, ela logo descobriu que ele tinha assimilado algo das irmãs. "Como?", disse ele. "Arrisca-se a tomar duas xícaras desse chá verde forte numa mesma noite? Que coragem possui! Eu a invejo. Ora, se tivesse que tomar apenas uma xícara, que efeito acha que teria sobre mim?"

"Mantê-lo acordado a noite inteira, talvez", respondeu Charlotte, querendo derrubar as tentativas dele de surpresa, pela grandeza de suas próprias concepções.

"Ah, se fosse só isso!", exclamou ele. "Não. Ele agiria sobre mim como um veneno, e me tiraria completamente o uso do lado direito cinco minutos depois de tê-lo tomado. Parece quase inacreditável, mas me aconteceu com tanta frequência que não posso duvidar. Perco inteiramente o uso do lado direito por várias horas!"

"Parece bastante estranho, sem dúvida", respondeu Charlotte friamente, "mas ouso dizer que aqueles que estudaram cientificamente o lado direito do corpo e as propriedades do chá verde, e entendem perfeitamente todas as possibilidades de ação de um sobre o outro, provariam que se trata da coisa mais simples do mundo."

Logo depois do chá, chegou uma carta do hotel para Miss Diana Parker.

"É de Mrs. Charles Dupuis", disse ela, "correspondência pessoal."

E, depois de ler algumas linhas, exclamou em voz alta, "Ora, mas isto é realmente extraordinário! Muito extraordinário, de fato! Que ambas tenham o mesmo nome. Duas Mrs. Griffiths! Esta é uma carta de recomendação para me apresentar à senhora de Camberwell e acontece que seu nome também é Griffiths."

Mais algumas linhas, no entanto, e o rubor subiu-lhe às faces, e ela, muito perturbada, acrescentou, "A coisa mais estranha que já aconteceu! E também uma Miss Lambe! Uma jovem das Índias Ocidentais de grande fortuna. Mas não pode ser a mesma. É impossível que seja a mesma."

Achou mais cômodo ler a carta em voz alta. Era apenas para recomendar a portadora, Mrs. Griffiths de Camberwell, e as três jovens sob seus cuidados à consideração de Miss Diana Parker. Mrs. Griffiths, não conhecendo ninguém em Sanditon, estava ansiosa para ser apresentada a alguém respeitável; e Mrs. Charles Dupuis, portanto, por instância do amigo que servira de intermediário, providenciou-lhe essa carta, sabendo que não podia fazer maior gentileza para sua querida Diana do que lhe dando uma oportunidade de ser útil.

"A preocupação principal de Mrs. Griffiths seria com a acomodação e o

comfort of one of the young ladies under her care, a Miss Lambe, a young West Indian of large fortune in delicate health."

It was very strange! Very remarkable! Very extraordinary! But they were all agreed in determining it to be impossible that there should not be two families; such a totally distinct set of people as were concerned in the reports of each made that matter quite certain. There must be two families. Impossible to be otherwise. "Impossible" and "Impossible" were repeated over and over again with great fervour. An accidental resemblance of names and circumstances, however striking at first, involved nothing really incredible; and so it was settled.

Miss Diana herself derived an immediate advantage to counter-balance her perplexity. She must put her shawl over her shoulders and be running about again. Tired as she was, she must instantly repair to the hotel to investigate the truth and offer her services.

CHAPTER 11

It would not do. Not all that the whole Parker race could say among themselves could produce a happier catastrophe than that the family from Surrey and the family from Camberwell were one and the same. The rich West Indians and the young ladies' seminary had all entered Sanditon in those two hack chaises. The Mrs. Griffiths who, in her friend Mrs. Darling's hands, had wavered as to coming and been unequal to the journey, was the very same Mrs. Griffiths whose plans were at the same period (under another representation) perfectly decided, and who was without fears or difficulties.

All that had the appearance of incongruity in the reports of the two might very fairly be placed to the account of the vanity, the ignorance, or the blunders of the many engaged in the cause by the vigilance and caution of Miss Diana Parker. Her intimate friends must be officious like herself; and the subject had supplied letters and extracts and messages enough to make everything appear what it was not. Miss Diana probably felt a little awkward on being first obliged to admit her mistake. A long journey from Hampshire taken for nothing, a brother disappointed, an expensive house on her hands for a week must have been some of her immediate reflections; and much worse than all the rest must have been the sensation of being less clear-sighted and infallible than she had believed herself.

No part of it, however, seemed to trouble her for long. There were so many to share in the shame and the blame that probably, when she had divided out their proper portions to Mrs. Darling, Miss Capper, Fanny Noyce, Mrs. Charles Dupuis and Mrs. Charles Dupuis's neighbour, there might be a mere trifle of reproach remaining for herself. At any rate, she was seen all the following morning walking about after lodgings with Mrs. Griffiths as alert as ever.

Mrs. Griffiths was a very well-behaved, genteel kind of woman, who

conforto de uma das jovens sob seus cuidados, Miss Lambe, uma jovem das Índias Ocidentais de grande fortuna e saúde delicada."

Era muito estranho! Muito fora do comum! Muito extraordinário! Mas todos concordavam que era impossível que não houvesse duas famílias, já que os relatos sobre cada uma, vindos de um grupo totalmente distinto de pessoas, tornavam essa questão mais do que certa. Tinha que haver duas famílias. Impossível ser de outro modo. "Impossível" e "Impossível" eram repetidos inúmeras vezes com grande fervor. Uma semelhança acidental de nomes e circunstâncias, embora surpreendente a princípio, não era nada de realmente inacreditável; e assim ficou decidido.

Miss Diana tirou disso uma vantagem imediata para contrabalançar sua perplexidade. Devia vestir o xale e sair correndo de novo. Cansada como estava, tinha que dirigir-se imediatamente ao hotel para investigar a verdade e oferecer seus serviços.

CAPÍTULO 11

Mas não houve jeito. Nada que todo o clã dos Parker pudesse argumentar entre si seria capaz de tornar menos infeliz a catástrofe de a família de Surrey e a família de Camberwell serem uma só e a mesma. Os antilhanos ricos e o internato de jovens damas haviam chegado juntos em Sanditon naquelas duas carruagens de aluguel. A Mrs. Griffiths que, no entender de sua amiga, Mrs. Darling, havia hesitado sobre vir por não ser capaz de suportar a viagem, era exatamente a mesma Mrs. Griffiths cujos planos, na mesma época (segundo outras pessoas que a representavam), estavam perfeitamente decididos, sem quaisquer temores ou empecilhos.

Tudo o que tivesse um aspecto de incongruência nos relatos das duas fontes poderia com muita razão ser levado à conta da vaidade, da ignorância ou das asneiras das muitas pessoas que, pela vigilância e cautela de Miss Diana Parker, se envolveram na causa. Suas amigas íntimas deviam ser tão prestativas como ela; e o assunto havia rendido cartas e bilhetes e mensagens suficientes para fazer tudo parecer o que não era. Miss Diana, a princípio, provavelmente se sentiu um pouco constrangida por ser obrigada a admitir seu engano. Uma longa viagem desde Hampshire a troco de nada, um irmão desapontado, uma casa cara a seu encargo por uma semana devem ter sido algumas de suas reflexões imediatas; e muito pior do que tudo deve ter sido a sensação de ser menos perspicaz e infalível do que ela própria se considerava.

Mas nada disso, no entanto, pareceu incomodá-la por muito tempo. Havia tantos com quem compartilhar a vergonha e a culpa que, quando tivesse dividido as porções adequadas com Mrs. Darling, Miss Capper, Fanny Noyce, Mrs. Charles Dupuis e o vizinho de Mrs. Charles Dupuis, provavelmente só lhe restaria uma quantidade ínfima de censura. De qualquer modo, ela foi vista durante toda a manhã seguinte andando a procura de acomodações com Mrs. Griffiths, tão alerta como sempre.

Mrs. Griffiths era uma espécie de mulher muito bem-educada, muito fina,

supported herself by receiving such great girls and young ladies as wanted either masters for finishing their education or a home for beginning their displays. She had several more under her care than the three who were now come to Sanditon, but the others all happened to be absent. Of these three, and indeed of all, Miss Lambe was beyond comparison the most important and precious, as she paid in proportion to her fortune. She was about seventeen, half mulatto, chilly and tender, had a maid of her own, was to have the best room in the lodgings, and was always of the first consequence in every plan of Mrs. Griffiths.

The other girls, two Miss Beauforts, were just such young ladies as may be met with, in at least one family out of three, throughout the kingdom. They had tolerable complections, showy figures, an upright decided carriage and an assured look; they were very accomplished and very ignorant, their time being divided between such pursuits as might attract admiration, and those labours and expedients of dexterous ingenuity by which they could dress in a style much beyond what they ought to have afforded; they were some of the first in every change of fashion. And the object of all was to captivate some man of much better fortune than their own.

Mrs. Griffiths had preferred a small, retired place like Sanditon on Miss Lambe's account; and the Miss Beauforts, though naturally preferring anything to smallness and retirement, having in the course of the spring been involved in the inevitable expense of six new dresses each for a three-days visit, were constrained to be satisfied with Sanditon also till their circumstances were retrieved. There, with the hire of a harp for one and the purchase of some drawing paper for the other, and all the finery they could already command, they meant to be very economical, very elegant and very secluded; with the hope, on Miss Beaufort's side, of praise and celebrity from all who walked within the sound of her instrument, and on Miss Letitia's, of curiosity and rapture in all who came near her while she sketched; and to both, the consolation of meaning to be the most stylish girls in the place. The particular introduction of Mrs. Griffiths to Miss Diana Parker secured them immediately an acquaintance with the Trafalgar House family and with the Denhams; and the Miss Beauforts were soon satisfied with "the circle in which they moved in Sanditon," to use a proper phrase, for everybody must now "move in a circle" to the prevalence of which rotatory motion is perhaps to be attributed the giddiness and false steps of many.

Lady Denham had other motives for calling on Mrs. Griffiths besides attention to the Parkers. In Miss Lambe, here was the very young lady, sickly and rich, whom she had been asking for; and she made the acquaintance for Sir Edward's sake and the sake of her milch asses. How it might answer with regard to the baronet, remained to be proved, but as to the animals, she soon found that all her calculations of profit would be vain. Mrs. Griffiths would not allow Miss Lambe to have the smallest symptom of a decline or any complaint which asses' milk could possibly relieve. Miss Lambe was "under the constant care of an experienced

que se sustentava recebendo essas ilustres meninas e moças que precisavam de mestres para concluir seus estudos ou de um lugar onde pudessem começar a aparecer. Ela tinha muitas outras moças aos seus cuidados além das três que foram agora a Sanditon, mas as outras por acaso estavam ausentes. Dessas três, e de todas, na verdade, Miss Lambe era de longe a mais importante e preciosa, pois pagava de acordo com sua fortuna. Tinha cerca de 17 anos, era meio mulata, reservada e sensível, tinha sua própria criada, deveria ocupar o melhor quarto da casa e tinha sempre o primeiro lugar em qualquer plano de Mrs. Griffiths.

As outras moças, duas senhoritas Beaufort, eram exatamente do tipo de jovens que se pode encontrar em uma família em cada três, pelo menos, ao longo de todo o reino. Tinham compleições toleráveis, as figuras vistosas, um porte decididamente ereto e olhar seguro; eram muito prendadas e muito ignorantes, dividindo seu tempo entre a perseguição de objetivos como atrair a admiração alheia e aqueles labores e expedientes de hábil ingenuidade que lhes permitiam vestir-se em um estilo muito superior àquele que se poderiam proporcionar; eram as primeiras a seguir qualquer mudança da moda. E o objetivo de todas era conquistar algum homem de fortuna muito superior à sua.

Mrs. Griffiths preferira um lugar pequeno e isolado como Sanditon por causa de Miss Lambe; e as Beaufort, embora naturalmente preferissem qualquer coisa à pequenez e ao isolamento, tinham durante a primavera se envolvido na despesa inevitável de seis novos vestidos cada uma para uma visita de três dias, e foram forçadas a se satisfazerem com Sanditon também, até que suas finanças se recuperassem. Ali, com o aluguel de uma harpa para uma delas e a compra de algum papel de desenho para a outra, e todos os ornamentos vistosos de que ainda pudessem dispor, pretendiam ser muito econômicas, muito elegantes e muito reservadas. Tinham a esperança, da parte de Miss Beaufort, de ser elogiada e celebrada por todos que passassem ao alcance do som de seu instrumento, e da parte de Miss Leticia, de despertar a curiosidade e o êxtase de todos que se aproximassem dela enquanto desenhasse; e da parte de ambas, o consolo de serem consideradas as moças mais elegantes do lugar. A apresentação pessoal de Mrs. Griffiths à Miss Diana Parker assegurou-lhes imediatamente um relacionamento com a família de Trafalgar House e com os Denham; e as Beaufort logo ficaram satisfeitas com "o círculo em que se moviam em Sanditon", para usar uma frase apropriada, pois todos agora deviam "mover-se num círculo", à prevalência de cujo movimento rotatório talvez seja atribuído à vertigem e aos passos em falso de muitos.

Lady Denham tinha outros motivos para visitar Mrs. Griffiths além de sua atenção para com os Parker. Miss Lambe era exatamente a jovem dama, rica e doentia, por quem ela estivera esperando; e ela fez amizade pelo bem de Sir Edward e de suas jumentas leiteiras. O quanto resultaria no interesse do baronete era algo ainda a ser estabelecido, mas, quanto aos animais, ela logo percebeu que todas as suas estimativas de lucro eram vãs. Mrs. Griffiths recusava-se a permitir que Miss Lambe apresentasse o menor sinal de fraqueza ou qualquer outra queixa que o leite de jumenta pudesse por acaso aliviar. Miss Lambe estava "sob os cuidados

physician", and his prescriptions must be their rule. And except in favour of some tonic pills, which a cousin of her own had a property in, Mrs. Griffiths never deviated from the strict medicinal page.

The corner house of the Terrace was the one in which Miss Diana Parker had the pleasure of settling her new friends; and considering that it commanded in front the favourite lounge of all the visitors at Sanditon, and on one side whatever might be going on at the hotel, there could not have been a more favourable spot for the seclusion of the Miss Beauforts. And accordingly, long before they had suited themselves with an instrument or with drawing paper, they had, by the frequence of their appearance at the low windows upstairs, in order to close the blinds, or open the blinds, to arrange a flower pot on the balcony, or look at nothing through a telescope, attracted many an eye upwards and made many a gazer gaze again.

A little novelty has a great effect in so small a place. The Miss Beauforts, who would have been nothing at Brighton, could not move here without notice. And even Mr. Arthur Parker, though little disposed for supernumerary exertion, always quitted the Terrace in his way to his brother's by this corner house, for the sake of a glimpse of the Miss Beauforts, though it was half a quarter of a mile round about and added two steps to the ascent of the hill.

CHAPTER 12

Charlotte had been ten days at Sanditon without seeing Sanditon House, every attempt at calling on Lady Denham having been defeated by meeting with her beforehand. But now it was to be more resolutely undertaken, at a more early hour, that nothing might be neglected of attention to Lady Denham or amusement to Charlotte.

"And if you should find a favourable opening, my love," said Mr. Parker, who did not mean to go with them, "I think you had better mention the poor Mullins's situation and sound her Ladyship as to a subscription for them. I am not fond of charitable subscriptions in a place of this kind – it is a sort of tax upon all that come – yet as their distress is very great and I almost promised the poor woman yesterday to get something done for her, I believe we must set a subscription on foot, and, therefore, the sooner the better; and Lady Denham's name at the head of the list will be a very necessary beginning. You will not dislike speaking to her about it, Mary?"

"I will do whatever you wish me," replied his wife, "but you would do it so much better yourself. I shall not know what to say."

"My dear Mary," he cried. "It is impossible you can be really at a loss. Nothing can be more simple. You have only to state the present afflicted situation of the family, their earnest application to me, and my being willing to promote a little subscription for their relief, provided it meet with her approbation."

constantes de um médico experiente" e suas prescrições eram seguidas à risca. E, à exceção de algumas pílulas tonificantes, sobre as quais um sobrinho seu tinha alguns direitos comerciais, Mrs. Griffiths nunca se desviava de seu rígido receituário.

Foi na casa de esquina da Esplanada que Miss Diana Parker teve o prazer de instalar suas novas amigas; e, considerando que a fachada dava para a passarela favorita de todos os visitantes de Sanditon, e um dos lados para tudo o que acontecia no hotel, não podia haver lugar mais favorável para o retiro das senhoritas Beaufort. E, portanto, muito antes de se terem munido de um instrumento ou de papel de desenho, elas tinham, pela frequência de suas aparições nas janelas baixas do andar de cima, para fechar as cortinas, ou abrir as cortinas, ou arranjar um vaso de flores na varanda ou olhar para o nada através de um telescópio, atraído muitos olhares para o alto e feito muitos curiosos olharem de novo.

Qualquer novidade tem um grande efeito num lugar tão pequeno. As Beaufort, que em Brighton não seriam ninguém, em Sanditon não podiam dar um passo sem despertar atenção. E mesmo Mr. Arthur Parker, embora pouco disposto a esforços extras, sempre deixava a Esplanada em seu caminho para a casa do irmão passando pela casa da esquina, em prol dum olhar de relance para as Beaufort, ainda que ficasse um quarto de milha na direção contrária e acrescentasse dois lances à subida da colina.

CAPÍTULO 12

Charlotte já estava há dez dias em Sanditon e ainda não tinha visto Sanditon House, pois toda tentativa de visitar Lady Denham fora frustrada por tê-la encontrado de antemão. Agora, porém, precisava decidir-se a empreender essa visita, na hora mais precoce, para que nada fosse negligenciado em atenções a Lady Denham ou em divertimento para Charlotte.

"E se você encontrar uma ocasião favorável, minha cara", disse Mr. Parker, que não pretendia acompanhá-las, "creio que seria bom mencionar-lhe a situação dos pobres Mullins e sondar sua senhoria sobre uma subscrição a seu favor. Não gosto muito de subscrições de caridade num lugar como este; pode parecer uma espécie de taxa sobre todos que viessem, contudo, como o infortúnio deles é muito grande e praticamente prometi à pobre mulher ontem conseguir que se faça algo por eles, creio que devemos iniciar essa subscrição, e, neste caso, quanto mais cedo melhor; e o nome de Lady Denham encabeçando a lista será um começo muito necessário. Não se importa de falar com ela sobre isso, não é Mary?"

"Farei tudo o que me pedir", respondeu sua esposa, "mas você faria isso muito melhor pessoalmente. Não sei bem o que dizer."

"Minha cara Mary", exclamou ele, "é impossível que você de fato esteja perdida. Nada pode ser mais simples. Você só precisa mencionar a atual situação aflitiva da família, o sincero pedido que me fizeram e minha disposição de promover uma pequena subscrição para socorrê-los, desde que conte com a aprovação dela."

"The easiest thing in the world," cried Miss Diana Parker, who happened to be calling on them at the moment. "All said and done in less time than you have been talking of it now. And while you are on the subject of subscriptions, Mary, I will thank you to mention a very melancholy case to Lady Denham which has been represented to me in the most affecting terms. There is a poor woman in Worcestershire, whom some friends of mine are exceedingly interested about, and I have undertaken to collect whatever I can for her. If you would mention the circumstance to Lady Denham! Lady Denham can give, if she is properly attacked. And I look upon her to be the sort of person who, when once she is prevailed on to undraw her purse, would as readily give ten guineas as five. And therefore, if you find her in a giving mood, you might as well speak in favour of another charity which I and a few more have very much at heart – the establishment of a Charitable Repository at Burton-on-Trent. And then there is the family of the poor man who was hung last assizes at York, though we really have raised the sum we wanted for putting them all out, yet if you can get a guinea from her on their behalf, it may as well be done."

"My dear Diana!" exclaimed Mrs. Parker, "I could no more mention these things to Lady Denham than I could fly."

"Where's the difficulty? I wish I could go with you myself. But in five minutes I must be at Mrs. Griffiths', to encourage Miss Lambe in taking her first dip. She is so frightened, poor thing, that I promised to come and keep up her spirits, and go in the machine with her if she wished it. And as soon as that is over, I must hurry home, for Susan is to have leeches at one o clock which will be a three hours' business. Therefore I really have not a moment to spare. Besides that, between ourselves, I ought to be in bed myself at this present time, for I am hardly able to stand; and when the leeches have done, I dare say we shall both go to our rooms for the rest of the day."

"I am sorry to hear it, indeed. But if this is the case I hope Arthur will come to us."

"If Arthur takes my advice, he will go to bed too, for if he stays up by himself he will certainly eat and drink more than he ought. But you see, Mary, how impossible it is for me to go with you to Lady Denham's."

"Upon second thoughts, Mary," said her husband. "I will not trouble you to speak about the Mullinses. I will take an opportunity of seeing Lady Denham myself. I know how little it suits you to be pressing matters upon a mind at all unwilling."

His application thus withdrawn, his sister could say no more in support of hers, which was his object, as he felt all their impropriety, and all the certainty of their ill effect upon his own better claim. Mrs. Parker was delighted at this release and set off very happy with her friend and her little girl on this walk to Sanditon House.

"É a coisa mais fácil do mundo", exclamou Miss Diana Parker, que por acaso os visitava no momento. "Tudo dito e feito em menos tempo do que você levou para falar do assunto agora. E, já que vai tratar de subscrições, Mary, eu lhe agradeceria se mencionasse a Lady Denham um caso muito triste que me foi relatado nos termos mais comoventes. Há uma pobre mulher em Worcestershire, em que alguns amigos meus estão extremamente interessados, para quem me comprometi a angariar tudo o que pudesse. Se você apenas mencionasse a situação para Lady Denham! Ela pode contribuir, se for corretamente abordada. Eu vejo nela o tipo de pessoa que, uma vez convencida a abrir a bolsa, dará prontamente dez guinéus em vez de cinco. Por isso, se você encontrá-la num humor favorável a doações, poderá falar também a favor de outra obra de caridade a que eu e mais algumas pessoas nos dedicamos de coração: a criação de uma Casa de Caridade em Burton-on-Trent. E há também a família do pobre homem que foi enforcado nas últimas sessões do tribunal de York, embora na verdade já tenhamos levantado a soma que queríamos para ajudá-los, mas se você pudesse obter dela um guinéu para eles, também poderia ser feito."

"Minha cara Diana!", exclamou Mrs. Parker, "para mim seria tão impossível mencionar essas coisas a Lady Denham quanto voar."

"Onde está a dificuldade? Quem dera eu mesma pudesse ir com vocês, mas daqui a cinco minutos tenho que estar na casa de Mrs. Griffiths, para encorajar Miss Lambe a tomar seu primeiro banho de mar. Está tão assustada, coitadinha, que prometi ir lá para animá-la e entrar com ela na cabine de banho, se ela quiser. E, assim que terminar este assunto, tenho que correr para casa, pois Susan deve fazer uma sangria à uma hora, e isso vai se estender por umas três horas. Portanto, realmente não tenho um minuto a perder. Além disso, cá entre nós, eu mesma devia estar na cama neste momento, pois mal me aguento em pé; e quando a sangria terminar, estou certa de que ambas iremos para nossos quartos e ficaremos lá pelo resto do dia."

"Lamento ouvir isso, realmente. Mas se é este o caso, espero que pelo menos Arthur venha ficar conosco."

"Se Arthur seguir meu conselho, também irá para a cama, pois se ficar acordado por sua conta certamente vai acabar comendo e bebendo mais do que deve. Veja, Mary, como me é impossível ir com vocês à casa de Lady Denham."

"Pensando melhor, Mary", disse seu marido, "não vou incomodá-la pedindo que fale sobre os Mullins. Eu mesmo encontrarei uma oportunidade de ver Lady Denham. Sei quão pouco lhe agrada insistir em certos assuntos com uma mente tão relutante."

Tendo assim retirado seu pedido, sua irmã não podia dizer mais nada em defesa das solicitações dela, o que era exatamente o objetivo de Mr. Parker, uma vez que sentia toda a impropriedade disso, e estava certo dos efeitos nocivos sobre sua própria solicitação, que era melhor. Mrs. Parker ficou encantada por ser liberada, e partiu bem feliz com sua amiga e a filhinha nesse passeio a Sanditon House.

It was a close, misty morning and, when they reached the brow of the hill, they could not for some time make out what sort of carriage it was which they saw coming up. It appeared at different moments to be everything from a gig to a phaeton, from one horse to four; and just as they were concluding in favour of a tandem, little Mary's young eyes distinguished the coachman and she eagerly called out, "It is Uncle Sidney, Mama, it is indeed." And so it proved.

Mr. Sidney Parker, driving his servant in a very neat carriage, was soon opposite to them, and they all stopped for a few minutes. The manners of the Parkers were always pleasant among themselves; and it was a very friendly meeting between Sidney and his sister-in-law, who was most kindly taking it for granted that he was on his way to Trafalgar House. This he declined, however. He was "just come from Eastbourne proposing to spend two or three days, as it might happen, at Sanditon" but the hotel must be his quarters. He was expecting to be joined there by a friend or two.

The rest was common enquiries and remarks, with kind notice of little Mary, and a very well-bred bow and proper address to Miss Heywood on her being named to him. And they parted to meet again within a few hours. Sidney Parker was about seven or eight and twenty, very good-looking, with a decided air of ease and fashion and a lively countenance. This adventure afforded agreeable discussion for some time. Mrs. Parker entered into all her husband's joy on the occasion and exulted in the credit which Sidney's arrival would give to the place.

The road to Sanditon House was a broad, handsome, planted approach between fields, leading at the end of a quarter of a mile through second gates into grounds which, though not extensive, had all the beauty and respectability which an abundance of very fine timber could give. These entrance gates were so much in a corner of the grounds or paddock, so near to one of its boundaries, that an outside fence was at first almost pressing on the road, till an angle here and a curve there threw them to a better distance. The fence was a proper park paling in excellent condition, with clusters of fine elms or rows of old thorns following its line almost everywhere.

Almost must be stipulated, for there were vacant spaces, and through one of these, Charlotte, as soon as they entered the enclosure, caught a glimpse over the pales of something white and womanish in the field on the other side. It was something which immediately brought Miss Brereton into her head; and stepping to the pales, she saw indeed and very decidedly, in spite of the mist, Miss Brereton seated not far before her at the foot of the bank, which sloped down from the outside of the paling, and which a narrow path seemed to skirt along – Miss Brereton seated, apparently very composedly – and Sir Edward Denham by her side.

Era uma manhã encoberta e nevoenta e, quando alcançaram o alto da colina, durante algum tempo não puderam distinguir que espécie de carruagem era aquela que viram subindo a colina. Parecia-lhes, conforme o momento, ser algo entre um cabriolé e um fáeton, de um a quatro cavalos; e justo quando estavam decidindo em favor de um tandem[26], os jovens olhinhos da pequena Mary distinguiram o cocheiro e ela exclamou com entusiasmo, "É o tio Sidney, mamãe, é ele sim." E era mesmo.

Mr. Sidney Parker, numa carruagem muito elegante dirigida por seu cocheiro, logo estava diante delas, e todos pararam por alguns instantes. As maneiras dos Parker eram sempre muito calorosas entre si, e houve um encontro bastante cordial entre Sidney e a cunhada, que gentilmente tomava como certo que ele estava a caminho de Trafalgar House. Ele declinou do convite, no entanto. Acabara de vir de Eastbourne, propondo-se a passar dois ou três dias, conforme as circunstâncias, em Sanditon, mas deveria hospedar-se no hotel. Esperava por um ou dois amigos que viriam encontrá-lo ali.

O restante foram perguntas e observações normais, com uma carinhosa atenção à pequena Mary e uma reverência muito cortês e apropriada à Miss Heywood ao lhe ser apresentada. Então se separaram para se encontrar um tempo depois. Sidney Parker tinha 27 ou 28 anos, era muito bonito, com um ar decidido de desembaraço e elegância e um semblante muito vivo. Essa aventura proporcionou uma agradável conversa durante certo tempo. Mrs. Parker ressaltava toda a alegria que isso proporcionaria ao marido e exultava com o crédito que a chegada de Sidney daria ao lugar.

O caminho para Sanditon House era largo e bonito, coberto de árvores, entre dois campos, conduzindo, ao fim dum quarto de milha e passado um segundo portão, a um parque que, embora não extenso, tinha toda a beleza e a respeitabilidade que lhe conferia uma abundância de grandes e belíssimas árvores. Esses portões de entrada se situavam de tal modo num canto do parque ou do pasto, tão perto de um de seus limites, que uma cerca exterior, a princípio, quase avançava pela estrada, até que um ângulo aqui e uma curva ali os lançavam a uma distância mais apropriada. A cerca, uma paliçada própria dum parque em excelentes condições com grupos de belos olmos ou fileiras de velhos espinheiros, seguia seu traçado por quase toda parte.

Esse quase precisa ser especificado, pois havia espaços vazios, e, através de um deles, Charlotte, assim que entraram na área cercada, percebeu, por sobre a paliçada, algo branco e feminino do outro lado do campo. Foi algo que imediatamente trouxe à sua mente a lembrança de Miss Brereton; e, caminhando em direção à paliçada, ela de fato viu, e de maneira bem clara, apesar da névoa, Miss Brereton sentada não muito longe dela, ao pé de um declive que descia pelo lado de fora da cerca e que parecia margeado por um estreito caminho – Miss Brereton sentada, aparentemente muito tranquila – e Sir Edward Denham ao seu lado.

---

26 Cabriolé era uma carruagem leve, de apenas duas rodas, dotada de capota móvel e puxada por um só cavalo; fáeton era uma carruagem alta, de quatro rodas, leve e aberta, com assentos paralelos dois a dois, de frente uns para os outros; tandem era uma carruagem de duas rodas puxada por cavalos arreados um diante do outro.

They were sitting so near each other and appeared so closely engaged in gentle conversation that Charlotte instantly felt she had nothing to do but to step back again and say not a word. Privacy was certainly their object. It could not but strike her rather unfavourably with regard to Clara; but hers was a situation which must not be judged with severity.

She was glad to perceive that nothing had been discerned by Mrs. Parker. If Charlotte had not been considerably the taller of the two, Miss Brereton's white ribbons might not have fallen within the ken of her more observant eyes. Among other points of moralising reflection which the sight of this *tête-à-tête* produced, Charlotte could not but think of the extreme difficulty which secret lovers must have in finding a proper spot for their stolen interviews. Here perhaps they had thought themselves so perfectly secure from observation; the whole field open before them, a steep bank and pales never crossed by the foot of man at their back, and a great thickness of air to aid them as well! Yet here she had seen them. They were really ill-used.

The house was large and handsome. Two servants appeared to admit them and everything had a suitable air of property and order, Lady Denham valued herself upon her liberal establishment and had great enjoyment in the order and importance of her style of living. They were shown into the usual sitting room, well proportioned and well furnished, though it was furniture rather originally good and extremely well kept than new or showy. And as Lady Denham was not there, Charlotte had leisure to look about her and to be told by Mrs. Parker that the whole-length portrait of a stately gentleman which, placed over the mantelpiece, caught the eye immediately, was the picture of Sir Henry Denham; and that one among many miniatures in another part of the room, little conspicuous, represented Mr. Hollis, poor Mr. Hollis! It was impossible not to feel him hardly used: to be obliged to stand back in his own house and see the best place by the fire constantly occupied by Sir Harry Denham.

END OF SANDITON (UNFINISHED)

Estavam sentados tão perto um do outro e pareciam tão envolvidos numa conversação amena que Charlotte imediatamente sentiu que não tinha outra coisa a fazer senão retroceder e não dizer uma palavra. A privacidade era sem dúvida o objetivo do casal. Isso só podia surpreendê-la de modo bastante desfavorável em relação a Clara; mas a situação dela era do tipo que não se devia julgar com severidade.

Ela ficou contente em ver que nada tinha sido percebido por Mrs. Parker. Se Charlotte não fosse consideravelmente a mais alta das duas, as fitas brancas de Miss Brereton poderiam não ter caído no campo visual de seus olhos observadores. Entre outros pontos de reflexão moralizadora que a visão daquele *tête-à-tête* produziu, Charlotte não pôde deixar de pensar na extrema dificuldade que os amantes secretos têm para encontrar um local apropriado para seus encontros furtivos. Ali talvez eles tivessem se considerado perfeitamente a salvo de serem vistos: o campo aberto à sua frente, um declive íngreme e uma cerca jamais transposta por alguém às suas costas, e uma névoa espessa para ajudá-los! E mesmo assim ela os vira. Eles realmente estavam sem sorte.

A casa era ampla e bonita. Dois criados apareceram para recebê-las, e tudo tinha um ar adequado de ordem e refinamento. Lady Denham vangloriava-se da amplidão de sua casa e tinha grande prazer com a classe e a importância de seu estilo de vida. Elas foram conduzidas à sala de visitas habitual, de boas proporções e bem mobiliada, embora a mobília fosse originalmente boa e muito bem conservada, em vez de ser nova ou ostensiva. E, como Lady Denham ainda não estava ali, Charlotte teve bastante tempo para olhar ao seu redor e saber por Mrs. Parker que o retrato de corpo inteiro de um cavalheiro imponente, colocado sobre o consolo da lareira e que captava imediatamente o olhar, era o retrato de Sir Henry Denham; e que aquele entre várias miniaturas em outra parte da sala, pouco visível, representava Mr. Hollis. Pobre Mr. Hollis! Era impossível não sentir que era muito mal tratado: ser obrigado a ficar em segundo plano em sua própria casa e ver o melhor lugar, sobre a lareira, permanentemente ocupado por Sir Harry Denham.

FIM DE SANDITON (INACABADO)[27]

---

27 Embora "Sanditon" pareça ter sido um título não oficial usado entre os membros da família Austen pelo menos desde a metade do século XIX, o manuscrito permaneceu sem título durante várias décadas. O manuscrito foi inteiramente escrito de próprio punho por Jane Austen por volta de 1817, enquanto a autora ainda estava bem o suficiente de saúde para escrever, sendo o rascunho de uma obra de ficção substancial e bem adiantada. Somente na segunda edição de sua obra, "Memoir of Jane Austen", publicada em 1871, que James Edward Austen-Leigh apresentou um resumo e várias citações do manuscrito, denominando-o "The Last Work". A primeira transcrição completa do manuscrito foi publicada por R. W. Chapman, sob o título "Fragment of a Novel" somente em 1925.

THE WATSONS

OS WATSONS[28]

---

28 "Os Watsons" foi escrito por Jane Austen em Bath, por volta de 1803, e provavelmente abandonado depois da morte de seu pai, em janeiro de 1805. Vários escritores desde o século XIX tentaram completar o livro, em um total até agora de nove complementações diferentes, sendo a mais famosa a realizada pela sobrinha de Jane Austen, Catherine Anne Hubback (1818-1877), sob o título "The Younger Sister" em 1850.

The first winter assembly in the town of D..., in Surrey, was to be held on Tuesday, October 13th and it was generally expected to be a very good one. A long list of county families was confidently run over as sure of attending, and sanguine hopes were entertained that the Osbornes themselves would be there.

The Edwards' invitation to the Watsons followed, of course. The Edwards were people of fortune, who lived in the town and kept their coach. The Watsons inhabited a village about three miles distant, were poor, and had no close carriage; and ever since there had been balls in the place, the former were accustomed to invite the latter to dress, dine, and sleep at their house on every monthly return throughout the winter.

On the present occasion, as only two of Mr. Watson's children were at home, and one was always necessary as companion to himself, for he was sickly and had lost his wife, one only could profit by the kindness of their friends. Miss Emma Watson, who was very recently returned to her family from the care of an aunt who had brought her up, was to make her first public appearance in the neighbourhood, and her eldest sister, whose delight in a ball was not lessened by a ten years' enjoyment, had some merit in cheerfully undertaking to drive her and all her finery in the old chair to D... on the important morning.

As they splashed along the dirty lane, Miss Watson thus instructed and cautioned her inexperienced sister:

"I dare say it will be a very good ball, and among so many officers you will hardly want partners. You will find Mrs. Edwards' maid very willing to help you, and I would advise you to ask Mary Edwards' opinion if you are at all at a loss, for she has a very good taste. If Mr. Edwards does not lose his money at cards, you will stay as late as you can wish for; if he does, he will hurry you home perhaps – but you are sure of some comfortable soup. I hope you will be in good looks. I should not be surprised if you were to be thought one of the prettiest girls in the

A primeira reunião social de inverno na cidade de D..., em Surrey, devia acontecer na terça-feira, 13 de outubro, e a expectativa geral era de que seria ótima. Tinha-se como certo o comparecimento de uma longa lista de famílias da região, e alimentava-se grande esperança de que até mesmo a família Osborne estaria lá.

E, naturalmente, seguiu-se o convite dos Edwards para os Watsons. Os Edwards eram pessoas ricas, que viviam na cidade e tinham sua própria carruagem. Os Watsons moravam em um vilarejo a cerca de três milhas de distância, eram pobres e não tinham carruagem fechada; e sempre, desde que havia bailes no lugar, os primeiros se acostumaram a convidar os últimos para se vestirem, cearem e dormirem em sua casa, em cada um dos eventos mensais ao longo do inverno.

Na presente ocasião, como somente duas das filhas de Mr. Watson estavam em casa, e uma delas era sempre necessária como companhia, pois ele estava doente e perdera a esposa, só uma poderia desfrutar da bondade dos amigos. Miss Emma Watson, que só recentemente voltara para casa depois de ter passado um tempo com a tia que a criara, faria sua primeira aparição pública na vizinhança, e sua irmã mais velha, cujo deleite com um baile não diminuíra depois de frequentá-los por dez anos, tinha certo mérito por encarregar-se alegremente de levá-la, e todos os seus adornos femininos, na velha charrete até D... naquela importante manhã.

Enquanto chapinhavam pelo caminho enlameado, Miss Watson assim instruía e advertia a irmã inexperiente:

"Creio que será um excelente baile e, entre tantos oficiais, dificilmente lhe faltará um par. Você verá que a criada de Mrs. Edwards vai estar bastante disposta a ajudá-la, e eu a aconselharia a pedir a opinião de Mary Edwards, se você estiver absolutamente perdida, pois ela tem muito bom gosto. Se Mr. Edwards não perder dinheiro nas cartas, você poderá ficar até bem tarde, pelo tempo que quiser; se ele perder, talvez a apresse para voltarem... mas pode estar certa de encontrar um prato reconfortante de sopa. Espero que esteja muito bonita. E não me surpreenderia

room; there is a great deal in novelty. Perhaps Tom Musgrave may take notice of you; but I would advise you by all means not to give him any encouragement. He generally pays attention to every new girl; but he is a great flirt, and never means anything serious."

"I think I have heard you speak of him before", said Emma; "who is he?"

"A young man of very good fortune, quite independent, and remarkably agreeable, a universal favourite wherever he goes. Most of the girls hereabout are in love with him, or have been. I believe I am the only one among them that have escaped with a whole heart; and yet I was the first he paid attention to when he came into this country six years ago; and very great attention did he pay me. Some people say that he has never seemed to like any girl so well since, though he is always behaving in a particular way to one or another."

"And how came your heart to be the only cold one?" said Emma, smiling.

"There was a reason for that," replied Miss Watson, changing colour, "I have not been very well used among them, Emma. I hope you will have better luck."

"Dear sister, I beg your pardon if I have unthinkingly given you pain."

"When first we knew Tom Musgrave," continued Miss Watson, without seeming to hear her, "I was very much attached to a young man of the name of Purvis, a particular friend of Robert's, who used to be with us a great deal. Everybody thought it would have been a match."

A sigh accompanied these words, which Emma respected in silence; but her sister after a short pause went on:

"You will naturally ask why it did not take place, and why he is married to another woman, while I am still single. But you must ask her, not me, you must ask Penelope. Yes, Emma, Penelope was at the bottom of it all. She thinks everything fair for a husband. I trusted her; she set him against me, with a view of gaining him herself, and it ended in his discontinuing his visits, and soon after marrying somebody else. Penelope makes light of her conduct, but I think such treachery very bad. It has been the ruin of my happiness. I shall never love any man as I loved Purvis. I do not think Tom Musgrave should be named with him in the same day."

"You quite shock me by what you say of Penelope," said Emma. "Could a sister do such a thing? Rivalry, treachery between sisters! I shall be afraid of being acquainted with her. But I hope it was not so; appearances were against her."

"You do not know Penelope. There is nothing she would not do to get married. She would as good as tell you so herself. Do not trust her with any secrets of your own, take warning by me, do not trust her; she has her good qualities, but she has no faith, no honour, no scruples, if she can promote her own advantage. I wish with all my heart she was well married. I declare I had rather have her well married than myself."

se fosse considerada uma das moças mais bonitas do baile; a novidade conta um bocado. Talvez Tom Musgrave repare em você, mas eu a aconselho a não encorajá-lo de jeito nenhum. Ele geralmente se engraça com toda menina nova, mas é um grande namorador e nunca leva nada a sério."

"Acho que já a ouvi falar sobre ele antes", disse Emma. "Quem é ele?"

"Um jovem muito rico, bastante independente e especialmente agradável, o favorito de todos onde quer que vá. A maioria das moças daqui está apaixonada por ele, ou já esteve. Creio que sou a única que escapou com o coração ileso e, no entanto, fui a primeira a quem ele deu atenção quando veio para esta região, seis anos atrás; e quanta atenção ele me dedicou! Algumas pessoas dizem que desde então ele nunca demonstrou gostar tanto de uma moça, embora esteja sempre dando uma atenção especial a uma ou outra."

"E como seu coração foi o único que não se derreteu?", disse Emma, sorrindo.

"Houve uma razão para isso", respondeu Miss Watson, mudando de cor, "não fui muito bem acolhida entre eles, Emma. Espero que tenha melhor sorte."

"Querida irmã, peço-lhe perdão se lhe causei alguma tristeza sem querer."

"Quando conhecemos Tom Musgrave", continuou Miss Watson, sem parecer ouvi-la, "eu estava muito apaixonada por um rapaz chamado Purvis, um amigo íntimo de Robert, que costumava passar muito tempo conosco. Todo mundo achava que acabaria em casamento."

Estas palavras foram acompanhadas por um suspiro, que Emma respeitou em silêncio; mas a irmã, após uma curta pausa, continuou:

"Naturalmente vai me perguntar por que isso não ocorreu, e por que ele está casado com outra, enquanto continuo solteira. Mas deve perguntar a ela, não a mim; deve perguntar a Penelope. Sim, Emma, Penelope esteve por trás de tudo. Ela acha que tudo é válido ao se tratar de arranjar marido. Confiei nela; ela o colocou contra mim, com a intenção de conquistá-lo, e acabou que ele parou de visitar-nos e se casou com outra logo em seguida. Penelope faz pouco de sua conduta, mas considero esta traição algo muito mau. Foi a ruína da minha felicidade. Nunca amarei outro homem como amava Purvis. Não acho que Tom Musgrave possa se comparar a ele em igualdade de condições."

"Deixa-me totalmente chocada com o que falou sobre Penelope", disse Emma. "Uma irmã pode fazer tal coisa? Rivalidade, traição entre irmãs! Temo me relacionar com ela. Mas espero que não tenha sido bem assim; as aparências estavam contra ela."

"Você não conhece Penelope. Não há nada que ela não faça para se casar. Ela mesma poderia lhe dizer isso. Não lhe confie qualquer segredo, aceite o meu conselho, não confie nela; ela tem lá suas qualidades, mas não tem nenhum princípio, nem honra, nem escrúpulos quando se trata de conseguir alguma vantagem. Gostaria de todo coração que ela estivesse bem-casada. Juro que prefiro muito mais vê-la bem-casada do que eu mesma."

"Than yourself! yes, I can suppose so. A heart wounded like yours can have little inclination for matrimony."

"Not much indeed... but you know we must marry. I could do very well single for my own part; a little company, and a pleasant ball now and then, would be enough for me, if one could be young forever; but my father cannot provide for us, and it is very bad to grow old and be poor and laughed at. I have lost Purvis, it is true; but very few people marry their first loves. I should not refuse a man because he was not Purvis. Not that I can ever quite forgive Penelope."

Emma shook her head in acquiescence.

"Penelope, however, has had her troubles," continued Miss Watson. "She was sadly disappointed in Tom Musgrave, who afterwards transferred his attentions from me to her, and whom she was very fond of; but he never means anything serious, and when he had trifled with her long enough, he began to slight her for Margaret, and poor Penelope was very wretched. And since then she has been trying to make some match at Chichester... she won't tell us with whom; but I believe it is a rich old Dr. Harding, uncle to the friend she goes to see; and she has taken a vast deal of trouble about him, and given up a great deal of time to no purpose as yet. When she went away the other day, she said it should be the last time. I suppose you did not know what her particular business was at Chichester, nor guess at the object which could take her away from Stanton just as you were coming home after so many years' absence."

"No indeed, I had not the smallest suspicion of it. I considered her engagement to Mrs. Shaw just at that time as very unfortunate for me. I had hoped to find all my sisters at home, to be able to make an immediate friend of each."

"I suspect the Doctor to have had an attack of the asthma, and that she was hurried away on that account. The Shaws are quite on her side... at least, I believe so; but she tells me nothing. She professes to keep her own counsel; she says, and truly enough, that 'Too many cooks spoil the broth'."

"I am sorry for her anxieties," said Emma; "but I do not like her plans or her opinions. I shall be afraid of her. She must have too masculine and bold a temper. To be so bent on marriage, to pursue a man merely for the sake of situation, is a sort of thing that shocks me; I cannot understand it. Poverty is a great evil; but to a woman of education and feeling it ought not, it cannot be the greatest. I would rather be teacher at a school (and I can think of nothing worse) than marry a man I did not like."

"I would rather do anything than be teacher at a school," said her sister. "I have been at school, Emma, and know what a life they lead; you never have. I should not like marrying a disagreeable man any more than yourself; but I do not think there are many very disagreeable men; I think I could like any good-humoured man with a comfortable income. I suppose my aunt brought you up to be rather refined."

"Mais do que você! Sim, posso imaginar. Um coração ferido como o seu pode estar pouco inclinado ao casamento."

"Não muito, realmente... mas você sabe que precisamos nos casar. De minha parte, eu poderia ficar muito bem solteira; um pouco de companhia e um baile agradável de vez em quando seriam o bastante para mim, se a gente pudesse ser jovem para sempre; mas nosso pai não pode nos proporcionar uma renda, e é muito ruim ficar velha e ser pobre e ridicularizada. Eu perdi Purvis, é verdade; mas muito poucas pessoas se casam com seu primeiro amor. Eu não recusaria um homem só porque ele não é Purvis. Não que eu algum dia possa perdoar Penelope inteiramente."

Emma balançou a cabeça em aquiescência.

"Penelope, no entanto, tem tido problemas", continuou Miss Watson. "Ficou terrivelmente desiludida com Tom Musgrave, que mais tarde transferiu suas atenções de mim para ela, e por quem ela era apaixonada; mas ele nunca quis nada sério, e depois de ter se divertido com ela por um bom tempo, começou a negligenciá-la por causa de Margaret, e a pobre Penelope ficou muito infeliz. E desde então vem tentando conseguir um marido em Chichester... não quer nos dizer quem é, mas acredito que seja o velho e rico Dr. Harding, tio da amiga a quem vai visitar; e teve um bocado de trabalho com ele, e desperdiçou grande parte de tempo até agora. Ao ir embora outro dia, disse que seria a última vez. Imagino que não sabia qual era o verdadeiro objetivo dela em Chichester, nem adivinha o motivo que poderia levá-la para longe de Stanton justo no momento em que você voltava para casa depois de tantos anos de ausência."

"Realmente não tinha a menor suspeita disso. Considerei o compromisso dela com Mrs. Shaw, justo nesse momento, como uma grande falta de sorte minha. Esperava encontrar todas as minhas irmãs em casa para me tornar logo amiga de cada uma."

"Desconfio que o Doutor tenha tido um ataque de asma, e que ela partiu apressada por causa disso. Os Shaws estão todos do lado dela... pelo menos, creio que sim; mas ela não me conta nada. Declara que quer seguir seu próprio conselho; ela diz, com bastante razão, que 'cozinheiros demais estragam o caldo'."

"Lamento pelas angústias dela", disse Emma; "mas não gosto de seus planos nem de suas opiniões. Sentirei medo dela. Deve ter um temperamento muito masculino e audacioso. Estar assim tão disposta ao casamento, perseguir um homem só por causa de sua posição, é o tipo de coisa que me choca; não consigo entender isso. A pobreza é um grande mal, mas para uma mulher instruída e sensível não deve ser, não pode ser o maior de todos. Eu preferiria ser professora numa escola (e não consigo imaginar nada pior) do que me casar com um homem de quem não gostasse."

"Preferiria fazer qualquer coisa a ser uma professora de escola", disse a irmã. "Estive na escola, Emma, e sei a vida que levam; você nunca esteve. Tanto quanto você, não gostaria de me casar com um homem desagradável, mas não acho que existam tantos homens desagradáveis assim; creio que poderia gostar de qualquer homem bem-humorado com uma renda confortável. Imagino que nossa tia a tenha criado para ser bastante refinada."

"Indeed I do not know. My conduct must tell you how I have been brought up. I am no judge of it myself. I cannot compare my aunt's method with any other person's, because I know no other."

"But I can see in a great many things that you are very refined. I have observed it ever since you came home, and I am afraid it will not be for your happiness. Penelope will laugh at you very much."

"That will *not* be for my happiness, I am sure. If my opinions are wrong, I must correct them; if they are above my situation, I must endeavour to conceal them; but I doubt whether ridicule. Has Penelope much wit?"

"Yes; she has great spirits, and never cares what she says."

"Margaret is more gentle, I imagine?"

"Yes; especially in company. She is all gentleness and mildness when anybody is by; but she is a little fretful and perverse among ourselves. Poor creature! She is possessed with the notion of Tom Musgrave's being more seriously in love with her than he ever was with anybody else, and is always expecting him to come to the point. This is the second time within this twelvemonth that she has gone to spend a month with Robert and Jane on purpose to egg him on by her absence; but I am sure she is mistaken, and that he will no more follow her to Croydon now than he did last March. He will never marry unless he can marry somebody very great... Miss Osborne, perhaps, or something in that style."

"Your account of this Tom Musgrave, Elizabeth, gives me very little inclination for his acquaintance."

"You are afraid of him; I do not wonder at you."

"No, indeed; I dislike and despise him."

"Dislike and despise Tom Musgrave! No, that you never can. I defy you not to be delighted with him if he takes notice of you. I hope he will dance with you; and I dare say he will, unless the Osbornes come with a large party, and then he will not speak to anybody else."

"He seems to have most engaging manners!" said Emma. "Well, we shall see how irresistible Mr. Tom Musgrave and I find each other. I suppose I shall know him as soon as I enter the ball-room; he must carry some of his charm in his face."

"You will not find him in the ball-room, I can tell you; you will go early, that Mrs. Edwards may get a good place by the fire, and he never comes till late; if the Osbornes are coming, he will wait in the passage and come in with them. I should like to look in upon you, Emma. If it was but a good day with my father, I would wrap myself up, and James should drive me over as soon as I had made tea for him; and I should be with you by the time the dancing began."

"What! Would you come late at night in this chair?"

"Na verdade, não sei. Minha conduta deve lhe dizer como fui educada. Eu mesma não posso julgá-la. Não posso comparar o método de minha tia com o de qualquer outra pessoa, porque não conheço nenhum outro."

"Mas posso ver em um grande número de coisas que você é bastante refinada. Percebi desde que veio para casa, e receio que isso não vai lhe trazer felicidade. Penelope vai rir um bocado de você."

"Que não vai me trazer felicidade, eu tenho certeza. Se minhas opiniões forem erradas, devo corrigi-las; se estiverem acima da minha situação, devo esforçar-me para ocultá-las; mas duvido que sejam ridículas. Penelope é muito esperta?"

"Sim; ela tem muita presença de espírito, e nunca se importa com o que diz."

"Margaret é mais gentil, suponho?"

"Sim; especialmente acompanhada. Ela é toda gentileza e suavidade quando alguém está por perto, mas é um tanto irritável e perversa quando sozinha conosco. Pobre criatura! Está possuída pela ideia de que Tom Musgrave está seriamente apaixonado por ela, mais do que já esteve por qualquer outra, e está sempre esperando que ele se declare. Esta é a segunda vez nos últimos doze meses que ela foi passar um mês com Robert e Jane com o propósito de provocá-lo com sua ausência; mas estou certa de que está enganada, e que ele não vai segui-la até Croydon agora como também não foi em março passado. Ele nunca se casará, a menos que possa se casar com alguém muito superior... Miss Osborne, talvez, ou alguém nesse estilo."

"Sua descrição deste Tom Musgrave, Elizabeth, me dá muito pouca vontade de conhecê-lo."

"Você está com medo dele; isso não me admira."

"Não, na verdade; sinto aversão por ele e eu o desprezo."

"Aversão e desprezo por Tom Musgrave! Não, isso você jamais conseguirá. Eu a desafio a não ficar encantada com ele, se ele lhe der atenção. Espero que dance com você... e ouso dizer que o fará, a menos que os Osbornes venham com um grupo muito grande, e então ele não falará com mais ninguém."

"Ele parece ter maneiras cativantes!", disse Emma. "Bem, veremos o quanto nos acharemos reciprocamente irresistíveis, Mr. Tom Musgrave e eu. Suponho que o reconhecerei assim que eu entrar no salão de baile; ele deve carregar um pouco do seu encanto estampado no rosto."

"Não o encontrará no salão, posso lhe assegurar; irá mais cedo, para que Mrs. Edwards possa encontrar um bom lugar junto à lareira, e ele só chega bem tarde; se os Osbornes estiverem chegando, ele vai esperar no corredor para entrar com eles. Eu gostaria de poder ir com você, Emma. Se papai passar o dia bem, seria só o tempo de colocar um agasalho e James poderia me levar assim que eu tivesse preparado o chá para ele, e eu estaria com você na hora que começassem as danças."

"Como? Você viria tarde da noite nesta charrete?"

"To be sure I would. There, I said you were very refined, and that's an instance of it."

Emma for a moment made no answer. At last she said, "I wish, Elizabeth, you had not made a point of my going to this ball; I wish you were going instead of me. Your pleasure would be greater than mine. I am a stranger here, and know nobody but the Edwardses; my enjoyment, therefore, must be very doubtful. Yours, among all your acquaintance, would be certain. It is not too late to change. Very little apology could be requisite to the Edwardses, who must be more glad of your company than of mine, and I should most readily return to my father; and should not be at all afraid to drive this quiet old creature home. Your clothes I would undertake to find means of sending to you."

"My dearest Emma," cried Elizabeth, warmly, "do you think I would do such a thing? Not for the universe! But I shall never forget your good-nature in proposing it. You must have a sweet temper indeed! I never met with anything like it! And would you really give up the ball that I might be able to go to it? Believe me, Emma, I am not so selfish as that comes to. No; though I am nine years older than you are, I would not be the means of keeping you from being seen. You are very pretty, and it would be very hard that you should not have as fair a chance as we have all had to make your fortune. No, Emma, whoever stays at home this winter, it sha'n't be you. I am sure I should never have forgiven the person who kept me from a ball at nineteen."

Emma expressed her gratitude, and for a few minutes they jogged on in silence. Elizabeth first spoke:

"You will take notice who Mary Edwards dances with?"

"I will remember her partners, if I can; but you know they will be all strangers to me."

"Only observe whether she dances with Captain Hunter more than once, I have my fears in that quarter. Not that her father or mother like officers; but if she does, you know, it is all over with poor Sam. And I have promised to write him word who she dances with."

"Is Sam attached to Miss Edwards?"

"Did not you know *that*?"

"How should I know it? How should I know in Shropshire what is passing of that nature in Surrey? It is not likely that circumstances of such delicacy should have made any part of the scanty communication which passed between you and me for the last fourteen years."

"I wonder I never mentioned it when I wrote. Since you have been at home, I have been so busy with my poor father and our great wash that I have had no leisure to tell you anything; but, indeed, I concluded you knew it all. He has been very much in love with her these two years, and it is a great disappointment to him that he

"É claro que viria. Aí está, eu disse que você era muito refinada, e esse é um exemplo disso."

Emma não falou nada por um momento. Por fim, disse, "Gostaria, Elizabeth, que você não tivesse feito questão de que eu fosse a esse baile; preferia que você fosse em meu lugar. Seu prazer seria muito maior que o meu. Sou uma estranha aqui, e não conheço ninguém além dos Edwards... meu prazer, portanto, seria bastante duvidoso. O seu prazer seria certo, entre todos os seus amigos. Mas não é tarde demais para mudar. Não precisaríamos de muitas desculpas junto aos Edwards, que ficariam mais contentes com a sua companhia do que com a minha, e eu voltaria prontamente para ficar com papai; e não teria medo de dirigir esta velha e calma criatura de volta para casa. Eu encontraria um jeito de lhe mandar as suas roupas."

"Minha querida Emma", exclamou Elizabeth, calorosamente, "você acha que eu faria uma coisa dessas? Por nada no mundo! Mas nunca me esquecerei de sua bondade em me propor isso. Você deve ter um temperamento muito meigo, de fato! Nunca vi nada igual! Você realmente renunciaria ao baile para que eu pudesse ir? Creia-me, Emma, não sou tão egoísta como pode parecer. Não; embora eu seja nove anos mais velha que você, não seria eu o motivo que a impediria de ser vista. Você é muito bonita, e seria muito duro que não tivesse uma justa oportunidade como todas nós de cuidar do seu futuro. Não, Emma, se alguém vai ficar em casa neste inverno, não será você. Estou certa de que eu nunca perdoaria a pessoa que me impedisse de ir a um baile aos 19 anos."

Emma expressou sua gratidão, e por alguns minutos elas seguiram sacolejando em silêncio pela estrada. Elizabeth foi a primeira a falar:

"Você pode reparar em quem vai dançar com Mary Edwards?"

"Vou me lembrar de seus pares, se puder; mas você sabe que eles são todos estranhos para mim."

"Apenas observe se ela vai dançar mais de uma vez com o capitão Hunter; é aí que tenho os meus receios. Não que o pai ou a mãe dela gostem de oficiais; mas se ela gostar, você sabe, então tudo estará perdido para o pobre Sam. E prometi escrever-lhe contando com quem ela dançou."

"Sam está apaixonado por Miss Edwards?"

"Você não sabia *disso*?"

"Como eu iria saber? Como eu poderia em Shropshire saber de algo dessa natureza que estivesse acontecendo aqui em Surrey? Não é provável que circunstâncias de tal delicadeza fizessem parte das escassas comunicações que foram trocadas entre você e eu durante os últimos quatorze anos."

"Pergunto-me se nunca mencionei isso quando lhe escrevi. Desde que você voltou para casa, tenho estado tão ocupada com nosso pobre pai e com tantas lavagens de roupa que nem tive tempo de lhe contar algo; mas, na verdade, imaginei que já soubesse de tudo. Ele esteve muito apaixonado por ela nos últimos dois anos, e

cannot always get away to our balls; but Mr. Curtis won't often spare him, and just now it is a sickly time at Guildford."

"Do you suppose Miss Edwards inclined to like him?"

"I am afraid not: you know she is an only child, and will have at least ten thousand pounds."

"But still she may like our brother."

"Oh, no! The Edwards look much higher. Her father and mother would never consent to it. Sam is only a surgeon, you know. Sometimes I think she does like him. But Mary Edwards is rather prim and reserved; I do not always know what she would be at."

"Unless Sam feels on sure grounds with the lady herself, it seems a pity to me that he should be encouraged to think of her at all."

"A young man must think of somebody," said Elizabeth, "and why should not he be as lucky as Robert, who has got a good wife and six thousand pounds?"

"We must not all expect to be individually lucky," replied Emma. "The luck of one member of a family is luck to all."

"Mine is all to come, I am sure," said Elizabeth, giving another sigh to the remembrance of Purvis. "I have been unlucky enough; and I cannot say much for you, as my aunt married again so foolishly. Well, you will have a good ball, I daresay. The next turning will bring us to the turnpike: you may see the church-tower over the hedge, and the White Hart is close by it. I shall long to know what you think of Tom Musgrave."

Such were the last audible sounds of Miss Watson's voice, before they passed through the turnpike-gate, and entered on the pitching of the town, the jumbling and noise of which made farther conversation most thoroughly undesirable. The old mare trotted heavily on, wanting no direction of the reins to take the right turning, and making only one blunder, in proposing to stop at the milliner's before she drew up towards Mr. Edwards' door. Mr. Edwards lived in the best house in the street, and the best in the place, if Mr. Tomlinson, the banker, might be indulged in calling his newly erected house at the end of the town, with a shrubbery and sweep, in the country.

Mr. Edwards' house was higher than most of its neighbours, with four windows on each side the door, the windows guarded by posts and chains, and the door approached by a flight of stone steps.

"Here we are," said Elizabeth, as the carriage ceased moving, "safely arrived, and by the market clock we have been only five-and-thirty minutes coming; which I think is doing pretty well, though it would be nothing for Penelope. Is not it a nice town? The Edwards have a noble house, you see, and they live quite in style. The door will be opened by a man in livery, with a powdered head, I can tell you."

é uma grande decepção para ele não poder escapar sempre para nossos bailes; mas Mr. Curtis não pode dispensá-lo sempre e agora é um mau momento em Guildford."

"Você acha que Miss Edwards está inclinada a gostar dele?"

"Receio que não: você sabe, ela é a filha única, e terá pelo menos dez mil libras de renda."

"Mas mesmo assim poderia gostar de nosso irmão."

"Ó, não! Os Edwards miram muito mais alto. Os pais dela jamais consentiriam com isso. Sam é apenas um médico, você bem sabe. Às vezes penso que ela gosta dele. Mas Mary Edwards é um tanto afetada e discreta; nem sempre sei o que está querendo."

"A menos que Sam se sinta em terreno seguro com a própria moça, me parece uma pena que ele seja encorajado sequer a pensar nela."

"Um jovem tem que pensar em alguém", disse Elizabeth, "e porque ele não seria tão afortunado quanto Robert que conseguiu uma boa esposa com seis mil libras?"

"Não devemos todos esperar ter sorte individualmente", respondeu Emma. "A sorte de um membro da família é sorte para todos."

"A minha ainda está por vir, estou certa", disse Elizabeth, dando outro suspiro ao se lembrar de Purvis. "Já fui infeliz o suficiente; e quanto a você não posso dizer muita coisa, já que nossa tia se casou de novo de modo um tanto tolo. Bem, creio que você terá um baile ótimo. A próxima curva nos levará até a estrada principal, você poderá ver a torre da igreja por cima da sebe, e o White Hart fica bem próximo. Vou estar ansiosa para saber o que você achou de Tom Musgrave."

Esses foram os últimos sons audíveis da voz de Miss Watson, antes de alcançarem a estrada principal e entrarem na bifurcação que levava à cidade, onde o barulho e a confusão tornavam impossível a continuação da conversa. A velha égua seguia num trote pesado, sem precisar de nenhum comando das rédeas para virar na curva certa, e cometeu apenas um engano, ao se dispor a parar na chapelaria antes de se dirigir à casa de Mr. Edwards. Mr. Edwards morava na melhor casa da rua, e a melhor do lugar, se Mr. Tomlinson, o banqueiro, pudesse ser convencido a considerar sua casa nova, recém construída nos confins da cidade, com um bosque e um extenso campo, como pertencente à zona rural.

A casa de Mr. Edwards era mais alta que a da maioria de seus vizinhos, com quatro janelas de cada lado da entrada, janelas essas guardadas por estacas e correntes, chegando-se à porta de entrada por um lance de escada de pedras.

"Aqui estamos", disse Elizabeth, quando a charrete parou de andar, "sãs e salvas, e, pelo relógio do mercado, levamos só trinta e cinco minutos para vir, o que acho bastante bom, embora para Penelope isso não seja nada. Não é uma cidade agradável? Os Edwards têm uma casa esplêndida, como vê, e vivem em grande estilo. A porta será aberta por um criado de libré, com cabeleira empoada, posso lhe assegurar."

Emma had seen the Edwardses only one morning at Stanton; they were therefore all but strangers to her; and though her spirits were by no means insensible to the expected joys of the evening, she felt a little uncomfortable in the thought of all that was to precede them. Her conversation with Elizabeth, too, giving her some very unpleasant feelings with respect to her own family, had made her more open to disagreeable impressions from any other cause, and increased her sense of the awkwardness of rushing into intimacy on so slight an acquaintance.

There was nothing in the manner of Mrs. or Miss Edwards to give immediate change to these ideas. The mother, though a very friendly woman, had a reserved air, and a great deal of formal civility; and the daughter, a genteel-looking girl of twenty-two, with her hair in papers, seemed very naturally to have caught something of the style of her mother, who had brought her up. Emma was soon left to know what they could be, by Elizabeth's being obliged to hurry away; and some very languid remarks on the probable brilliancy of the ball were all that broke, at intervals, a silence of half an hour, before they were joined by the master of the house. Mr. Edwards had a much easier and more communicative air than the ladies of the family; he was fresh from the street, and he came ready to tell whatever might interest. After a cordial reception of Emma, he turned to his daughter with,

"Well, Mary, I bring you good news: the Osbornes will certainly be at the ball tonight. Horses for two carriages are ordered from the White Hart to be at Osborne Castle by nine."

"I am glad of it," observed Mrs. Edwards, "because their coming gives a credit to our assembly. The Osbornes being known to have been at the first ball, will dispose a great many people to attend the second. It is more than they deserve; for in fact, they add nothing to the pleasure of the evening: they come so late and go so early; but great people have always their charm."

Mr. Edwards proceeded to relate every other little article of news which his morning's lounge had supplied him with, and they chatted with greater briskness, till Mrs. Edwards' moment for dressing arrived, and the young ladies were carefully recommended to lose no time. Emma was shown to a very comfortable apartment, and as soon as Mrs. Edwards' civilities could leave her to herself, the happy occupation, the first bliss of a ball, began. The girls, dressing in some measure together, grew unavoidably better acquainted. Emma found in Miss Edwards the show of good sense, a modest unpretending mind, and a great wish of obliging; and when they returned to the parlour where Mrs. Edwards was sitting, respectably attired in one of the two satin gowns which went through the winter, and a new cap from the milliner's, they entered it with much easier feelings and more natural smiles than they had taken away. Their dress was now to be examined: Mrs. Edwards acknowledged herself too old-fashioned to approve of every modern extravagance, however sanctioned; and though complacently viewing her daughter's good looks, would give but a qualified admiration; and Mr. Edwards, not less satisfied with Mary, paid some compliments of good-humoured

Emma só tinha visto os Edwards numa manhã em Stanton; eram, portanto, completos estranhos para ela; e, embora seu espírito não fosse de modo algum insensível às esperadas alegrias da noite, sentia-se pouco desconfortável ao pensar em tudo o que devia precedê-las. Sua conversa com Elizabeth, também, que lhe despertara sentimentos muito desagradáveis a respeito de sua própria família, tornava-a mais suscetível a impressões desagradáveis de qualquer outra origem, aumentando sua sensação de embaraço ao precipitar uma intimidade com quem mal conhecia.

Nada havia nas maneiras de Mrs. ou de Miss Edwards que provocasse uma mudança imediata em suas ideias. A mãe, embora fosse uma pessoa bastante amável, tinha um ar reservado e maneiras muito formais; e a filha, uma jovem de 22 anos, de aparência requintada, com o cabelo em papelotes, parecia ter adquirido naturalmente algo do estilo da mãe, pela qual fora criada. Emma foi logo deixada a conhecê-las melhor por si, pois Elizabeth foi obrigada a sair às pressas; e algumas observações muito fracas sobre o provável esplendor do baile foi tudo o que quebrou, de quando em quando, um silêncio de meia hora, antes que o dono da casa se juntasse a elas. Mr. Edwards tinha um ar muito mais desenvolto e comunicativo que as mulheres da família; acabara de vir da rua e estava pronto a contar tudo o que lhes interessasse. Depois de uma cordial recepção a Emma, virou-se para a filha e disse,

"Bem, Mary, trago-lhe boas notícias: os Osbornes certamente virão para o baile hoje à noite. Foi feito um pedido de cavalos para duas carruagens no White Hart para estarem no castelo Osborne às nove horas."

"Fico satisfeita com isso", observou Mrs. Edwards, "pois sua presença confere prestígio à nossa reunião. Sabendo que os Osbornes estiveram no primeiro baile, muitas pessoas ficarão dispostas a comparecer ao segundo. É mais do que merecem, já que na verdade não acrescentam nada ao prazer da noite, pois chegam muito tarde e saem cedo demais, mas pessoas importantes sempre têm o seu charme."

Mr. Edwards continuou relatando cada uma das novidades que seu passeio matinal sem destino lhe proporcionara, e conversaram com grande vivacidade até que chegou o momento em que Mrs. Edwards deveria se vestir, recomendando cuidadosamente às jovens que não perdessem tempo. Emma foi levada a um aposento muito confortável e, assim que as gentilezas de Mrs. Edwards a deixaram por sua própria conta, as felizes ocupações com as primeiras alegrias de um baile começaram. As moças, vestindo-se de certa forma juntas, inevitavelmente se conheceram melhor. Emma encontrou em Miss Edwards uma mostra de bom senso, uma mente modesta e despretensiosa e um grande desejo de agradar; e, ao retornarem ao salão onde Mrs. Edwards estava sentada, respeitavelmente trajada com um dos dois vestidos de cetim que usava durante o inverno e um chapéu novo da chapelaria, entraram ali com muito mais desenvoltura e sorrisos mais naturais do que quando haviam saído. Seus vestidos deviam ser agora examinados: Mrs. Edwards admitia ser muito antiquada para aprovar todas as extravagâncias modernas, por mais aprovadas que fossem; e, embora observando com complacência a boa aparência da filha, só lhe concedeu uma admiração limitada; e Mr. Edwards, não menos satisfeito com Mary,

gallantry to Emma at her expense. The discussion led to more intimate remarks, and Miss Edwards gently asked Emma if she were not often reckoned very like her youngest brother. Emma thought she could perceive a faint blush accompany the question, and there seemed something still more suspicious in the manner in which Mr. Edwards took up the subject.

"You are paying Miss Emma no great compliment, I think, Mary," said he, hastily. "Mr. Sam Watson is a very good sort of young man, and I dare say a very clever surgeon; but his complexion has been rather too much exposed to all weathers to make a likeness to him very flattering."

Mary apologised, in some confusion:

"She had not thought a strong likeness at all incompatible with very different degrees of beauty. There might be resemblance in countenance, and the complexion and even the features be very unlike."

"I know nothing of my brother's beauty," said Emma, "for I have not seen him since he was seven years old; but my father reckons us alike."

"Mr. Watson!" cried Mr. Edwards; "well, you astonish me. There is not the least likeness in the world; your brother's eyes are grey, yours are brown; he has a long face and a wide mouth. My dear, do you perceive the least resemblance?"

"Not the least. Miss Emma Watson puts me very much in mind of her eldest sister, and sometimes I see a look of Miss Penelope, and once or twice there has been a glance of Mr. Robert, but I cannot perceive any likeness to Mr. Samuel."

"I see the likeness between her and Miss Watson," replied Mr. Edwards, "very strongly, but I am not sensible of the others. I do not much think she is like any of the family but Miss Watson; but I am very sure there is no resemblance between her and Sam."

This matter was settled, and they went to dinner.

"Your father, Miss Emma, is one of my oldest friends," said Mr. Edwards, as he helped her to wine, when they were drawn round the fire to enjoy their dessert. "We must drink to his better health. It is a great concern to me, I assure you, that he should be such an invalid. I know nobody who likes a game of cards, in a social way, better than he does, and very few people that play a fairer rubber. It is a thousand pities that he should be so deprived of the pleasure. For now we have a quiet little Whist Club, that meets three times a week at the White Hart; and if he could but have his health, how much he would enjoy it!"

"I dare say he would; and I wish, with all my heart, he were equal to it."

"Your club would be better fitted for an invalid," said Mrs. Edwards, "if you did not keep it up so late."

This was an old grievance.

fez alguns elogios a Emma com bem-humorada galanteria, a despeito da filha. A discussão levou a observações mais pessoais e Miss Edwards perguntou gentilmente à Emma se não costumavam achá-la muito parecida com seu irmão mais novo. Emma julgou haver percebido um leve rubor acompanhar a pergunta e parecia haver algo ainda mais suspeito na maneira pela qual Mr. Edwards retomou o assunto.

"Creio que você não está fazendo um grande elogio a Miss Emma, Mary", disse ele, apressadamente. "Mr. Sam Watson é um belo tipo de rapaz e ouso dizer um médico muito competente; mas sua compleição talvez tenha sido exposta demais a toda sorte de intempérie para tornar uma semelhança muito lisonjeira."

Mary se desculpou, um tanto confusa:

"Não tinha pensado que uma forte semelhança fosse de todo incompatível com graus distintos de beleza. Pode haver semelhanças na fisionomia, e a compleição e mesmo os traços serem muito diferentes."

"Nada sei sobre a beleza de meu irmão", disse Emma, "pois não o vejo desde que ele tinha sete anos; mas meu pai nos acha parecidos."

"Mr. Watson!", exclamou Mr. Edwards. "Bem, isso me surpreende. Não há a menor semelhança neste mundo: os olhos de seu irmão são cinzentos, os seus, castanhos; ele tem o rosto comprido e boca larga. Minha cara, vê a menor semelhança que seja?"

"Não vejo a mínima. Miss Emma Watson me lembra muito sua irmã mais velha, e às vezes vejo um traço de Miss Penelope, e em outras uns ares de Mr. Robert, mas não posso ver qualquer semelhança com Mr. Samuel."

"Eu vejo uma semelhança muito forte entre ela e Miss Watson", respondeu Mr. Edwards, "mas não com os outros. Não creio que se pareça com ninguém da família a não ser Miss Watson; mas estou certo de que não há qualquer semelhança entre ela e Sam."

O assunto estava resolvido, e eles foram jantar.

"Seu pai, Miss Emma, é um de meus amigos mais antigos", disse Mr. Edwards, enquanto lhe servia vinho ao se reunirem em volta da lareira para desfrutar da sobremesa. "Devemos brindar à melhora de sua saúde. É uma grande preocupação para mim, asseguro-lhe, que esteja tão doente. Não conheço ninguém que goste mais de um carteado, a nível social, do que ele, e muito poucos que joguem uma partida decisiva com tanta lealdade. É lastimável que esteja de tal forma privado do prazer. Pois agora temos um pequeno e tranquilo Clube de Uíste, que se reúne três vezes por semana no White Hart; e se ele se recuperasse, o quanto não iria se divertir!"

"Ouso dizer que sim; e desejo de todo coração que estivesse apto para isso."

"Seu clube seria mais apropriado para um inválido", disse Mrs. Edwards, "se não jogassem até tão tarde."

Aquela era uma queixa antiga.

"So late, my dear! What are you talking of?" cried the husband, with sturdy pleasantry. "We are always at home before midnight. They would laugh at Osborne Castle to hear you call that late; they are but just rising from dinner at midnight."

"That is nothing to the purpose," retorted the lady, calmly. "The Osbornes are to be no rule for us. You had better meet every night, and break up two hours sooner."

So far the subject was very often carried; but Mr. and Mrs. Edwards were so wise as never to pass that point; and Mr. Edwards now turned to something else. He had lived long enough in the idleness of a town to become a little of a gossip, and having some anxiety to know more of the circumstances of his young guest than had yet reached him, he began with,

"I think, Miss Emma, I remember your aunt very well, about thirty years ago; I am pretty sure I danced with her in the old rooms at Bath, the year before I married. She was a very fine woman then; but like other people, I suppose, she is grown somewhat older since that time. I hope she is likely to be happy in her second choice."

"I hope so; I believe so, sir," said Emma, in some agitation.

"Mr. Turner had not been dead a great while, I think?"

"About two years, sir."

"I forget what her name is now."

"O'Brien."

"Irish! ah, I remember; and she is gone to settle in Ireland. I do wonder that you should not wish to go with her into that country, Miss Emma; but it must be a great deprivation to her, poor lady, after bringing you up like a child of her own."

"I was not so ungrateful, sir," said Emma, warmly, "as to wish to be anywhere but with her. It did not suit them, it did not suit Captain O'Brien that I should be of the party."

"Captain!" repeated Mrs. Edwards. "The gentleman is in the army then?"

"Yes, ma'am."

"Aye, there is nothing like your officers for captivating the ladies, young or old. There is no resisting a cockade, my dear."

"I hope there is," said Mrs. Edwards, gravely, with a quick glance at her daughter; and Emma had just recovered from her own perturbation in time to see a blush on Miss Edwards' cheek, and in remembering what Elizabeth had said of Captain Hunter, to wonder and waver between his influence and her brother's.

"Elderly ladies should be careful how they make a second choice," observed Mr. Edwards.

"Até tão tarde, minha querida? Do que está falando?", exclamou o marido, gracejando vivamente. "Nós sempre estamos em casa antes da meia-noite. Iriam rir de você no castelo Osborne, se a ouvissem chamando isso de tarde; à meia-noite eles recém estão terminando o jantar."

"Isso não vem ao caso", replicou a senhora, calmamente. "Os Osbornes não devem servir de exemplo para nós. Seria melhor se vocês se reunissem todas as noites e terminassem duas horas mais cedo."

O assunto frequentemente era levado até este ponto, mas Mr. e Mrs. Edwards eram sábios o bastante para nunca ultrapassá-lo. Mr. Edwards, então, voltou-se para outra coisa. Tinha vivido o bastante na ociosidade de uma cidade pequena para se tornar um tanto bisbilhoteiro, e, ansioso para saber um pouco mais sobre a situação de sua jovem hóspede do que já sabia, começou,

"Creio, Miss Emma, que me lembro muito bem de sua tia, cerca de trinta anos atrás; estou quase certo de que dancei com ela nos Old Rooms, em Bath, um ano antes de me casar. Ela era uma bela mulher, naquela época, mas como todo mundo, suponho que tenha envelhecido um pouco desde aquele tempo. Espero que tenha sido feliz em seu segundo casamento."

"Também espero; creio que sim, meu senhor", disse Emma, um tanto agitada.

"Mr. Turner não morreu há muito tempo, imagino?"

"Há cerca de dois anos, meu senhor."

"Esqueço qual é o nome dela agora."

"O'Brien."

"Irlandês! Ah, eu lembro; ela partiu para se instalar na Irlanda. Não me admira que não tenha querido ir com ela para aquele país, Miss Emma; mas deve ter sido uma grande perda para ela, pobre senhora, depois de criá-la como sua própria filha."

"Não fui assim tão ingrata, meu senhor", disse Emma, calorosamente, "para desejar estar em qualquer lugar que não fosse junto dela. Mas não era conveniente para eles, não era conveniente para o capitão O'Brien que eu fizesse parte da família."

"Capitão!", repetiu Mrs. Edwards. "O cavalheiro está no exército, então?"

"Sim, minha senhora."

"Sim, não há nada como os oficiais para cativarem as mulheres, jovens ou velhas. Não há como resistir aos galões, minha cara."

"Espero que haja", disse Mrs. Edwards, gravemente, com um rápido olhar para a filha; e Emma acabara de se recuperar de sua própria perturbação a tempo de ver um rubor em Miss Edwards, e, lembrando-se do que Elizabeth dissera sobre o capitão Hunter, ficou curiosa e indecisa entre a influência dele e a de seu irmão.

"As senhoras mais velhas deviam ter muito cuidado ao fazerem um segundo casamento", observou Mr. Edwards.

"Carefulness and discretion should not be confined to elderly ladies or to a second choice," added his wife. "They are quite as necessary to young ladies in their first."

"Rather more so, my dear," replied he; "because young ladies are likely to feel the effects of it longer. When an old lady plays the fool, it is not in the course of nature that she should suffer from it many years."

Emma drew her hand across her eyes; and Mrs. Edwards, on perceiving it, changed the subject to one of less anxiety to all.

With nothing to do but to expect the hour of setting off, the afternoon was long to the two young ladies; and though Miss Edwards was rather discomposed at the very early hour which her mother always fixed for going, that early hour itself was watched for with some eagerness.

The entrance of the tea-things at seven o'clock was some relief; and luckily Mr. and Mrs. Edwards always drank a dish extraordinary and ate an additional muffin when they were going to sit up late, which lengthened the ceremony almost to the wished-for moment.

At a little before eight, the Tomlinsons' carriage was heard to go by – which was the constant signal for Mrs. Edwards to order hers to the door; and in a very few minutes the party were transported from the quiet and warmth of a snug parlour to the bustle, noise, and draughts of air of the broad entrance passage of an inn. Mrs. Edwards, carefully guarding her own dress, while she attended with yet greater solicitude to the proper security of her young charges' shoulders and throats, led the way up the wide staircase, while no sound of a ball but the first scrape of one violin blessed the ears of her followers; and Miss Edwards, on hazarding the anxious inquiry of whether there were many people come yet, was told by the waiter, as she knew she should, that "Mr. Tomlinson's family were in the room".

In passing along a short gallery to the assembly-room, brilliant in lights before them, they were accosted by a young man in a morning-dress and boots, who was standing in the doorway of a bed-chamber, apparently on purpose to see them go by.

"Ah! Mrs. Edwards, how do you do? How do you do, Miss Edwards?" he cried, with an easy air. "You are determined to be in good time, I see, as usual. The candles are but this moment lit."

"I like to get a good seat by the fire, you know, Mr. Musgrave," replied Mrs. Edwards.

"I am this moment going to dress," said he. "I am waiting for my stupid fellow. We shall have a famous ball. The Osbornes are certainly coming; you may depend upon that, for I was with Lord Osborne this morning."

The party passed on. Mrs. Edwards' satin gown swept along the clean floor

"O cuidado e a discrição não devem ser limitados às senhoras mais velhas ou a um segundo casamento", acrescentou sua esposa. "São absolutamente necessários às jovens em seu primeiro casamento."

"Nesse ainda mais, minha cara", respondeu ele, "pois as jovens provavelmente irão sentir seus efeitos por mais tempo. Quando uma senhora mais velha banca a boba, não é da natureza das coisas que venha sofrer por muitos anos por causa disso."

Emma levou a mão aos olhos; e Mrs. Edwards, percebendo-o, mudou o assunto para algo que causasse menos ansiedade a todos.

Sem nada mais a fazer além de esperar a hora de partirem, a tarde foi longa para as duas jovens; e embora Miss Edwards estivesse um tanto embaraçada pela hora prematura que a mãe sempre fixava para irem, mesmo essa hora prematura foi esperada com certa ansiedade.

A entrada do serviço de chá às sete horas causou algum alívio; e, felizmente, Mr. e Mrs. Edwards sempre bebiam uma xícara extra de chá e comiam uns bolinhos a mais quando iam ficar acordados até tarde, o que prolongou a cerimônia até quase a hora desejada.

Um pouco antes das oito, ouviram passar a carruagem dos Tomlinsons – que era o costumeiro sinal para que Mrs. Edwards mandasse que trouxessem a sua até a porta; e em poucos minutos o grupo foi transportado da tranquilidade e do calor daquele aconchegante salão para o alvoroço, o ruído e as correntes de ar da ampla passagem de entrada de uma hospedaria. Mrs. Edwards, protegendo cuidadosamente seu próprio vestido, observava com solicitude ainda maior a segurança dos ombros e colos de suas jovens protegidas, e conduziu o grupo pela ampla escadaria, quando ainda nenhum som de um baile, a não ser o primeiro afinar de um violino, abençoava os ouvidos de suas acompanhantes; e Miss Edwards, arriscando perguntar ansiosa se já havia chegado muita gente, ouviu do garçom que, como ela esperava, "a família de Mr. Tomlinson já estava no salão".

Ao passarem por um curto corredor em direção ao salão de baile brilhantemente iluminado à sua frente, foram abordadas por um jovem em traje informal e botas, que estava parado à entrada de um quarto, aparentemente com o propósito de vê-las passar.

"Ah! Mrs. Edwards, como vai? Como vai, Miss Edwards?", exclamou ele, com ar desenvolto. "Vejo que, como sempre, estão determinadas a chegar cedo. As luminárias acabaram de ser acesas."

"Gosto de conseguir um bom lugar junto à lareira, como bem sabe, Mr. Musgrave", respondeu Mrs. Edwards.

"Estou indo me vestir neste momento", disse ele. "Estava à espera do idiota do meu criado. Vamos ter um baile notável. Os Osbornes certamente virão; pode contar com isso, pois estive com Lorde Osborne esta manhã."

O grupo seguiu em frente. O vestido de cetim de Mrs. Edwards farfalhou

of the ball-room to the fireplace at the upper end, where one party only were formally seated, while three or four officers were lounging together, passing in and out from the adjoining card-room. A very stiff meeting between these near neighbours ensued; and as soon as they were all duly placed again, Emma, in the low whisper which became the solemn scene, said to Miss Edwards, "The gentleman we passed in the passage was Mr. Musgrave, then; he is reckoned remarkably agreeable, I understand?"

Miss Edwards answered hesitatingly, "Yes; he is very much liked by many people; but we are not very intimate."

"He is rich, is not he?"

"He has about eight or nine hundred pounds a year, I believe. He came into possession of it when he was very young, and my father and mother think it has given him rather an unsettled turn. He is no favourite with them."

The cold and empty appearance of the room and the demure air of the small cluster of females at one end of it, began soon to give way. The inspiriting sound of other carriages was heard, and continual accessions of portly chaperons and strings of smartly-dressed girls were received, with now and then a fresh gentleman straggler, who, if not enough in love to station himself near any fair creature, seemed glad to escape into the card-room.

Among the increasing number of military men, one now made his way to Miss Edwards with an air of *empressement* which decidedly said to her companion, "I am Captain Hunter"; and Emma, who could not but watch her at such a moment, saw her looking rather distressed, but by no means displeased, and heard an engagement formed for the two first dances, which made her think her brother Sam's a hopeless case.

Emma in the meanwhile was not unobserved or unadmired herself. A new face, and a very pretty one, could not be slighted. Her name was whispered from one party to another; and no sooner had the signal been given by the orchestra's striking up a favourite air, which seemed to call the young to their duty and people the centre of the room, than she found herself engaged to dance with a brother officer, introduced by Captain Hunter.

Emma Watson was not more than of the middle height, well made and plump, with an air of healthy vigour. Her skin was very brown, but clear, smooth, and glowing, which, with a lively eye, a sweet smile, and an open countenance, gave beauty to attract, and expression to make that beauty improve on acquaintance. Having no reason to be dissatisfied with her partner, the evening began very pleasantly to her, and her feelings perfectly coincided with the reiterated observation of others, that it was an excellent ball. The two first dances were not quite over when the returning sound of carriages after a long interruption called general notice, and "The Osbornes are coming! The Osbornes are coming!" was repeated

pelo chão encerado do salão até a lareira na outra extremidade, onde apenas um grupo estava formalmente sentado, enquanto três ou quatro oficiais circulavam juntos, entrando e saindo da sala de jogos adjacente. Seguiu-se um encontro muito formal entre esses vizinhos; e, assim que todos estavam devidamente acomodados de novo, Emma, num baixo sussurro como exigia a solenidade da cena, disse à Miss Edwards, "O cavalheiro por quem passamos no corredor então era Mr. Musgrave? Soube que o consideram extremamente agradável."

Miss Edwards respondeu, hesitante, "Sim, há muita gente que o aprecia bastante, mas nós não somos muito íntimos."

"Ele é rico, não é?"

"Tem cerca de 890 libras de renda por ano, creio eu. Entrou na posse dessa herança quando era ainda muito jovem, e meu pai e minha mãe acham que isso tem lhe tornado bastante inquieto desde então. Eles não o apreciam muito."

O aspecto frio e vazio do salão e o ar recatado do pequeno grupo de mulheres em uma das extremidades logo começaram a ceder. Ouvia-se o som inspirador de outras carruagens que chegavam, e o acesso ininterrupto de aias imponentes e fileiras de jovens habilmente vestidas recebiam os cumprimentos, com a entrada vez ou outra de algum cavalheiro desgarrado, que, se não estava apaixonado o suficiente para se posicionar junto a alguma beldade, parecia contente em escapar para a sala de jogos.

Dentre o crescente número de militares, um deles agora abria caminho em direção a Miss Edwards com um ar de *empressement*[29] que definitivamente dizia à Emma, "Sou o capitão Hunter"; e Emma, que não podia deixar de observar sua companheira naquele momento, viu que Miss Edwards parecia um tanto aflita, mas de modo algum descontente, e ouviu que se comprometiam para as primeiras duas danças, o que a fez pensar que seu irmão Sam era mesmo um caso perdido.

A própria Emma, enquanto isso, também não deixava de ser observada e admirada. Um rosto novo, e além disso muito bonito, não podia ser desprezado. Seu nome era sussurrado entre os grupos e, nem bem foi dado o sinal para a dança com a orquestra tocando uma das peças favoritas, que parecia chamar os jovens ao dever e as pessoas ao centro do salão, ela se viu comprometida a dançar com um colega oficial, apresentado pelo capitão Hunter.

Emma Watson não era mais alta que a média, era bem-feita e roliça, e tinha um ar de vigor e saúde. A pele era bem morena, mas clara, lisa e luminosa, o que, juntamente com um olhar vivo, um sorriso doce e um semblante franco, dava-lhe uma beleza que atraía e uma expressão que fazia tal beleza aumentar com a convivência. Não tendo nenhum motivo para estar descontente com seu par, a noite começou muito agradável para ela, e seus sentimentos coincidiam perfeitamente com as reiteradas observações dos demais de que se tratava de um baile excelente. As duas primeiras danças ainda não haviam terminado quando o rumor de carruagens, depois de uma longa interrupção, despertou a atenção geral, e "Os Osbornes

---

29 Solicitude, em francês no original.

round the room. After some minutes of extraordinary bustle without and watchful curiosity within, the important party, preceded by the attentive master of the inn to open a door which was never shut, made their appearance. They consisted of Lady Osborne; her son, Lord Osborne; her daughter, Miss Osborne; Miss Carr, her daughter's friend; Mr. Howard, formerly tutor to Lord Osborne, now clergyman of the parish in which the castle stood; Mrs. Blake, a widow sister who lived with him; her son, a fine boy of ten years old; and Mr. Tom Musgrave, who probably, imprisoned within his own room, had been listening in bitter impatience to the sound of the music for the last half-hour. In their progress up the room, they paused almost immediately behind Emma to receive the compliments of some acquaintance; and she heard Lady Osborne observe that they had made a point of coming early for the gratification of Mrs. Blake's little boy, who was uncommonly fond of dancing. Emma looked at them all as they passed, but chiefly and with most interest on Tom Musgrave, who was certainly a genteel, good-looking young man. Of the females, Lady Osborne had by much the finest person; though nearly fifty, she was very handsome, and had all the dignity of rank.

Lord Osborne was a very fine young man; but there was an air of coldness, of carelessness, even of awkwardness about him, which seemed to speak him out of his element in a ball-room. He came, in fact, only because it was judged expedient for him to please the borough; he was not fond of women's company, and he never danced. Mr. Howard was an agreeable-looking man, a little more than thirty.

At the conclusion of the two dances, Emma found herself, she knew not how, seated amongst the Osborne set; and she was immediately struck with the fine countenance and animated gestures of the little boy, as he was standing before his mother, wondering when they should begin.

"You will not be surprised at Charles' impatience," said Mrs. Blake, a lively, pleasant-looking little woman of five or six and thirty, to a lady who was standing near her, "when you know what a partner he is to have. Miss Osborne has been so very kind as to promise to dance the two first dances with him."

"Oh, yes! we have been engaged this week," cried the boy, "and we are to dance down every couple."

On the other side of Emma, Miss Osborne, Miss Carr, and a party of young men were standing engaged in very lively consultation; and soon afterwards she saw the smartest officer of the set walking off to the orchestra to order the dance, while Miss Osborne, passing before her to her little expecting partner, hastily said, "Charles, I beg your pardon for not keeping my engagement, but I am going to dance these two dances with Colonel Beresford. I know you will excuse me, and I will certainly dance with you after tea"; and without staying for an answer, she turned again to Miss Carr, and in another minute was led by Colonel Beresford to begin the set. If the poor little boy's face had in its happiness been interesting to Emma, it was infinitely more so under this sudden reverse; he stood the picture of disappointment, with crimsoned cheeks, quivering lips, and eyes bent on the floor.

estão chegando! Os Osbornes estão chegando!" era repetido pelo salão. Após alguns minutos de extraordinária agitação fora e alerta curiosidade dentro, o imponente grupo, precedido pelo atento dono da hospedaria com o fim de abrir uma porta que nunca estivera fechada, fez sua entrada. Era composto por Lady Osborne; seu filho, Lorde Osborne; sua filha, Miss Osborne; Miss Carr, amiga de sua filha; Mr. Howard, antigo tutor de Lorde Osborne, agora clérigo da paróquia na qual ficava o castelo; Mrs. Blake, uma irmã viúva que morava com ele; o filho desta, um belo menino de dez anos; e Mr. Tom Musgrave, que, provavelmente encerrado em seu próprio quarto, ficara escutando com amarga impaciência o som da música na última meia hora. Em seu avanço pelo salão, fizeram uma pausa quase atrás de Emma para receber os cumprimentos de algum conhecido; e ela ouviu Lady Osborne comentar que tinham feito questão de chegar cedo para a satisfação do menino de Mrs. Blake, que era notavelmente apaixonado por bailes. Emma olhou para todos enquanto passavam, mas principalmente e com maior interesse para Tom Musgrave, que era certamente um jovem distinto e bonito. Do lado feminino, Lady Osborne era de longe a mais elegante; embora beirando os cinquenta, era muito formosa e digna de sua posição social.

Lorde Osborne era um belo rapaz, mas havia nele um ar de frieza, de indiferença, e até mesmo de embaraço que parecia declará-lo fora de seu elemento me um salão de baile. Tinha vindo, na verdade, só por ter julgado conveniente agradar à comunidade; não gostava da companhia das mulheres e nunca dançava. Mr. Howard era um homem de aspecto agradável, com pouco mais de 30 anos.

Ao final das primeiras duas danças, Emma encontrou-se, não sabia como, sentada entre o grupo dos Osbornes; e foi imediatamente atraída pelo semblante bonito e os gestos animados do menino, enquanto estava parado diante da mãe, perguntando-se quando iriam começar a dança.

"Você não ficará surpresa com a impaciência de Charles", disse Mrs. Blake, uma senhora vivaz, pequena e agradável, de trinta e cinco ou trinta e seis anos, para uma senhora que estava perto dela, "quando souber quem será o seu par. Miss Osborne foi muito amável em prometer dançar as duas primeiras danças com ele."

"Ah, sim! Ela se comprometeu comigo esta semana", exclamou o menino, "e vamos arrasar com todos os outros pares."

Do outro lado de Emma, Miss Osborne, Miss Carr e um grupo de rapazes estavam de pé, engajados numa animada discussão; e logo depois ela viu o mais elegante dos oficiais encaminhar-se até a orquestra para pedir a dança, enquanto Miss Osborne, passando diante dela, disse apressadamente ao seu pequeno e esperançoso par, "Charles, peço-lhe perdão por não manter meu compromisso com você, mas vou dançar estas duas danças com o coronel Beresford. Sei que vai me perdoar e certamente dançarei com você depois do chá"; e, sem esperar resposta, virou-se outra vez para Miss Carr, e no minuto seguinte era levada pelo coronel Beresford para começarem a dança. Se o rosto do pobre menino havia parecido interessante a Emma em sua felicidade, tornava-se infinitamente mais agora, com esse imprevisto revés; era a própria imagem da decepção, com faces ruborizadas, lábios trêmulos e olhos

His mother, stifling her own mortification, tried to soothe his with the prospect of Miss Osborne's second promise; but though he contrived to utter, with an effort of boyish bravery, "Oh, I do not mind it!" it was very evident, by the unceasing agitation of his features, that he minded it as much as ever.

Emma did not think or reflect; she felt and acted. "I shall be very happy to dance with you, sir, if you like it," said she, holding out her hand with the most unaffected good-humour. The boy, in one moment restored to all his first delight, looked joyfully at his mother; and stepping forwards with an honest and simple "Thank you, ma'am," was instantly ready to attend his new acquaintance. The thankfulness of Mrs. Blake was more diffuse; with a look most expressive of unexpected pleasure and lively gratitude, she turned to her neighbour with repeated and fervent acknowledgments of so great and condescending a kindness to her boy. Emma, with perfect truth, could assure her that she could not be giving greater pleasure than she felt herself; and Charles being provided with his gloves and charged to keep them on, they joined the set which was now rapidly forming, with nearly equal complacency. It was a partnership which could not be noticed without surprise. It gained her a broad stare from Miss Osborne and Miss Carr as they passed her in the dance. "Upon my word, Charles, you are in luck," said the former, as she turned him; "you have got a better partner than me"; to which the happy Charles answered "Yes."

Tom Musgrave, who was dancing with Miss Carr, gave her many inquisitive glances; and after a time Lord Osborne himself came, and under pretence of talking to Charles, stood to look at his partner. Though rather distressed by such observation, Emma could not repent what she had done, so happy had it made both the boy and his mother; the latter of whom was continually making opportunities of addressing her with the warmest civility. Her little partner, she found, though bent chiefly on dancing, was not unwilling to speak, when her questions or remarks gave him anything to say; and she learnt, by a sort of inevitable inquiry, that he had two brothers and a sister, that they and their mamma all lived with his uncle at Wickstead, that his uncle taught him Latin, that he was very fond of riding, and had a horse of his own given him by Lord Osborne; and that he had been out once already with Lord Osborne's hounds.

At the end of these dances, Emma found they were to drink tea; Miss Edwards gave her a caution to be at hand, in a manner which convinced her of Mrs. Edwards' holding it very important to have them both close to her when she moved into the tea-room; and Emma was accordingly on the alert to gain her proper station. It was always the pleasure of the company to have a little bustle and crowd when they adjourned for refreshment. The tea-room was a small room within the card-room; and in passing through the latter, where the passage was straitened by tables, Mrs. Edwards and her party were for a few moments hemmed in. It happened close by Lady Osborne's *casino* table; Mr. Howard, who

voltados para o chão. Sua mãe, sufocando sua própria mortificação, tentava suavizar a dele, com a perspectiva da segunda promessa de Miss Osborne; mas, embora ele conseguisse proferir, num esforço de bravura infantil, "Ó, isso não me importa!", era bem evidente, pela agitação incessante de suas feições, que se importava como nunca.

Emma não pensou nem refletiu; sentiu e agiu. "Ficarei muito feliz de dançar com o senhor, se desejar", disse ela, estendendo-lhe a mão com o mais sincero bom-humor. O menino, readquirindo num momento todo seu deleite anterior, olhou com alegria para a mãe; e, avançando com um honesto e singelo "Muito obrigado, senhora", logo estava pronto para dedicar-se à sua nova conhecida. A gratidão de Mrs. Blake foi mais efusiva; com um olhar muito expressivo de inesperado prazer e viva gratidão, voltou-se para sua vizinha com reiterados e fervorosos agradecimentos por aquela bondade tão grande e condescendente para com seu filho. Emma, com absoluta sinceridade, assegurou-lhe que não estava proporcionando maior satisfação do que ela mesma sentia; e depois de Charles calçar as luvas, e ser encarregado de mantê-las, eles se juntaram ao grupo que agora rapidamente se formava, com uma satisfação quase igual. Era um par que não podia ser notado sem surpresa. Valeu-lhes um longo olhar de Miss Osborne e de Miss Carr, quando passaram por eles dançando. "Dou-lhe minha palavra, Charles, você tem muita sorte", disse a primeira, virando-se para ele, "conseguiu um par melhor do que eu"; "Sim", foi a resposta do felizardo Charles.

Tom Musgrave, que estava dançando com Miss Carr, lançou a Emma vários olhares inquisitivos; e logo após o próprio Lorde Osborne aproximou-se, e, sob o pretexto de falar com Charles, ficou olhando para sua acompanhante. Embora um tanto aflita com essa observação, Emma não se arrependia do que tinha feito, tal era a felicidade do menino e de sua mãe; esta última procurava continuamente oportunidades de se dirigir a ela com a mais calorosa cortesia. Ela percebeu que seu pequeno par, embora inclinado principalmente a dançar, não estava pouco disposto a uma conversa, quando as perguntas ou observações da moça lhe davam a oportunidade de dizer algo; e ela soube, por uma espécie de inevitável indagação, que ele tinha dois irmãos e uma irmã, que eles e a mãe viviam com seu tio em Wickstead, que ele lhe ensinara latim, que ele adorava cavalgar e tinha um cavalo só seu dado por Lorde Osborne; e que já tinha saído para caçar uma vez com os cães de Lorde Osborne.

Ao final dessas danças, Emma descobriu que era a hora do chá; Miss Edwards preveniu-a para que se mantivesse por perto, de um modo que a convenceu de que Mrs. Edwards considerava muito importante tê-las perto de si quando se dirigisse à sala de chá; e Emma estava alerta para manter-se no lugar apropriado. Era sempre um prazer para a sociedade ter um pouco de agitação e ajuntamento quando se reunia para comer algo. A sala de chá era uma saleta dentro da sala de jogos; e, ao atravessarem esta última, onde a passagem era limitada pelas mesas, Mrs. Edwards e seu grupo foram por alguns momentos encurralados. Aconteceu perto da mesa onde Lady Osborne jogava *casino*[30]; Mr. Howard, que participava da mesa,

---

30 Jogo de cartas, de três ou cinco partidas, onde o dez de ouros e o dois de espadas são os trunfos.

belonged to it, spoke to his nephew; and Emma, on perceiving herself the object of attention both to Lady Osborne and him, had just turned away her eyes in time to avoid seeming to hear her young companion delightedly whisper aloud, "Oh, uncle! do look at my partner; she is so pretty!" As they were immediately in motion again, however, Charles was hurried off without being able to receive his uncle's suffrage. On entering the tea-room, in which two long tables were prepared, Lord Osborne was to be seen quite alone at the end of one, as if retreating as far as he could from the ball, to enjoy his own thoughts and gape without restraint. Charles instantly pointed him out to Emma.

"There's Lord Osborne; let you and I go and sit by him."

"No, no," said Emma, laughing; "you must sit with my friends."

Charles was now free enough to hazard a few questions in his turn. "What o'clock was it?"

"Eleven."

"Eleven! and I am not at all sleepy. Mamma said I should be asleep before ten. Do you think Miss Osborne will keep her word with me, when tea is over?"

"Oh, yes! I suppose so;" though she felt that she had no better reason to give than that Miss Osborne had not kept it before.

"When shall you come to Osborne Castle?"

"Never, probably. I am not acquainted with the family."

"But you may come to Wickstead and see mamma, and she can take you to the castle. There is a monstrous curious stuffed fox there, and a badger; anybody would think they were alive. It is a pity you should not see them."

On rising from tea, there was again a scramble for the pleasure of being first out of the room, which happened to be increased by one or two of the card-parties having just broken up, and the players being disposed to move exactly the different way. Among these was Mr. Howard, his sister leaning on his arm; and no sooner were they within reach of Emma, than Mrs Blake, calling her notice by a friendly touch, said, "Your goodness to Charles, my dear Miss Watson, brings all his family upon you. Give me leave to introduce my brother, Mr. Howard". Emma curtsied, the gentleman bowed, made a hasty request for the honour of her hand in the two next dances, to which as hasty an affirmative was given, and they were immediately impelled in opposite directions. Emma was very well pleased with the circumstance; there was a quietly cheerful, gentlemanlike air in Mr. Howard which suited her; and in a few minutes afterwards the value of her engagement increased, when, as she was sitting in the card-room, somewhat screened by a door, she heard Lord Osborne, who was lounging on a vacant table near her, call Tom Musgrave towards him and say, "Why do not you dance with that beautiful Emma Watson? I want you to dance with her, and I will come and stand by you."

dirigiu-se ao sobrinho; e Emma, percebendo que era ela o objeto das atenções de Lady Osborne e dele, mal desviou o olhar a tempo de evitar parecer ouvir o que seu jovem par alegremente sussurrava em voz alta, "Ó, tio! Veja só a minha acompanhante; ela é tão bonita!" Como eles voltaram imediatamente a se movimentar, no entanto, Charles seguiu em frente apressado sem ter podido receber o aval do tio. Ao entrarem na sala de chá, onde duas longas mesas estavam preparadas, podia-se ver Lorde Osborne sentado completamente só na extremidade de uma delas, como se estivesse se afastando o máximo possível do baile para desfrutar de seus próprios pensamentos e bocejar sem restrições. Charles imediatamente apontou-o a Emma.

"Lá está Lorde Osborne; vamos nos sentar ao lado dele."

"Não, não", disse Emma, rindo; "você deve sentar-se com os meus amigos."

Charles agora já se sentia suficientemente à vontade para arriscar algumas perguntas por sua vez. "Que horas são?"

"Onze horas."

"Onze! E não tenho sono algum. Mamãe disse que eu iria dormir antes das dez. Acha que Miss Osborne manterá sua palavra comigo, após o chá terminar?"

"Ó, sim! Suponho que sim"; embora ela sentisse que não tinha nenhuma razão melhor para dar senão o fato de que Miss Osborne não a mantivera antes.

"Quando irá ao castelo Osborne?"

"Provavelmente nunca. Não tenho relações com a família."

"Mas pode ir a Wickstead para visitar mamãe, e ela pode levá-la ao castelo. Lá tem uma estranha e monstruosa raposa empalhada, e um texugo; qualquer um pensaria que estão vivos. Seria uma pena se não os visse."

Ao terminarem o chá, houve de novo um tumulto pelo prazer de serem os primeiros a deixar a sala, que por acaso foi aumentado por um ou dois grupos de jogadores que acabavam de interromper o jogo e se dispunham a se mover em direções exatamente opostas. Entre estes estava Mr. Howard, com a irmã em seu braço; e, assim que alcançaram Emma, Mrs. Blake, chamando sua atenção com um toque amigável, disse, "Sua bondade para com Charles, minha cara Miss Watson, trouxe-lhe a gratidão de toda a sua família. Permita-me apresentar-lhe meu irmão, Mr. Howard". Emma fez uma reverência, o cavalheiro inclinou-se, pediu-lhe às pressas a honra de sua mão para as duas próximas danças, proposta também aceita às pressas, e eles foram imediatamente impelidos em direções opostas. Emma ficou bem satisfeita com o ocorrido; havia em Mr. Howard um ar de cavalheirismo e serena jovialidade que a agradava; e poucos minutos depois o valor de seu compromisso aumentou, quando ela, sentada na sala de jogos, em parte oculta por uma porta, ouviu Lorde Osborne, que, passando o tempo em uma mesa desocupada próxima dali, chamou Tom Musgrave para perto de si e disse, "Por que não dança com aquela bela Emma Watson? Quero que dance com ela, e eu então irei até vocês."

"I was determining on it this very moment, my lord; I'll be introduced and dance with her directly."

"Aye, do; and if you find she does not want much talking to, you may introduce me by and by."

"Very well, my lord; if she is like her sisters, she will only want to be listened to. I will go this moment. I shall find her in the tea-room. That stiff old Mrs. Edwards has never done tea."

Away he went, Lord Osborne after him; and Emma lost no time in hurrying from her corner exactly the other way, forgetting in her haste that she left Mrs. Edwards behind.

"We had quite lost you," said Mrs. Edwards, who followed her with Mary in less than five minutes. "If you prefer this room to the other, there is no reason why you should not be here; but we had better all be together."

Emma was saved the trouble of apologizing, by their being joined at the moment by Tom Musgrave, who requesting Mrs. Edwards aloud to do him the honour of presenting him to Miss Emma Watson, left that good lady without any choice in the business, but that of testifying by the coldness of her manner that she did it unwillingly. The honour of dancing with her was solicited without loss of time; and Emma, however she might like to be thought a beautiful girl by lord or commoner, was so little disposed to favour Tom Musgrave himself that she had considerable satisfaction in avowing her previous engagement. He was evidently surprised and discomposed. The style of her last partner had probably led him to believe her not overpowered with applications.

"My little friend Charles Blake," he cried, "must not expect to engross you the whole evening. We can never suffer this. It is against the rules of the assembly, and I am sure it will never be patronised by our good friend here, Mrs. Edwards; she is by much too nice a judge of decorum to give her license to such a dangerous particularity..."

"I am not going to dance with Master Blake, sir!"

The gentleman, a little disconcerted, could only hope he might be fortunate another time, and seeming unwilling to leave her, though his friend Lord Osborne was waiting in the doorway for the result, as Emma with some amusement perceived, he began to make civil inquiries after her family.

"How comes it that we have not the pleasure of seeing your sisters here this evening? Our assemblies have been used to be so well treated by them that we do not know how to take this neglect."

"My eldest sister is the only one at home, and she could not leave my father."

"Miss Watson the only one at home! You astonish me! It seems but the day before yesterday that I saw them all three in this town. But I am afraid I have been

"Eu estava determinado a isso neste exato momento, milorde; vou ser apresentado e dançarei com ela imediatamente."

"Sim, faça isso; e se achar que ela não quer muita conversa, pode me apresentar sem mais demora."

"Muito bem, milorde; se ela for como suas irmãs, só vai querer que a ouçam. Irei agora mesmo. Devo encontrá-la ainda na sala de chá. Aquela velha empertigada de Mrs. Edwards nunca acaba de tomar chá."

E lá se foi ele, seguido por Lorde Osborne; e Emma não perdeu tempo em correr do seu canto exatamente para o lado oposto, esquecendo-se, em sua pressa, de que deixara Mrs. Edwards para trás.

"Havíamos perdido você", disse Mrs. Edwards, que a seguira, juntamente com Mary, em menos de cinco minutos. "Se prefere esta sala em vez da outra, não havia nenhuma razão para que não ficasse aqui, mas é melhor ficarmos todas juntas."

Emma foi salva do embaraço de se desculpar pela chegada naquele momento de Tom Musgrave, que, solicitando em voz alta a Mrs. Edwards a honra de ser apresentado à Miss Emma Watson, deixou essa boa senhora sem outra opção a não ser indicar, pela frieza de suas maneiras, que o fazia de má vontade. O rapaz solicitou a honra de dançar com ela sem perda de tempo; e Emma, embora pudesse gostar de ser considerada uma bela jovem tanto por nobres quanto por plebeus, estava tão pouco disposta a favorecer o próprio Tom Musgrave que sentiu considerável satisfação em declarar seu prévio compromisso. Ele ficou evidentemente surpreso e desconcertado. O estilo do último par de Emma provavelmente o levara a crer que ela não estivesse sobrecarregada de convites.

"Meu jovem amigo Charles Blake", exclamou ele, "não deve esperar monopolizá-la a noite inteira. Jamais poderíamos tolerar isso. É contra as regras do baile, e estou certo de que isso nunca teria a aprovação de nossa boa amiga aqui, Mrs. Edwards, que é uma excelente juíza de etiqueta e não permitiria uma exceção tão perigosa..."

"Eu não vou dançar com o jovem Blake, meu senhor!"

O cavalheiro, um tanto desconcertado, só podia esperar que tivesse sorte outra vez e, parecendo pouco disposto a deixá-la, embora seu amigo Lorde Osborne estivesse esperando pelo resultado junto à porta, como Emma percebeu com certo divertimento, começou a fazer perguntas corteses sobre sua família.

"Como é possível que não tenhamos o prazer de ver suas irmãs aqui esta noite? Nossos bailes costumam ser tão prestigiados por elas que não sabemos como interpretar tal negligência."

"Minha irmã mais velha é a única em casa, e não podia deixar meu pai sozinho."

"Miss Watson é a única a estar em casa! Isso me surpreende! Parece que foi anteontem mesmo que vi todas as três aqui na cidade. Mas receio que eu tenha sido

a very sad neighbour of late. I hear dreadful complaints of my negligence wherever I go, and I confess it is a shameful length of time since I was at Stanton. But I shall now endeavour to make myself amends for the past."

Emma's calm courtesy in reply must have struck him as very unlike the encouraging warmth he had been used to receive from her sisters, and gave him probably the novel sensation of doubting his own influence, and of wishing for more attention than she bestowed. The dancing now recommenced; Miss Carr being impatient to call, everybody was required to stand up; and Tom Musgrave's curiosity was appeased on seeing Mr. Howard come forward and claim Emma's hand.

"That will do as well for me," was Lord Osborne's remark, when his friend carried him the news, and he was continually at Howard's elbow during the two dances.

The frequency of his appearance there was the only unpleasant part of the engagement, the only objection she could make to Mr. Howard. In himself, she thought him as agreeable as he looked; though chatting on the commonest topics, he had a sensible, unaffected way of expressing himself, which made them all worth hearing, and she only regretted that he had not been able to make his pupil's manners as unexceptionable as his own. The two dances seemed very short, and she had her partner's authority for considering them so. At their conclusion the Osbornes and their train were all on the move.

"We are off at last," said his lordship to Tom. "How much longer do you stay in this heavenly place... till sunrise?"

"No, faith! my lord; I have had quite enough of it. I assure you, I shall not show myself here again when I have had the honour of attending Lady Osborne to her carriage. I shall retreat in as much secrecy as possible to the most remote corner of the house, where I shall order a barrel of oysters, and be famously snug."

"Let me see you soon at the castle, and bring me word how she looks by daylight."

Emma and Mrs. Blake parted as old acquaintance, and Charles shook her by the hand, and wished her "good-bye" at least a dozen times. From Miss Osborne and Miss Carr she received something like a jerking curtsey as they passed her; even Lady Osborne gave her a look of complacency, and his lordship actually came back, after the others were out of the room, to "beg her pardon," and look in the window-seat behind her for the gloves which were visibly compressed in his hand. As Tom Musgrave was seen no more, we may suppose his plan to have succeeded, and imagine him mortifying with his barrel of oysters in dreary solitude, or gladly assisting the landlady in her bar to make fresh negus for the happy dancers above. Emma could not help missing the party by whom she had been, though in some respects unpleasantly, distinguished; and the two dances which followed and concluded the

um péssimo vizinho ultimamente. Ouço terríveis reclamações sobre minha negligência onde quer que eu vá, e confesso que faz um tempo vergonhoso que não vou a Stanton. Mas agora vou me esforçar para remediar o passado."

A tranquila cortesia de Emma ao lhe responder deve tê-lo surpreendido, pois lhe parecia totalmente contrária ao entusiasmo encorajador que costumava receber das irmãs, e lhe provocou a sensação, provavelmente nova, de duvidar de sua própria influência e de desejar mais atenção do que ela lhe concedia. A dança então recomeçou; Miss Carr estava impaciente pela chamada, pediu-se que todos se pusessem de pé; e a curiosidade de Tom Musgrave foi satisfeita ao ver Mr. Howard avançar e estender sua mão para Emma.

"Será o mesmo para mim", foi a observação de Lorde Osborne, quando seu amigo lhe trouxe as notícias, e ele ficou constantemente ao lado de Howard durante as duas danças.

A frequência de sua aparição ali foi a única parte desagradável do compromisso, a única objeção que Emma poderia fazer a Mr. Howard. Quanto a ele em si, ela o julgou tão agradável quanto parecia; e, embora conversando sobre os assuntos mais comuns, tinha um modo sensível e espontâneo de se expressar que os tornava todos dignos de serem ouvidos, e ela só lamentava que ele não tivesse conseguido tornar as maneiras de seu pupilo tão irrepreensíveis quanto as suas. As duas danças pareceram muito breves, e ela teve a autorização de seu par para considerá-las assim. Ao terminarem a dança, os Osbornes e seu séquito já estavam em movimento.

"Estamos indo embora, afinal", disse sua senhoria para Tom. "Por quanto tempo mais você pretende ficar neste lugar divino... até o amanhecer?"

"Não, por Deus, milorde; já estou farto. Asseguro-lhe que não voltarei aqui de novo depois que tiver a honra de acompanhar Lady Osborne até a carruagem. Retirar-me-ei, da maneira mais discreta possível, para o canto mais remoto da casa, onde pedirei um prato de ostras e ficarei bem à vontade."

"Deixe-me vê-lo o quanto antes no castelo, e me diga como ela se parece à luz do dia."

Emma e Mrs. Blake separaram-se como velhas amigas, e Charles apertou-lhe a mão e lhe desejou "até logo" pelo menos uma dúzia de vezes. De Miss Osborne e Miss Carr ela recebeu algo como uma reverência formal ao passarem por ela; até Lady Osborne deu-lhe um olhar de complacência, e sua senhoria, o lorde, de fato voltou, depois que os outros já deixaram a sala, para "pedir-lhe licença" e procurar, no banco sob a janela atrás dela pelas luvas que trazia visivelmente às mãos. Como Tom Musgrave não foi mais visto, podemos supor que seu plano tenha tido sucesso, e imaginá-lo mortificado com seu prato de ostras em triste solidão, ou ajudando alegremente a proprietária do bar a preparar *negus*[31] fresco para os felizes dançarinos no andar de cima. Emma não deixou de sentir falta do grupo com quem estivera, que apesar de desagradável em alguns aspectos, era muito distinto; e as duas danças

---

31 Vinho do porto servido quente com especiarias.

ball were rather flat in comparison with the others. Mr. Edwards having played with good luck, they were some of the last in the room.

"Here we are back again, I declare," said Emma, sorrowfully, as she walked into the dining-room, where the table was prepared, and the neat upper maid was lighting the candles. "My dear Miss Edwards, how soon it is at an end! I wish it could all come over again."

A great deal of kind pleasure was expressed in her having enjoyed the evening so much; and Mr. Edwards was as warm as herself in the praise of the fullness, brilliancy, and spirit of the meeting, though as he had been fixed the whole time at the same table in the same room, with only one change of chairs, it might have seemed a matter scarcely perceived; but he had won four rubbers out of five, and everything went well. His daughter felt the advantage of this gratified state of mind, in the course of the remarks and retrospections which now ensued over the welcome soup.

"How came you not to dance with either of the Mr. Tomlinsons, Mary?" said her mother.

"I was always engaged when they asked me."

"I thought you were to have stood up with Mr. James the two last dances; Mrs. Tomlinson told me he was gone to ask you, and I had heard you say two minutes before that you were not engaged."

"Yes, but there was a mistake; I had misunderstood. I did not know I was engaged. I thought it had been for the two dances after, if we stayed so long; but Captain Hunter assured me it was for those very two."

"So you ended with Captain Hunter, Mary, did you?" said her father. "And whom did you begin with?"

"Captain Hunter," was repeated in a very humble tone.

"Hum! That is being constant, however. But who else did you dance with?"

"Mr. Norton and Mr. Styles."

"And who are they?"

"Mr. Norton is a cousin of Captain Hunter's."

"And who is Mr. Styles?"

"One of his particular friends."

"All in the same regiment," added Mrs. Edwards. "Mary was surrounded by red-coats all the evening. I should have been better pleased to see her dancing with some of our old neighbours, I confess."

"Yes, yes; we must not neglect our old neighbours. But if these soldiers are quicker than other people in a ball-room, what are young ladies to do?"

"I think there is no occasion for their engaging themselves so many dances beforehand, Mr. Edwards."

que se seguiram e encerraram o baile foram bastante monótonas em comparação às outras. Como Mr. Edwards tivera sorte no jogo, foram os últimos a deixar o salão.

"Aqui estamos nós de volta", disse Emma, tristemente, ao dirigir-se à sala de jantar, onde a mesa estava posta e a impecável chefe das empregadas acendia as lamparinas. "Minha cara Miss Edwards, como acabou rápido! Gostaria que começasse tudo de novo."

Expressou o grande prazer e a satisfação que a noite lhe havia proporcionado; e Mr. Edwards foi tão caloroso quanto ela ao elogiar a abundância, o esplendor e o espírito da festa, embora, por ter ficado o tempo inteiro na mesma mesa da mesma sala, com apenas uma troca de cadeiras, tudo parecia indicar que ele mal se apercebera de coisa alguma; mas como ele havia vencido quatro partidas em cinco, tudo correra bem. Sua filha sentiu a vantagem desse estado de ânimo satisfatório, no decorrer das observações e retrospectivas que agora se seguiam enquanto tomavam a sopa.

"Como é que você não dançou com nenhum dos jovens Tomlinsons, Mary?", perguntou a mãe.

"Eu estava sempre comprometida quando eles me convidavam."

"Pensei que tivesse faltado a um compromisso com Mr. James para as duas últimas danças; Mrs. Tomlinson me disse que ele ia convidá-la, e eu a ouvira dizer dois minutos antes que não estava comprometida."

"Sim, mas houve um engano; eu me confundi. Não sabia que já estava comprometida. Pensei que fosse para as duas danças seguintes, se fôssemos ficar até lá, mas o capitão Hunter me assegurou que era mesmo para aquelas duas."

"Então você fechou o baile com o capitão Hunter, Mary, não foi", disse o pai dela. "E com quem você começou?"

"Com o capitão Hunter", repetiu a moça em tom muito humilde.

"Hum! Muita constância de sua parte. Mas com quem mais você dançou?"

"Com Mr. Norton e Mr. Styles."

"E quem são eles?"

"Mr. Norton é primo do capitão Hunter."

"E quem é Mr. Styles?"

"Um de seus amigos íntimos."

"Todos do mesmo regimento", acrescentou Mrs. Edwards. "Mary esteve rodeada de uniformes vermelhos a noite inteira. Confesso que ficaria mais feliz de vê-la dançando com alguns de nossos antigos vizinhos."

"Sim, sim; não devemos negligenciar nossos antigos vizinhos. Mas se esses soldados são mais rápidos que os demais no salão de baile, o que as moças podem fazer?"

"Eu acho, Mr. Edwards, que não há nenhum motivo para elas se comprometerem com tantas danças de antemão."

"No, perhaps not; but I remember, my dear, when you and I did the same."

Mrs. Edwards said no more, and Mary breathed again. A good deal of good-humoured pleasantry followed; and Emma went to bed in charming spirits, her head full of Osbornes, Blakes, and Howards.

The next morning brought a great many visitors. It was the way of the place always to call on Mrs. Edwards the morning after a ball, and this neighbourly inclination was increased in the present instance by a general spirit of curiosity on Emma's account, as everybody wanted to look again at the girl who had been admired the night before by Lord Osborne. Many were the eyes, and various the degrees of approbation with which she was examined. Some saw no fault, and some no beauty. With some her brown skin was the annihilation of every grace, and others could never be persuaded that she was half so handsome as Elizabeth Watson had been ten years ago. The morning passed quickly away in discussing the merits of the ball with all this succession of company; and Emma was at once astonished by finding it two o'clock, and considering that she had heard nothing of her father's chair. After this discovery, she had walked twice to the window to examine the street, and was on the point of asking leave to ring the bell and make inquiries, when the light sound of a carriage driving up to the door set her heart at ease. She stepped again to the window, but instead of the convenient though very un-smart family equipage, perceived a neat curricle. Mr. Musgrave was shortly afterwards announced, and Mrs. Edwards put on her very stiffest look at the sound. Not at all dismayed, however, by her chilling air, he paid his compliments to each of the ladies with no unbecoming ease, and continuing to address Emma, presented her a note, which "he had the honour of bringing from her sister, but to which he must observe a verbal postscript from himself would be requisite."

The note, which Emma was beginning to read rather before Mrs. Edwards had entreated her to use no ceremony, contained a few lines from Elizabeth importing that their father, in consequence of being unusually well, had taken the sudden resolution of attending the visitation that day, and that as his road lay quite wide from D., it was impossible for her to come home till the following morning, unless the Edwardses would send her, which was hardly to be expected, or she could meet with any chance conveyance, or did not mind walking so far. She had scarcely run her eye through the whole, before she found herself obliged to listen to Tom Musgrave's farther account.

"I received that note from the fair hands of Miss Watson only ten minutes ago," said he; "I met her in the village of Stanton, whither my good stars prompted me to turn my horses' heads. She was at that moment in quest of a person to employ on the errand, and I was fortunate enough to convince her that she could not find a more willing or speedy messenger than myself. Remember, I say nothing of my disinterestedness. My reward is to be the indulgence of conveying you to Stanton in my curricle. Though they are not written down, I bring your sister's orders for the same."

"Não, talvez não; mas me lembro, minha cara, quando fazíamos o mesmo."

Mrs. Edwards não disse mais nada, e Mary voltou a respirar aliviada. Seguiu-se um bom tempo de brincadeiras bem-humoradas, e Emma foi para a cama de espírito leve, a cabeça cheia de Osbornes, Blakes e Howards.

A manhã seguinte trouxe um grande número de visitantes. Era costume entre as pessoas do lugar sempre irem à casa de Mrs. Edwards no dia seguinte a um baile, e essa inclinação amigável era aumentada no presente caso por um espírito de curiosidade geral em relação a Emma, pois todos queriam ver de novo a moça que tinha sido admirada na noite anterior por Lorde Osborne. Muitos foram os olhos, e vários os graus de aprovação com que ela foi examinada. Alguns não lhe viam qualquer defeito, outros não lhe viam qualquer beleza. Para alguns o tom moreno de sua pele destruía toda a sua graça, e outros nunca poderiam ser convencidos de que ela tivesse sequer metade da beleza que Elizabeth Watson tivera dez anos antes. A manhã passou depressa na discussão dos méritos do baile com toda essa sucessão de pessoas; e Emma ficou surpresa ao ver que já eram duas horas e ela ainda não tivera notícias da charrete do pai. Depois dessa constatação, foi duas vezes à janela para observar a rua, e estava a ponto de pedir licença para tocar a campainha e fazer indagações quando o leve som de uma carruagem dirigindo-se à porta aliviou seu espírito. Foi de novo até a janela, mas em vez do conveniente mas deselegante meio de transporte de sua família, viu um belo coche de dois cavalos. Mr. Musgrave foi anunciado logo depois, e Mrs. Edwards mostrou seu olhar mais severo ao ouvir o nome. Nem um pouco desanimado, porém, com seu ar de frieza, ele cumprimentou cada uma das senhoras com uma naturalidade apropriada e, continuando a dirigir-se a Emma, apresentou-lhe um bilhete, que ele "tinha a honra de trazer da parte de sua irmã, mas para o qual um pós-escrito verbal de sua parte se fazia necessário."

O bilhete, que Emma já havia começado a ler antes mesmo que Mrs. Edwards lhe pedisse para não fazer cerimônia, continha algumas linhas de Elizabeth informando que o pai, visto estar se sentindo excepcionalmente bem, tinha tomado a súbita decisão de fazer a visita religiosa naquele dia, e, como a estrada se estendia a boa distância de D., era impossível para ela voltar para casa até a manhã seguinte; assim, a menos que os Edwards a levassem, o que não seria de se esperar, talvez ela pudesse encontrar algum outro transporte eventual, ou não se importar de caminhar uma distância tão longa. Emma mal tinha corrido os olhos pelo principal, antes de ser obrigada a ouvir o relato detalhado de Tom Musgrave.

"Recebi este bilhete das próprias mãos de Miss Watson não faz dez minutos", disse ele. "Eu a encontrei em Stanton, para onde a minha boa estrela me levou a dirigir os meus cavalos. Ela estava naquele momento procurando uma pessoa para encarregar dessa incumbência, e tive a sorte de convencê-la de que não poderia encontrar um mensageiro mais disposto ou mais veloz do que eu. Lembre-se de que não estou mencionando meu próprio desinteresse. Minha recompensa será a satisfação de transportar a senhorita até Stanton em meu cabriolé. Embora não estejam escritas, trago as instruções de sua irmã para fazer isso."

Emma felt distressed; she did not like the proposal – she did not wish to be on terms of intimacy with the proposer; and yet, fearful of encroaching on the Edwardses, as well as wishing to go home herself, she was at a loss how entirely to decline what he offered. Mrs. Edwards continued silent, either not understanding the case, or waiting to see how the young lady's inclination lay. Emma thanked him, but professed herself very unwilling to give him so much trouble. "The trouble was of course honour, pleasure, delight... what had he or his horses to do?" Still she hesitated. "She believed she must beg leave to decline his assistance; she was rather afraid of the sort of carriage. The distance was not beyond a walk." Mrs. Edwards was silent no longer. She inquired into the particulars, and then said, "We shall be extremely happy, Miss Emma, if you can give us the pleasure of your company till tomorrow; but if you cannot conveniently do so, our carriage is quite at your service, and Mary will be pleased with the opportunity of seeing your sister."

This was precisely what Emma had longed for, and she accepted the offer most thankfully, acknowledging that as Elizabeth was entirely alone, it was her wish to return home to dinner. The plan was warmly opposed by their visitor,

"I cannot suffer it, indeed. I must not be deprived of the happiness of escorting you. I assure you there is not a possibility of fear with my horses. You might guide them yourself. Your sisters all know how quiet they are; they have none of them the smallest scruple in trusting themselves with me, even on a race-course. Believe me," added he, lowering his voice, "you are quite safe, the danger is only mine."

Emma was not more disposed to oblige him for all this.

"And as to Mrs. Edwards' carriage being used the day after a ball, it is a thing quite out of rule, I assure you... never heard of before. The old coachman will look as black as his horses... won't he Miss Edwards?"

No notice was taken. The ladies were silently firm, and the gentleman found himself obliged to submit.

"What a famous ball we had last night!" he cried, after a short pause. "How long did you keep it up after the Osbornes and I went away?"

"We had two dances more."

"It is making it too much of a fatigue, I think, to stay so late. I suppose your set was not a very full one."

"Yes; quite as full as ever, except the Osbornes. There seemed no vacancy anywhere; and everybody danced with uncommon spirit to the very last."

Emma said this, though against her conscience.

"Indeed! perhaps I might have looked in upon you again, if I had been aware of as much, for I am rather fond of dancing than not. Miss Osborne is a charming girl, is not she?"

Emma sentiu-se angustiada; não gostou da proposta... não queria estar em termos de intimidade com o proponente; porém, temerosa de abusar da bondade dos Edwards, e também desejosa de voltar para casa, ficou sem saber como recusar a oferta dele. Mrs. Edwards continuava em silêncio, ou por não entender o caso, ou esperando para ver qual era a inclinação da moça. Emma agradeceu-lhe, mas se declarou desejosa de não lhe causar tanto incômodo. "O incômodo seria, é claro, uma honra, um prazer, um deleite... Que mais iriam fazer ele ou seus cavalos?" Ainda assim ela hesitava. "Acreditava que devia desculpar-se por recusar a ajuda dele; tinha bastante receio daquele tipo de carruagem. A distância não era longa demais para uma caminhada." Mrs. Edwards rompeu o silêncio. Perguntou pelos detalhes, e então disse, "Ficaríamos muito contentes, Miss Emma, se nos desse o prazer de sua companhia até amanhã; mas, se não lhe for conveniente, nossa carruagem está totalmente à disposição, e Mary ficará feliz com a oportunidade de rever sua irmã."

Era precisamente o que Emma esperava. Aceitou a oferta com extrema gratidão, admitindo que, como Elizabeth estava completamente sozinha, era seu desejo voltar para casa para o jantar. O visitante se opôs veementemente ao plano.

"Não posso admitir isso, realmente. Não devo ser privado da felicidade de acompanhá-la. Asseguro-lhe que não há a menor possibilidade de receio com os meus cavalos. A senhorita mesma poderia guiá-los. Todas as suas irmãs sabem o quanto eles são mansos; nenhuma delas teve o menor escrúpulo de se confiar a mim, até mesmo numa corrida. Creia-me", acrescentou ele, baixando a voz, "está inteiramente a salvo, o perigo é só meu."

Emma não se sentiu mais disposta a agradecer-lhe por tudo isso.

"E quanto a usar a carruagem de Mrs. Edwards no dia seguinte a um baile, é totalmente fora do habitual, posso assegurar-lhe... algo jamais visto. O velho cocheiro será tão hostil quanto seus cavalos... não é mesmo, Miss Edwards?

Ninguém deu resposta. As senhoras estavam firmes em seu silêncio, e o cavalheiro foi obrigado a se submeter.

"Que baile magnífico tivemos ontem à noite!", exclamou ele, após uma curta pausa. "Quanto tempo ainda ficaram depois que os Osborne e eu fomos embora?"

"Tivemos mais duas danças."

"É cansativo demais, eu acho, ficar até tão tarde. Suponho que os pares que compunham o grupo já não eram muitos."

"Sim; tantos quanto antes, com exceção dos Osbornes. Parecia não haver lugar vazio em parte alguma, e todo mundo dançou com muita animação até o final."

Fora Emma que dissera isso, embora contra a sua consciência.

"Mesmo? Talvez eu pudesse tê-la procurado novamente, se eu tivesse sabido disso, pois gosto muitíssimo de dançar. Miss Osborne é uma moça encantadora, não acha?"

"I do not think her handsome," replied Emma, to whom all this was chiefly addressed.

"Perhaps she is not critically handsome, but her manners are delightful. And Fanny Carr is a most interesting little creature. You can imagine nothing more naive or piquante; and what do you think of Lord Osborne, Miss Watson?"

"He would be handsome even though he were not a lord, and perhaps, better bred; more desirous of pleasing and showing himself pleased in a right place."

"Upon my word, you are severe upon my friend! I assure you Lord Osborne is a very good fellow."

"I do not dispute his virtues, but I do not like his careless air."

"If it were not a breach of confidence," replied Tom, with an important look, "perhaps I might be able to win a more favourable opinion of poor Osborne."

Emma gave him no encouragement, and he was obliged to keep his friend's secret. He was also obliged to put an end to his visit, for Mrs. Edwards having ordered her carriage, there was no time to be lost on Emma's side in preparing for it. Miss Edwards accompanied her home; but as it was dinner-hour at Stanton, stayed with them only a few minutes.

"Now, my dear Emma," said Miss Watson, as soon as they were alone, "you must talk to me all the rest of the day without stopping, or I shall not be satisfied; but, first of all, Nanny shall bring in the dinner. Poor thing! You will not dine as you did yesterday, for we have nothing but some fried beef. How nice Mary Edwards looks in her new pelisse! And now tell me how you like them all, and what I am to say to Sam. I have begun my letter, Jack Stokes is to call for it tomorrow, for his uncle is going within a mile of Guildford the next day."

Nanny brought in the dinner.

"We will wait upon ourselves," continued Elizabeth, "and then we shall lose no time. And so, you would not come home with Tom Musgrave?"

"No, you had said so much against him that I could not wish either for the obligation or the intimacy which the use of his carriage must have created. I should not even have liked the appearance of it."

"You did very right; though I wonder at your forbearance, and I do not think I could have done it myself. He seemed so eager to fetch you that I could not say no, though it rather went against me to be throwing you together, so well as I knew his tricks; but I did long to see you, and it was a clever way of getting you home. Besides, it won't do to be too nice. Nobody could have thought of the Edwardses' letting you have their coach, after the horses being out so late. But what am I to say to Sam?"

"If you are guided by me, you will not encourage him to think of Miss Edwards. The father is decidedly against him, the mother shows him no favour,

"Eu não a considero bonita", respondeu Emma, a quem a pergunta fora especialmente endereçada.

"Talvez ela não seja exatamente bonita, mas suas maneiras são encantadoras. E Fanny Carr é uma criaturinha muito interessante. Não se pode imaginar nada mais ingênuo ou picante. E o que acha de Lorde Osborne, Miss Watson?"

"Acho que seria bonito mesmo se não fosse um lorde, e talvez fosse mais educado, mais desejoso de agradar e de se mostrar simpático nos lugares certos."

"Por Deus, a senhorita é muito severa em relação ao meu amigo! Asseguro-lhe que Lorde Osborne é um ótimo companheiro."

"Não discuto as virtudes dele, mas não gosto de seu ar de descaso."

"Se não fosse um abuso de confiança", respondeu Tom, com um olhar significativo, "talvez pudesse obter uma opinião mais favorável sobre o pobre Osborne."

Emma não lhe deu qualquer encorajamento, e ele foi obrigado a manter o segredo de seu amigo. Foi igualmente obrigado a encerrar a sua visita, pois, como Mrs. Edwards havia pedido a carruagem, Emma devia se preparar para partir sem perda de tempo. Mary Edwards acompanhou-a até em casa, mas como era hora do jantar em Stanton, ficou ali só por alguns minutos.

"Agora, minha querida Emma", disse Elizabeth, assim que ficaram a sós, "tem que me contar tudo o que aconteceu no resto do dia, sem qualquer interrupção, ou não ficarei satisfeita; mas, antes, Nanny vai nos servir o jantar. Coitadinha! Não vai jantar como jantou ontem, pois só temos alguns bifes. Como Mary Edwards estava bonita com sua peliça nova! E agora me conte o que achou de todos, e o que devo dizer ao Sam. Comecei a escrever a carta, Jack Stokes virá buscá-la amanhã, pois o tio dele deverá viajar para cerca de uma milha de Guildford no dia seguinte."

Nanny trouxe o jantar.

"Vamos nos servir nós mesmas", continuou Elizabeth, "assim não perdemos tempo. E então, não quis vir para casa com Tom Musgrave?"

"Não, você tinha falado tão mal dele que eu não queria lhe dever um favor, nem desejava a intimidade que o uso da carruagem dele acabaria criando. Não gostei nem mesmo da aparência dela."

"Fez muito bem; embora eu me admire com sua recusa, e ache que não conseguiria fazer o mesmo em seu lugar. Ele parecia tão ansioso para ir buscá-la que não pude dizer não, embora fosse contra a minha vontade aproximar vocês dois, conhecendo bem os truques dele; mas eu estava ansiosa para vê-la, e era um modo engenhoso de trazê-la para casa. Além disso, não precisava ser agradável demais. Ninguém poderia imaginar que os Edwards lhe emprestariam sua carruagem, depois dos cavalos terem sido usados até tão tarde. Mas o que devo dizer ao Sam?"

"Se quer o meu conselho, não o encoraje a ter esperanças em relação a Mary Edwards. O pai está decididamente contra ele, a mãe não é nem um pouco a

and I doubt his having any interest with Mary. She danced twice with Captain Hunter, and I think shows him in general as much encouragement as is consistent with her disposition and the circumstances she is placed in. She once mentioned Sam, and certainly with a little confusion; but that was perhaps merely owing to the consciousness of his liking her, which may very probably have come to her knowledge."

"Oh, dear! yes. She has heard enough of that from us all. Poor Sam! he is out of luck as well as other people. For the life of me, Emma, I cannot help feeling for those that are crossed in love. Well, now begin, and give me an account of everything as it happened."

Emma obeyed her, and Elizabeth listened with very little interruption till she heard of Mr. Howard as a partner.

"Dance with Mr. Howard! Good heavens! you don't say so! Why, he is quite one of the great and grand ones. Did you not find him very high?"

"His manners are of a kind to give me much more ease and confidence than Tom Musgrave's."

"Well, go on. I should have been frightened out of my wits to have had anything to do with the Osbornes' set."

Emma concluded her narration.

"And so you really did not dance with Tom Musgrave at all; but you must have liked him, you must have been struck with him altogether."

"I do not like him, Elizabeth. I allow his person and air to be good, and that his manners to a certain point – his address rather – is pleasing, but I see nothing else to admire in him. On the contrary, he seems very vain, very conceited, absurdly anxious for distinction, and absolutely contemptible in some of the measures he takes for becoming so. There is a ridiculousness about him that entertains me, but his company gives me no other agreeable emotion."

"My dearest Emma! You are like nobody else in the world. It is well Margaret is not by. You do not offend me, though I hardly know how to believe you; but Margaret would never forgive such words."

"I wish Margaret could have heard him profess his ignorance of her being out of the country; he declared it seemed only two days since he had seen her."

"Aye, that is just like him; and yet this is the man she will fancy so desperately in love with her. He is no favourite of mine, as you well know, Emma; but you must think him agreeable. Can you lay your hand on your heart, and say you do not?"

"Indeed, I can, both hands, and spread to their widest extent."

"I should like to know the man you do think agreeable."

"His name is Howard."

favor, e duvido que a própria Mary tenha algum interesse por ele. Ela dançou duas vezes com o capitão Hunter, e acho que de modo geral lhe deu um encorajamento compatível com sua disposição e as circunstâncias que a rodeiam. Ela mencionou Sam uma vez, e certamente com certo embaraço, mas isso talvez se deva apenas ao fato de saber que ele gosta dela, o que é muito provável que tenha chegado ao seu conhecimento."

"Ó, Deus! É claro que sim. Ela já soube disso por todos nós. Pobre Sam! Ele não tem sorte, como acontece com muitos outros. Juro, Emma, não posso deixar de me comover com aqueles que não são correspondidos no amor. Bem, agora comece, e me conte tudo o que aconteceu."

Emma obedeceu, e Elizabeth escutou-a quase sem interrupção, até que ouviu falar de Mr. Howard como seu par.

"Você dançou com Mr. Howard! Deus do céu! Não me diga! Ora, ele é tido como um dos tais, um dos grandões do lugar. Não o achou muito orgulhoso?"

"Suas maneiras me deram muito mais confiança e me deixaram mais à vontade do que as de Tom Musgrave."

"Bem, continue. Eu teria ficado aterrorizada se tivesse que me relacionar com o grupo dos Osbornes."

Emma concluiu seu relato.

"E então você não dançou mesmo com Tom Musgrave. Mas deve ter gostado dele, deve ter ficado impressionada com ele, de modo geral."

"Não gosto dele, Elizabeth. Admito que tenha boa aparência e um ar gentil, e que suas maneiras até certo ponto, em especial como se dirigir às pessoas, sejam agradáveis, mas não vejo nada mais para se admirar nele. Pelo contrário, parece muito vaidoso e convencido, preocupadíssimo em aparecer, e absolutamente desprezível em certas medidas que utiliza para isso. Há certo ridículo em torno dele que me diverte, mas sua companhia não me proporciona nenhuma outra emoção agradável."

"Minha querida Emma! Você é única no mundo. É bom que Margaret não esteja aqui. A mim você não ofende, embora eu mal possa acreditar no que diz, mas Margaret jamais lhe perdoaria tais palavras."

"Gostaria que Margaret o tivesse ouvido declarar que não sabia que ela não estava na cidade; afirmou que parecia tê-la visto apenas dois dias antes."

"Sim, isso é bem típico dele; e, mesmo assim, é o homem que ela imagina estar loucamente apaixonado por ela. Não o aprecio muito, como bem sabe, Emma, mas você deve achá-lo agradável. Pode pôr a mão no peito e jurar que não acha?"

"De fato, posso, ambas as mãos, e bem abertas."

"Gostaria de saber qual é o homem que você achou agradável."

"O nome dele é Howard."

"Howard! Dear me; I cannot think of him but as playing cards with Lady Osborne, and looking proud. I must own, however, that it is a relief to me to find you can speak as you do of Tom Musgrave. My heart did misgive me that you would like him too well. You talked so stoutly beforehand, that I was sadly afraid your brag would be punished. I only hope it will last, and that he will not come on to pay you much attention. It is a hard thing for a woman to stand against the flattering ways of a man, when he is bent upon pleasing her."

As their quietly sociable little meal concluded, Miss Watson could not help observing how comfortably it had passed.

"It is so delightful to me," said she, "to have things going on in peace and good-humour. Nobody can tell how much I hate quarrelling. Now, though we have had nothing but fried beef, how good it has all seemed! I wish everybody were as easily satisfied as you; but poor Margaret is very snappish, and Penelope owns she had rather have quarrelling going on than nothing at all."

Mr. Watson returned in the evening not the worse for the exertion of the day, and, consequently pleased with what he had done, and glad to talk of it over his own fireside. Emma had not foreseen any interest to herself in the occurrences of a visitation; but when she heard Mr. Howard spoken of as the preacher, and as having given them an excellent sermon, she could not help listening with a quicker ear.

"I do not know when I have heard a discourse more to my mind," continued Mr. Watson, "or one better delivered. He reads extremely well, with great propriety, and in a very impressive manner, and at the same time without any theatrical grimace or violence. I own I do not like much action in the pulpit; I do not like the studied air and artificial inflexions of voice which your very popular and most admired preachers generally have. A simple delivery is much better calculated to inspire devotion, and shows a much better taste. Mr. Howard read like a scholar and a gentleman."

"And what had you for dinner, sir?" said his eldest daughter.

He related the dishes, and told what he had ate himself.

"Upon the whole," he added, "I have had a very comfortable day. My old friends were quite surprised to see me amongst them, and I must say that everybody paid me great attention, and seemed to feel for me as an invalid. They would make me sit near the fire; and as the partridges were pretty high, Dr. Richards would have them sent away to the other end of the table, 'that they might not offend Mr. Watson', which I thought very kind of him. But what pleased me as much as anything was Mr. Howard's attention. There is a pretty steep flight of steps up to the room we dine in, which do not quite agree with my gouty foot; and Mr. Howard walked by me from the bottom to the top, and would make me take his arm. It struck me as very becoming in so young a man; but I am sure I had no claim to expect it, for I never saw him before in my life. By the by, he inquired after one of my daughters; but I do not know which. I suppose you know among yourselves."

"Howard! Meu Deus! Não posso pensar nele senão como parceiro de jogo de Lady Osborne, e parecendo muito orgulhoso. Devo admitir, porém, que me sinto aliviada de ver você falar desse jeito sobre Tom Musgrave. Meu coração pressentia que poderia gostar muito dele. Você falou de modo tão resoluto antes de vê-lo, que fiquei tristemente receosa de que sua fanfarronice viesse a castigá-la. Só espero que isso dure, e que ele não insista em querer cortejá-la. É difícil para uma mulher resistir aos modos lisonjeiros de um homem, quando ele está decidido a agradá-la."

Quando concluíram sua modesta refeição, passada de maneira calma e sociável, Elizabeth não pôde deixar de observar o quanto fora harmoniosa.

"Para mim é tão agradável", disse ela, "ver as coisas correndo em paz e bom-humor. Ninguém sabe o quanto odeio discutir. Agora, embora só tivéssemos bifes, como tudo pareceu tranquilo! Gostaria que todos fossem tão fáceis de satisfazer quanto você; mas a pobre Margaret é muito brava, e Penelope admite que prefere uma discussão do que nada."

Mr. Watson retornou à noitinha, sem ter piorado com o esforço do dia e, portanto, feliz com o que havia feito e contente de poder falar sobre isso junto à sua própria lareira. Emma não previa que as ocorrências de uma visita religiosa pudessem lhe despertar algum interesse, mas, quando ouviu que Mr. Howard fora o pastor e que havia feito um excelente sermão, não pôde deixar de aguçar os ouvidos.

"Não me lembro quando ouvi um discurso mais de acordo comigo", continuou Mr. Watson, "ou mais bem feito. Ele lê extremamente bem, com grande propriedade, de maneira muito impressionante, e ao mesmo tempo sem qualquer expressão teatral ou exagerada. Admito que não gosto de muita atuação no púlpito; não gosto do ar estudado e das inflexões de voz artificiais que os pastores mais populares e admirados geralmente usam. Uma leitura simples é muito mais passível de inspirar devoção, e demonstra mais bom gosto. Mr. Howard leu como um estudioso e um cavalheiro."

"E o que foi que comeu no jantar, meu pai?", perguntou a filha mais velha.

Ele relacionou os pratos e mencionou os que ele mesmo comera.

"De modo geral", acrescentou, "tive um dia bem agradável. Meus velhos amigos ficaram bastante surpresos por eu estar entre eles e devo dizer que foram muito atenciosos comigo e pareciam comovidos de ver-me assim inválido. Fizeram com que me sentasse junto à lareira, e como as perdizes estivessem bem passadas, Dr. Richards mandou despachá-las para o outro extremo da mesa, 'para que não molestassem Mr. Watson', o que achei muito amável da parte dele. Mas o que me agradou mais do que tudo foi a atenção que recebi de Mr. Howard. Há um lance bem íngreme de degraus, levando à sala de jantar, que não era muito propício à gota no meu pé; e Mr. Howard subiu comigo do primeiro ao último degrau, e me fez aceitar o seu braço. Isso me surpreendeu numa pessoa tão jovem, mas estou certo de que não tinha qualquer direito a isso, pois nunca o vi antes em minha vida. A propósito, perguntou sobre uma de minhas filhas, mas não sei qual delas. Suponho que saibam entre vocês."

*

On the third day after the ball, as Nanny, at five minutes before three, was beginning to bustle into the parlour with the tray and the knife-case, she was suddenly called to the front door by the sound of as smart a rap as the end of a riding-whip could give; and though charged by Miss Watson to let nobody in, returned in half a minute with a look of awkward dismay to hold the parlour door open for Lord Osborne and Tom Musgrave. The surprise of the young ladies may be imagined. No visitors would have been welcome at such a moment, but such visitors as these – such a one as Lord Osborne at least, a nobleman and a stranger – was really distressing.

He looked a little embarrassed himself, as, on being introduced by his easy, voluble friend, he muttered something of doing himself the honour of waiting upon Mr. Watson. Though Emma could not but take the compliment of the visit to herself, she was very far from enjoying it. She felt all the inconsistency of such an acquaintance with the very humble style in which they were obliged to live; and having in her aunt's family been used to many of the elegancies of life, was fully sensible of all that must be open to the ridicule of richer people in her present home. Of the pain of such feelings, Elizabeth knew very little. Her simple mind, or juster reason, saved her from such mortification; and though shrinking under a general sense of inferiority, she felt no particular shame. Mr. Watson, as the gentlemen had already heard from Nanny, was not well enough to be downstairs. With much concern they took their seats: Lord Osborne near Emma, and the convenient Mr. Musgrave, in high spirits at his own importance, on the other side of the fireplace, with Elizabeth. He was at no loss for words; but when Lord Osborne had hoped that Emma had not caught cold at the ball, he had nothing more to say for some time, and could only gratify his eye by occasional glances at his fair neighbour. Emma was not inclined to give herself much trouble for his entertainment; and after hard labour of mind, he produced the remark of its being a very fine day, and followed it up with the question of, "Have you been walking this morning?".

"No, my lord; we thought it too dirty."

"You should wear half-boots." After another pause: "Nothing sets off a neat ankle more than a half-boot; nankeen galoshed with black looks very well. Do not you like half-boots?"

"Yes; but unless they are so stout as to injure their beauty, they are not fit for country walking."

"Ladies should ride in dirty weather. Do you ride?"

"No, my lord."

"I wonder every lady does not; a woman never looks better than on horseback."

*

No terceiro dia após o baile, quando Nanny, faltando cinco minutos para as três, estava começando sua agitação pelo salão com a bandeja e o faqueiro, foi de repente chamada à porta da frente pelo som de uma batida seca como só a ponta de um chicote poderia produzir; e, embora instruída por Miss Watson a não deixar ninguém entrar, voltou meio minuto depois com um ar de embaraçada aflição para abrir a porta da sala para Lorde Osborne e Tom Musgrave. Pode-se imaginar a surpresa das jovens. Nenhum visitante seria bem-vindo em tal momento, mas visitantes como aqueles – ou como Lorde Osborne, pelo menos, que era um nobre e um estranho – eram realmente angustiantes.

Ele próprio pareceu um tanto embaraçado, quando, ao ser apresentado por seu sociável e falante amigo, murmurou algo sobre permitir-se a honra de fazer uma visita a Mr. Watson. Embora Emma não pudesse deixar de aceitar a honra da visita para si, estava bem longe de apreciá-la. Sentia toda a inconsistência de tal relacionamento com o estilo de vida bastante humilde em que eram obrigados a viver; e, tendo se acostumado, na família da tia, com muitas das elegâncias da vida, era inteiramente sensível a tudo o que poderia expô-los ao ridículo diante de pessoas ricas no seu lar atual. Da dor de tais sentimentos, Elizabeth sabia muito pouco. Sua mente simples, ou seu justo bom senso, salvou-a de tal mortificação; e, embora se retraísse sob um sentimento geral de inferioridade, não sentia nenhuma vergonha em particular. Mr. Watson, como os cavalheiros já haviam sabido por Nanny, não estava bem o suficiente para descer. Com ar de preocupação, tomaram seus lugares: Lorde Osborne ao lado de Emma, e o prático Mr. Musgrave, muito animado com sua própria importância, do outro lado da lareira, junto a Elizabeth. Não lhe faltavam palavras; mas, quando Lorde Osborne disse esperar que Emma não tivesse pegado um resfriado no baile, não teve nada mais a dizer durante algum tempo, podendo apenas satisfazer seu olhar com relances ocasionais para a sua bela vizinha. Emma não estava disposta a se dar a muito trabalho para o divertimento dele; e, depois de muitas elucubrações mentais, ele produziu a observação de que estava um belo dia, seguida pela pergunta se "saiu para caminhar nessa manhã?".

"Não, milorde; achamos que havia muita lama."

"Devia usar botinas." E após outra pausa: "Nada realça mais um tornozelo elegante do que uma botina; galochas também ficam muito bem com preto. Não gosta de usar botinas?"

"Gosto; mas a menos que sejam tão robustas a ponto de prejudicar sua beleza, não são apropriadas para andar no campo."

"Com tempo ruim, as damas deveriam cavalgar. A senhorita monta?"

"Não, milorde."

"Admira-me que todas as damas não o façam; uma mulher sempre parece mais bela quando monta a cavalo."

"But every woman may not have the inclination, or the means."

"If they knew how much it became them, they would all have the inclination; and I fancy, Miss Watson, when once they had the inclination, the means would soon follow."

"Your lordship thinks we always have our own way. That is a point on which ladies and gentlemen have long disagreed; but without pretending to decide it, I may say that there are some circumstances which even *women* cannot control. Female economy will do a great deal my lord: but it cannot turn a small income into a large one."

Lord Osborne was silenced. Her manner had been neither sententious nor sarcastic; but there was a something in its mild seriousness, as well as in the words themselves, which made his lordship think; and when he addressed her again, it was with a degree of considerate propriety totally unlike the half-awkward, half-fearless style of his former remarks. It was a new thing with him to wish to please a woman; it was the first time that he had ever felt what was due to a woman in Emma's situation; but as he wanted neither in sense nor a good disposition, he did not feel it without effect.

"You have not been long in this country, I understand," said he, in the tone of a gentleman. "I hope you are pleased with it."

He was rewarded by a gracious answer, and a more liberal full view of her face than she had yet bestowed. Unused to exert himself, and happy in contemplating her, he then sat in silence for some minutes longer, while Tom Musgrave was chattering to Elizabeth; till they were interrupted by Nanny's approach, who, half-opening the door and putting in her head, said, "Please, ma'am, master wants to know why he ben't to have his dinner?"

The gentlemen, who had hitherto disregarded every symptom, however positive, of the nearness of that meal, now jumped up with apologies, while Elizabeth called briskly after Nanny "to tell Betty to take up the fowls."

"I am sorry it happens so," she added, turning good-humouredly towards Musgrave, "but you know what early hours we keep."

Tom had nothing to say for himself; he knew it very well, and such honest simplicity, such shameless truth, rather bewildered him. Lord Osborne's parting compliments took some time, his inclination for speech seeming to increase with the shortness of the term for indulgence. He recommended exercise in defiance of dirt; spoke again in praise of half-boots; begged that his sister might be allowed to send Emma the name of her shoemaker; and concluded with saying, "My hounds will be hunting this country next week. I believe they will throw off at Stanton Wood on Wednesday at nine o'clock. I mention this in hopes of your being drawn out to see what's going on. If the morning's tolerable, pray do us the honour of giving us your good wishes in person."

"Mas nem todas as mulheres podem ter a inclinação, ou os meios."

"Se elas soubessem o quanto isso as favorece, todas teriam a inclinação; e imagino, Miss Watson, que, uma vez tendo a propensão, os meios logo se seguiriam."

"Vossa senhoria acha que nós, mulheres, sempre arranjamos um jeito. Esse é um ponto em que as damas e os cavalheiros sempre discordaram; mas, sem pretender decidir a questão, posso dizer que existem algumas circunstâncias que nem mesmo as *mulheres* podem controlar. A economia feminina pode fazer muita coisa, milorde, mas não pode transformar uma renda pequena em grande."

Lorde Osborne ficou em silêncio. A atitude de Emma não tinha sido nem sentenciosa nem sarcástica; mas havia algo em sua modesta seriedade, bem como nas próprias palavras, que fez sua senhoria refletir; e, quando voltou a se dirigir a ela, foi com um grau de consideração e propriedade totalmente diverso do estilo meio desajeitado, meio agressivo de suas observações anteriores. Era algo novo para ele o desejo de agradar uma mulher; era a primeira vez que ele de fato se dava conta do que era devido a uma mulher na situação de Emma; mas, como não lhe faltasse bom senso nem boa disposição, o que sentiu não deixou de lhe causar efeito.

"Não está há muito tempo nesta região, pelo que entendi", disse ele, no tom de um cavalheiro. "Espero que esteja gostando daqui."

Foi recompensado com uma resposta cortês e uma visão mais liberal e completa de seu rosto, o que ela não tinha concedido até então. Não estando acostumado a esforçar-se, e feliz em contemplá-la, ficou em silêncio por mais alguns minutos, enquanto Tom Musgrave tagarelava com Elizabeth; até que foram interrompidos pela chegada de Nanny, que, entreabrindo a porta e enfiando a cabeça para dentro, disse, "Perdão, senhora, mas o patrão deseja saber por que ele ainda não jantou."

Os cavalheiros, que até então ignoravam qualquer sinal, por mais positivo, da proximidade daquela refeição, ergueram-se de pronto, desculpando-se, enquanto Elizabeth ordenava energicamente a Nanny "para dizer a Betty que servisse as aves."

"Lamento que isso tenha acontecido", acrescentou ela, virando-se bem-humorada para Tom Musgrave, "mas sabe como temos o costume de jantar cedo."

Tom não tinha nada a dizer a seu favor; sabia disso muito bem, e tal honesta simplicidade, tal verdade isenta de vergonha, deixou-o um tanto desconcertado. As despedidas de Lorde Osborne demoraram algum tempo, sua inclinação para falar parecia aumentar com a brevidade do tempo para as desculpas. Recomendou-lhes exercícios, apesar da lama; falou de novo a favor das botinas; pediu permissão para que sua irmã enviasse a Emma o nome de seu sapateiro; e concluiu dizendo, "Haverá aqui na região uma caçada com meus cães na próxima semana. Creio que eles partirão do bosque de Stanton na quarta-feira às nove horas. Menciono isso na esperança de que compareçam para ver o que se passa. Se a manhã estiver razoável, peço que nos deem a honra de virem pessoalmente nos desejar sucesso."

The sisters looked on each other with astonishment when their visitors had withdrawn.

"Here's an unaccountable honour!" cried Elizabeth, at last. "Who would have thought of Lord Osborne's coming to Stanton? He is very handsome; but Tom Musgrave looks all to nothing the smartest and most fashionable man of the two. I am glad he did not say anything to me; I would not have had to talk to such a great man for the world. Tom was very agreeable, was not he? But did you hear him ask where Miss Penelope and Miss Margaret were, when he first came in? It put me out of patience. I am glad Nanny had not laid the cloth, however... it would have looked so awkward; just the tray did not signify."

To say that Emma was not flattered by Lord Osborne's visit would be to assert a very unlikely thing, and describe a very odd young lady; but the gratification was by no means unalloyed: his coming was a sort of notice which might please her vanity, but did not suit her pride; and she would rather have known that he wished the visit without presuming to make it, than have seen him at Stanton.

Among other unsatisfactory feelings, it once occurred to her to wonder why Mr. Howard had not taken the same privilege of coming, and accompanied his lordship; but she was willing to suppose that he had either known nothing about it, or had declined any share in a measure which carried quite as much impertinence in its form as good-breeding. Mr. Watson was very far from being delighted when he heard what had passed; a little peevish under immediate pain, and ill-disposed to be pleased, he only replied,

"Phoo! phoo! what occasion could there be for Lord Osborne's coming? I have lived here fourteen years without being noticed by any of the family. It is some foolery of that idle fellow, Tom Musgrave. I cannot return the visit. I would not if I could". And when Tom Musgrave was met with again, he was commissioned with a message of excuse to Osborne Castle, on the too-sufficient plea of Mr. Watson's infirm state of health.

A week or ten days rolled quietly away after this visit before any new bustle arose to interrupt even for half a day the tranquil and affectionate intercourse of the two sisters, whose mutual regard was increasing with the intimate knowledge of each other which such intercourse produced. The first circumstance to break in on this security was the receipt of a letter from Croydon to announce the speedy return of Margaret, and a visit of two or three days from Mr. and Mrs. Robert Watson, who undertook to bring her home, and wished to see their sister Emma.

It was an expectation to fill the thoughts of the sisters at Stanton, and to busy the hours of one of them at least; for as Jane had been a woman of fortune, the preparations for her entertainment were considerable; and as Elizabeth had at all times more goodwill than method in her guidance of the house, she could make no change without a bustle. An absence of fourteen years had made all her brothers and sisters strangers to Emma, but in her expectation of Margaret there was more than the awkwardness of such an alienation; she had heard things which made her

As irmãs se entreolharam completamente espantadas, assim que os visitantes se retiraram.

"Eis uma honra inexplicável!", exclamou Elizabeth, afinal. "Quem teria imaginado que Lorde Osborne viria a Stanton? Ele é muito bonito; mas Tom Musgrave me parece, de longe, o mais espirituoso e elegante dos dois. Fico contente que ele não tenha se dirigido a mim; eu não teria falado com um homem tão importante por nada no mundo. Tom foi muito agradável, não acha? Mas você o ouviu perguntar onde estavam Miss Penelope e Miss Margaret assim que entrou? Quase perdi a paciência. Fiquei contente por Nanny não ter posto a toalha na mesa, no entanto... teria parecido muito deselegante; só a bandeja não tem importância."

Dizer que Emma não ficou lisonjeada com a visita de Lorde Osborne seria afirmar algo muito improvável e descrever uma jovem muito esquisita; mas a satisfação não era de modo algum genuína: sua vinda era um tipo de atenção que podia agradar a sua vaidade, mas não combinava com seu orgulho; e ela teria preferido que ele desejasse fazer aquela visita sem realmente fazê-la do que vê-lo em Stanton.

Entre outros sentimentos insatisfatórios, ocorreu-lhe uma vez perguntar-se por que Mr. Howard não se arrogara o mesmo privilégio de vir, e não acompanhara sua senhoria; mas ela estava propensa a supor que ele não tivera conhecimento disso, ou que se recusara a tomar parte em uma medida que continha em sua forma mais impertinência do que boa educação. Mr. Watson não ficou nem um pouco satisfeito quando soube do que se passara; um pouco mal-humorado por causa de uma dor momentânea e pouco disposto a ser agradado, respondeu apenas:

"Ora! Ora! Que motivo poderia haver para a vinda de Lorde Osborne? Vivo aqui há quatorze anos sem ter sido notado por ninguém da família. Deve ser alguma tolice daquele rapaz desocupado, Tom Musgrave. Não posso retribuir a visita. E não o faria, mesmo que pudesse". E, quando encontraram Tom Musgrave novamente, ele foi encarregado de levar um pedido de desculpas ao castelo Osborne, com a justificativa mais do que suficiente do delicado estado de saúde de Mr. Watson.

Depois dessa visita, uma semana ou dez dias se passaram calmamente antes que algum novo alvoroço surgisse para interromper, ainda que por meio dia apenas, o calmo e afetuoso convívio das duas irmãs, cujo afeto mútuo crescia com o conhecimento íntimo e recíproco que tal convívio acarretava. A primeira circunstância a interromper essa tranquilidade foi a chegada de uma carta de Croydon, anunciando o iminente retorno de Margaret, e uma visita de dois a três dias de Mr. e Mrs. Robert Watson, que se encarregariam de trazê-la para casa, e desejavam ver sua irmã Emma.

Era uma perspectiva para absorver os pensamentos das irmãs em Stanton, e ocupou as horas de pelo menos uma delas, pois, como Jane Watson era uma mulher de fortuna, os preparativos para entretê-la eram consideráveis; e, como Elizabeth tinha mais boa vontade do que método na administração da casa, não conseguia fazer qualquer mudança sem provocar um alvoroço. Uma ausência de 14 anos havia tornado seus irmãos e irmãs estranhos para Emma, mas em sua expectativa a respeito de Margaret havia mais do que a estranheza de tal separação; Emma tinha ouvido

dread her return; and the day which brought the party to Stanton seemed to her the probable conclusion of almost all that had been comfortable in the house.

Robert Watson was an attorney at Croydon, in a good way of business; very well satisfied with himself for the same, and for having married the only daughter of the attorney to whom he had been clerk, with a fortune of six thousand pounds. Mrs. Robert was not less pleased with herself for having had that six thousand pounds, and for being now in possession of a very smart house in Croydon, where she gave genteel parties and wore fine clothes. In her person there was nothing remarkable; her manners were pert and conceited. Margaret was not without beauty; she had a slight pretty figure, and rather wanted countenance than good features; but the sharp and anxious expression of her face made her beauty in general little felt. On meeting her long-absent sister, as on every occasion of show, her manner was all affection and her voice all gentleness; continual smiles and a very slow articulation being her constant resource when determined on pleasing.

She was now so "delighted to see dear, dear Emma," that she could hardly speak a word in a minute.

"I am sure we shall be great friends," she observed with much sentiment, as they were sitting together. Emma scarcely knew how to answer such a proposition, and the manner in which it was spoken she could not attempt to equal. Mrs. Robert Watson eyed her with much familiar curiosity and triumphant compassion: the loss of the aunt's fortune was uppermost in her mind at the moment of meeting; and she could not but feel how much better it was to be the daughter of a gentleman of property in Croydon than the niece of an old woman who threw herself away on an Irish captain. Robert was carelessly kind, as became a prosperous man and a brother; more intent on settling with the post-boy, inveighing against the exorbitant advance in posting, and pondering over a doubtful half-crown, than on welcoming a sister who was no longer likely to have any property for him to get the direction of.

"Your road through the village is infamous, Elizabeth," said he; "worse than ever it was. By Heaven! I would indict it if I lived near you. Who is surveyor now?"

There was a little niece at Croydon to be fondly inquired after by the kind-hearted Elizabeth, who regretted very much her not being of the party.

"You are very good," replied her mother, "and I assure you it went very hard with Augusta to have us come away without her. I was forced to say we were only going to church, and promise to come back for her directly. But you know it would not do to bring her without her maid, and I am as particular as ever in having her properly attended to."

"Sweet little darling!" cried Margaret. "It quite broke my heart to leave her."

"Then why was you in such a hurry to run away from her?" cried Mrs. Robert. "You are a sad, shabby girl. I have been quarrelling with you all the way we came,

coisas que a faziam temer o retorno da irmã; e o dia que trouxe o grupo a Stanton parecia-lhe o provável término de quase tudo que fora agradável naquela casa.

Robert Watson era advogado em Croydon e sua carreira ia muito bem; estava bem satisfeito consigo por isso, e por ter se casado com a filha única do advogado de quem fora assistente, a qual possuía uma fortuna de seis mil libras. Mrs. Robert não estava menos satisfeita consigo por ter essas seis mil libras, e por estar agora na posse de uma casa muito elegante em Croydon, onde dava festas requintadas e usava belas roupas. Nada havia de notável em sua pessoa; suas maneiras eram atrevidas e presunçosas. Margaret não era desprovida de beleza; tinha uma figura bonita e esbelta e talvez lhe faltasse mais expressividade do que belos traços; mas a expressão atenta e ansiosa de seu rosto tornava sua beleza em geral pouco sentida. Ao reencontrar a irmã ausente há tempos, como em toda ocasião em que era observada, seus modos eram puro afeto e sua voz só gentileza; os sorrisos contínuos e um modo de falar bastante lento eram seus constantes recursos quando se determinava a agradar.

Ela estava agora tão "encantada por ver a querida, querida Emma", que mal conseguia falar uma palavra em um minuto.

"Tenho certeza de que seremos grandes amigas", observou ela, com muito sentimento, quando estavam sentadas juntas. Emma mal sabia como responder a um oferecimento dessa ordem, e nem se arriscaria a imitar a maneira como fora dito. Mrs. Robert Watson olhava-a com uma curiosidade familiar e uma compaixão triunfante; a perda da fortuna da tia era soberana em sua mente no momento do encontro, e ela só podia sentir o quanto era melhor ser a filha de um proprietário em Croydon do que a sobrinha de uma velha senhora que se deixara levar por um capitão irlandês. Robert mostrava uma gentileza descuidada, como convinha a um homem próspero e irmão; mais interessado em acertar as contas com o cocheiro – investivando contra o aumento exorbitante do transporte e ponderando sobre uma meia-coroa duvidosa – do que em dar as boas-vindas a uma irmã que não era provável que viesse a herdar qualquer propriedade que ele pudesse administrar.

"Essa estrada desde a cidade é infame, Elizabeth", disse ele; "pior do que antes. Deus do céu! Abriria um processo se vivesse aqui. Quem é o inspetor agora?"

Havia uma sobrinha pequena em Croydon, sobre a qual a bondosa Elizabeth indagou, lamentando que não fizesse parte do grupo.

"Você é muito boa", respondeu a mãe, "e eu lhe asseguro que foi muito duro para com Augusta termos partido sem ela. Fui forçada a dizer-lhe que íamos apenas à igreja, e prometi que voltaríamos logo para ela. Mas você sabe que não daria para trazê-la sem a babá dela, e eu sou muito exigente quanto a vê-la atendida da maneira apropriada."

"Pobrezinha!", exclamou Margaret. "Partiu meu coração ter que deixá-la."

"Então por que tinha tanta pressa em se afastar dela?", exclamou Mrs. Robert. "É uma moça muito injusta. Vim discutindo com você por todo o caminho, não

have not I? Such a visit as this, I never heard of! You know how glad we are to have any of you with us, if it be for months together; and I am sorry" (with a witty smile) "we have not been able to make Croydon agreeable this autumn."

"My dearest Jane, do not overpower me with your raillery. You know what inducements I had to bring me home. Spare me, I entreat you. I am no match for your arch sallies."

"Well, I only beg you will not set your neighbours against the place. Perhaps Emma may be tempted to go back with us and stay till Christmas, if you don't put in your word."

Emma was greatly obliged.

"I assure you we have very good society at Croydon. I do not much attend the balls, they are rather too mixed; but our parties are very select and good. I had seven tables last week in my drawing-room. Are you fond of the country? How do you like Stanton?"

"Very much," replied Emma, who thought a comprehensive answer most to the purpose. She saw that her sister-in-law despised her immediately. Mrs. Robert Watson was indeed wondering what sort of a home Emma could possibly have been used to in Shropshire, and setting it down as certain that the aunt could never have had six thousand pounds.

"How charming Emma is," whispered Margaret to Mrs. Robert, in her most languishing tone. Emma was quite distressed by such behaviour; and she did not like it better when she heard Margaret five minutes afterwards say to Elizabeth in a sharp, quick accent, totally unlike the first, "Have you heard from Pen since she went to Chichester? I had a letter the other day. I don't find she is likely to make anything of it. I fancy she'll come back 'Miss Penelope', as she went."

Such, she feared, would be Margaret's common voice when the novelty of her own appearance were over; the tone of artificial sensibility was not recommended by the idea. The ladies were invited upstairs to prepare for dinner.

"I hope you will find things tolerably comfortable, Jane," said Elizabeth, as she opened the door of the spare bedchamber.

"My good creature," replied Jane, "use no ceremony with me, I entreat you. I am one of those who always take things as they find them. I hope I can put up with a small apartment for two or three nights without making a piece of work. I always wish to be treated quite *en famille* when I come to see you. And now I do hope you have not been getting a great dinner for us. Remember, we never eat suppers."

"I suppose," said Margaret, rather quickly to Emma, "you and I are to be together; Elizabeth always takes care to have a room to herself."

"No. Elizabeth gives me half hers."

"Oh!" in a softened voice, and rather mortified to find that she was not ill-

foi? Uma visita como esta, nunca ouvi falar! Sabe como ficamos contentes em tê-los conosco, mesmo que por alguns meses; e lamento (com um sorriso sarcástico) que não tenhamos conseguido tornar Croydon agradável neste outono."

"Minha caríssima Jane, não me sobrecarregue com suas censuras. Você sabe os motivos que me trouxeram de volta para casa. Poupe-me, eu lhe imploro. Não sou páreo para seus ataques maliciosos."

"Bem, só lhe imploro que não coloque seus vizinhos contra a cidade em que moramos. Talvez Emma possa ser tentada a voltar conosco e ficar até o Natal, se você não se intrometer com suas opiniões."

Emma sentiu-se muito grata.

"Asseguro-lhe que temos uma sociedade muito boa em Croydon. Não compareço muito aos bailes, pois são um pouco misturados demais; mas nossas festas são bem seletas e agradáveis. Semana passada tive sete mesas servidas em meu salão. Você aprecia o campo? Está gostando de Stanton?"

"Sim, muito", respondeu Emma, que considerou uma resposta abrangente mais a propósito. Percebeu que a cunhada a desprezara imediatamente. Mrs. Robert Watson de fato estava se perguntando a que espécie de lar Emma teria sido acostumada em Shropshire, e tomava como certo que a tia jamais poderia ter tido seis mil libras.

"Como Emma é encantadora!", sussurrou Margaret para Mrs. Robert, em seu tom mais lânguido. Emma estava bastante angustiada com tal comportamento; e gostou menos ainda quando ouviu cinco minutos depois Margaret dizer a Elizabeth num tom enérgico e áspero, totalmente diferente do primeiro, "Teve notícias de Pen desde que ela foi para Chichester? Recebi uma carta outro dia. Não creio que ela consiga algo por lá. Imagino que voltará a mesma 'senhorita Penelope' de quando foi."

Tal seria a voz normal de Margaret quando a novidade de sua chegada passasse, temia Emma; o tom de sensibilidade artificial não era recomendável ao assunto. As senhoras foram convidadas a subir para se preparar para o jantar.

"Espero que ache tudo razoavelmente confortável, Jane", disse Elizabeth, ao abrir a porta do quarto de hóspedes.

"Minha boa criatura", respondeu Jane, "não faça cerimônia comigo, eu lhe imploro. Sou daquelas que sempre aceitam as coisas como vêm. Penso que poderei suportar um aposento pequeno por duas ou três noites sem criar um caso por isso. Sempre quero ser bem tratada *en famille* quando venho visitá-los. E agora espero que não tenha preparado um grande jantar para nós. Lembre-se, nunca ceamos."

"Suponho", disse Margaret de modo seco para Emma, "que você e eu vamos ficar juntas; Elizabeth sempre dá um jeito de ficar com um quarto só para si."

"Não. Elizabeth vai dividir o dela comigo."

"Ó!", com uma voz suave, e um tanto mortificada ao perceber que não estava

used, "I am sorry I am not to have the pleasure of your company, especially as it makes me nervous to be much alone."

Emma was the first of the females in the parlour again; on entering it she found her brother alone.

"So, Emma," said he, "you are quite a stranger at home. It must seem odd enough for you to be here. A pretty piece of work your Aunt Turner has made of it! By Heaven! a woman should never be trusted with money. I always said she ought to have settled something on you, as soon as her husband died."

"But that would have been trusting me with money," replied Emma; "and I am a woman too."

"It might have been secured to your future use, without your having any power over it now. What a blow it must have been upon you! To find yourself, instead of heiress of eight or nine thousand pounds, sent back a weight upon your family, without a sixpence. I hope the old woman will smart for it."

"Do not speak disrespectfully of her; she was very good to me, and if she has made an imprudent choice, she will suffer more from it herself than I can possibly do."

"I do not mean to distress you, but you know everybody must think her an old fool. I thought Turner had been reckoned an extraordinarily sensible, clever man. How the devil came he to make such a will?"

"My uncle's sense is not at all impeached in my opinion by his attachment to my aunt. She had been an excellent wife to him. The most liberal and enlightened minds are always the most confiding. The event has been unfortunate; but my uncle's memory is, if possible, endeared to me by such a proof of tender respect for my aunt."

"That's odd sort of talking. He might have provided decently for his widow, without leaving everything that he had to dispose of, or any part of it, at her mercy."

"My aunt may have erred," said Emma, warmly; "she has erred, but my uncle's conduct was faultless. I was her own niece, and he left to herself the power and the pleasure of providing for me."

"But unluckily she has left the pleasure of providing for you to your father, and without the power. That's the long and short of the business. After keeping you at a distance from your family for such a length of time as must do away all natural affection among us, and breeding you up (I suppose) in a superior style, you are returned upon their hands without a sixpence."

"You know," replied Emma, struggling with her tears, "my uncle's melancholy state of health. He was a greater invalid than my father. He could not leave home."

"I do not mean to make you cry," said Robert, rather softened, and after a short silence, by way of changing the subject, he added, "I am just come from my

sendo maltratada. "Lamento que não tenha o prazer de sua companhia, especialmente porque fico nervosa quando estou sozinha."

Emma foi novamente a primeira das mulheres a descer para o salão; ao entrar, encontrou o irmão sozinho.

"Então, Emma", disse ele, "você é mesmo uma estranha em sua casa. Deve lhe parecer bastante estranho estar aqui. Que bela confusão sua tia Turner arranjou! Por Deus! Nunca se deveria confiar dinheiro a uma mulher. Sempre disse que ela deveria ter providenciado alguma coisa para você, assim que seu marido faleceu."

"Mas isso seria confiar dinheiro a mim", respondeu Emma, "e eu também sou uma mulher."

"Poderia ter sido assegurado para seu uso futuro, sem que tivesse poderes para dispor dele agora. Que golpe isso deve ter sido para você! Em vez de se achar herdeira de oito ou nove mil libras, ser mandada de volta como um peso para a sua família, sem nem um tostão. Espero que a velha venha a pagar caro por isso."

"Não fale dela com tanto desrespeito; ela foi muito boa para mim, e, se fez uma escolha imprudente, ela mesma sofrerá por isso muito mais do que eu poderia sofrer."

"Não pretendo afligi-la, mas você sabe que todo mundo a considera uma velha tola. Pensei que o Turner tivesse sido reputado como um homem extraordinariamente sensato e inteligente. Como diabos ele veio a fazer tal testamento?"

"O bom senso de meu tio não pode de modo algum ser posto em dúvida, em minha opinião, por conta de seu afeto por minha tia. Ela foi uma excelente esposa para ele. As mentes mais liberais e esclarecidas são sempre as mais confiantes. O evento foi infeliz, mas a memória de meu tio me é ainda mais cara, se possível, por causa dessa prova de terno respeito por minha tia."

"É um modo estranho de falar. Ele poderia ter provido decentemente a sua viúva sem deixar tudo o que tinha, ou qualquer parte disso, à disposição dela."

"Minha tia pode ter errado", disse Emma, calorosamente, "ela errou, de fato, mas a conduta de meu tio foi impecável. Eu era a sobrinha dela, e ele deixou a ela a possibilidade e o prazer de prover algo para mim."

"Mas infelizmente ela deixou para seu pai o prazer de prover algo para você, mas sem a possibilidade. Esse é todo o resumo do negócio. Depois de mantê-la afastada de sua família por tanto tempo a ponto de acabar com todo afeto natural entre nós, e criá-la (assim eu suponho) em um estilo de vida superior, você é devolvida às nossas mãos sem um centavo."

"Bem sabe", respondeu Emma, lutando contra as lágrimas, "do triste estado de saúde de meu tio. Era ainda mais inválido que nosso pai. Nem podia sair de casa."

"Não tenho a intenção de fazê-la chorar", disse Robert, mais brando e, depois de um curto silêncio, para mudar de assunto, acrescentou, "Acabo de vir do quarto

father's room; he seems very indifferent. It will be a sad break up when he dies. Pity you can none of you get married! You must come to Croydon as well as the rest, and see what you can do there. I believe if Margaret had had a thousand or fifteen hundred pounds, there was a young man who would have thought of her."

Emma was glad when they were joined by the others; it was better to look at her sister-in-law's finery than listen to Robert, who had equally irritated and grieved her. Mrs. Robert, exactly as smart as she had been at her own party, came in with apologies for her dress.

"I would not make you wait," said she; "so I put on the first thing I met with. I am afraid I am a sad figure. My dear Mr. W.," (to her husband) "you have not put any fresh powder in your hair."

"No, I do not intend it. I think there is powder enough in my hair for my wife and sisters."

"Indeed, you ought to make some alteration in your dress before dinner when you are out visiting, though you do not at home."

"Nonsense."

"It is very odd you should not like to do what other gentlemen do. Mr. Marshall and Mr. Hemmings change their dress every day of their lives before dinner. And what was the use of my putting up your last new coat, if you are never to wear it?"

"Do be satisfied with being fine yourself, and leave your husband alone."

To put an end to this altercation and soften the evident vexation of her sister-in-law, Emma (though in no spirits to make such nonsense easy), began to admire her gown. It produced immediate complacency.

"Do you like it?" said she. "I am very happy. It has been excessively admired; but sometimes I think the pattern too large. I shall wear one tomorrow that I think you will prefer to this. Have you seen the one I gave Margaret?"

Dinner came, and except when Mrs. Robert looked at her husband's head, she continued gay and flippant, chiding Elizabeth for the profusion on the table, and absolutely protesting against the entrance of the roast turkey, which formed the only exception to "You see your dinner."

"I do beg and entreat that no turkey may be seen today. I am really frightened out of my wits with the number of dishes we have already. Let us have no turkey, I beseech you."

"My dear," replied Elizabeth, "the turkey is roasted, and it may just as well come in as stay in the kitchen. Besides, if it is cut, I am in hopes my father may be tempted to eat a bit, for it is rather a favourite dish."

"You may have it in, my dear; but I assure you I sha'n't touch it."

Mr. Watson had not been well enough to join the party at dinner, but was prevailed on to come down and drink tea with them.

de meu pai; ele parece bem apático. Vai ser uma triste contrariedade quando falecer. É uma pena que nenhuma de vocês esteja casada! Você deve vir a Croydon assim como as outras, e ver o que pode arranjar por lá. Acredito que se Margaret tivesse umas mil ou mil e quinhentas libras, haveria um rapaz que se interessaria por ela."

Emma ficou contente quando os outros se reuniram a eles; era melhor admirar o vestuário elegante de sua cunhada do que escutar Robert, que a tinha igualmente irritado e magoado. Mrs. Robert, exatamente tão elegante como estaria em sua própria festa, entrou pedindo desculpas pelo vestido.

"Não queria fazê-los esperar", disse ela; "então vesti a primeira coisa que encontrei. Receio que esteja fazendo uma triste figura. Meu querido Mr. W. (para o marido) você não retocou o pó do cabelo."

"Não, e nem pretendo fazê-lo. Acho que há pó suficiente em meu cabelo para minha esposa e minhas irmãs."

"Na verdade, você devia mudar de roupa antes do jantar quando está fora, de visita, embora não o faça em casa."

"Tolice."

"É muito estranho que não goste de fazer o que os outros cavalheiros fazem. Mr. Marshall e Mr. Hemmings trocam de roupa absolutamente todos os dias antes do jantar. E de que serve eu ter trazido seu casaco novo se você nunca quer usá-lo?"

"Contente-se em ser elegante você mesma, e deixe seu marido em paz."

Para acabar com a discussão e amenizar a evidente irritação de sua cunhada, Emma (embora sem nenhuma disposição para abrandar tamanha bobagem), começou a admirar seu vestido. Isso restaurou imediatamente a serenidade.

"Você gosta?", disse ela. "Fico muito contente. Ele foi muito elogiado, mas às vezes acho que a estampa é grande demais. Amanhã vou usar um que acho que você vá preferir a este. Chegou a ver aquele que eu dei a Margaret?"

O jantar foi trazido, e, exceto quando Mrs. Robert olhava para a cabeça do marido, ela continuava alegre e irreverente, repreendendo Elizabeth pela profusão de pratos à mesa e protestando absolutamente contra a chegada do peru assado, que era a única exceção ao "todo dia o mesmo."

"Eu peço e insisto em que hoje não seja servido peru. Estou realmente apavorada com o número de pratos que já tivemos. Não deixe que sirvam peru, eu lhe imploro."

"Minha querida", respondeu Elizabeth, "o peru está assado, e tanto pode ser trazido quanto permanecer na cozinha. Além disso, se for fatiado, tenho esperanças que meu pai seja tentado a comer um pouco, pois é um de seus pratos favoritos."

"Pode mandar trazê-lo, minha querida, mas lhe garanto que não vou tocá-lo."

Mr. Watson não estava bem o suficiente para unir-se ao grupo no jantar, mas foi convencido a descer para tomar o chá com eles.

"I wish we may be able to have a game of cards tonight," said Elizabeth to Mrs. Robert, after seeing her father comfortably seated in his armchair.

"Not on my account, my dear, I beg. You know I am no card-player. I think a snug chat infinitely better. I always say cards are very well sometimes to break a formal circle, but one never wants them among friends."

"I was thinking of its being something to amuse my father," said Elizabeth, "if it was not disagreeable to you. He says his head won't bear whist, but perhaps if we make a round game he may be tempted to sit down with us."

"By all means, my dear creature. I am quite at your service; only do not oblige me to choose the game, that's all. *Speculation* is the only round game at Croydon now, but I can play anything. When there is only one or two of you at home, you must be quite at a loss to amuse him. Why do you not get him to play at cribbage? Margaret and I have played at cribbage most nights that we have not been engaged."

A sound like a distant carriage was at this moment caught; everybody listened; it became more decided; it certainly drew nearer. It was an unusual sound for Stanton at any time of the day, for the village was on no very public road, and contained no gentleman's family but the rector's. The wheels rapidly approached; in two minutes the general expectation was answered; they stopped beyond a doubt at the garden-gate of the parsonage. "Who could it be? It was certainly a postchaise. Penelope was the only creature to be thought of; she might perhaps have met with some unexpected opportunity of returning." A pause of suspense ensued. Steps were distinguished along the paved footway, which led under the windows of the house to the front door, and then within the passage. They were the steps of a man. It could not be Penelope. It must be Samuel. The door opened, and displayed Tom Musgrave in the wrap of a traveller. He had been in London, and was now on his way home, and he had come half-a-mile out of his road merely to call for ten minutes at Stanton. He loved to take people by surprise with sudden visits at extraordinary seasons, and, in the present instance, had had the additional motive of being able to tell the Miss Watsons, whom he depended on finding sitting quietly employed after tea, that he was going home to an eight-o'clock dinner.

As it happened, however, he did not give more surprise than he received, when, instead of being shown into the usual little sitting-room, the door of the best parlour (a foot larger each way than the other) was thrown open, and he beheld a circle of smart people whom he could not immediately recognize arranged, with all the honours of visiting, round the fire, and Miss Watson seated at the best Pembroke table, with the best tea-things before her. He stood a few seconds in silent amazement. "Musgrave!" ejaculated Margaret, in a tender

"Espero que possamos ter um jogo de cartas esta noite", disse Elizabeth a Mrs. Robert, depois de ver o pai confortavelmente sentado em sua poltrona.

"Não por minha, minha cara, eu lhe peço. Sabe que não sou jogadora. Acho um papo agradável infinitamente melhor. Sempre digo que as cartas às vezes são muito boas para quebrar a formalidade, mas nunca são bem vindas entre amigos."

"Estava pensando se não distrairia meu pai", disse Elizabeth, "se não fosse desagradável para você. Ele diz que sua mente não toleraria o uíste, mas talvez se formássemos uma mesa para algum jogo ele poderia se animar a se sentar conosco."

"Sem dúvida, minha querida. Estou à sua disposição, só não me obrigue a escolher o jogo, é tudo. *Especulação*[32] é o único jogo para várias pessoas agora em Croydon, mas posso jogar qualquer coisa. Quando há apenas uma ou duas de vocês em casa, deve ter dificuldade para entretê-lo. Por que não faz com que ele jogue *cribbage*?[33] Margaret e eu jogávamos cribbage na maioria das noites em que não tínhamos compromissos."

Naquele momento, ouviu-se um som distante como o de uma carruagem; todos pararam para escutar; tornou-se mais distinto; estava certamente se aproximando. Era um som incomum para Stanton a qualquer hora do dia, pois o vilarejo não ficava perto de qualquer estrada pública, e não abrigava nenhuma família de cavalheiro exceto a do clérigo. As rodas se aproximaram rapidamente, e em dois minutos a expectativa geral foi satisfeita; pararam, sem sombra de dúvida, diante do portão do presbitério. "Quem poderia ser? Era certamente uma carruagem. Penelope era a única em quem se poderia pensar; talvez ela tivesse encontrado alguma inesperada oportunidade de retorno." Seguiu-se uma pausa de expectativa. Ouviram-se passos ao longo do caminho pavimentado que conduzia à porta da frente, passando sob as janelas da casa e então pelo corredor. Eram passos de homem. Não podia ser Penelope. Devia ser Samuel. A porta abriu-se, e mostrou Tom Musgrave em trajes de viagem. Tinha estado em Londres e estava agora a caminho de casa, e se desviara meia milha de seu caminho apenas para uma visita de dez minutos em Stanton. Ele adorava pegar as pessoas de surpresa, com visitas inesperadas em momentos incomuns, e, no presente caso, tinha o motivo adicional de poder dizer às senhoritas Watson, as quais ele estava certo de encontrar calmamente em seus afazeres depois do chá, que ele estava indo para casa para jantar às oito horas.

Como aconteceu, porém, a surpresa que causou não foi maior do que a que recebeu, quando, em vez de ser introduzido na saleta de estar usual, abriu-se a porta da melhor sala de visitas (bem mais ampla que a outra), e ele contemplou um círculo de pessoas elegantes, a quem não pôde reconhecer de imediato, reunidas ao redor da lareira, com todas as honras de visitantes, e Miss Watson sentada à melhor mesa Pembroke, com o melhor serviço de chá diante de si. Parou por alguns segundos, em

---

32 *Speculation*, no original, era um jogo para vários jogadores, surgido no final do século XVIII e que desapareceu cerca de cem anos depois. Jane Austen o menciona também em outra de suas obras, como "Mansfield Park".

33 Jogo de origem inglesa, criado no século XVII, para vários jogadores (de 2 a 6 participantes).

voice. He recollected himself, and came forward, delighted to find such a circle of friends, and blessing his good fortune for the unlooked-for indulgence. He shook hands with Robert, bowed and smiled to the ladies, and did everything very prettily; but as to any particularity of address or emotion towards Margaret, Emma, who closely observed him, perceived nothing that did not justify Elizabeth's opinion, though Margaret's modest smiles imported that she meant to take the visit to herself. He was persuaded without much difficulty to throw off his great-coat and drink tea with them. For "whether he dined at eight or nine," as he observed, "was a matter of very little consequence;" and without seeming to seek, he did not turn away from the chair close by Margaret, which she was assiduous in providing him. She had thus secured him from her sisters, but it was not immediately in her power to preserve him from her brother's claims; for as he came avowedly from London, and had left it only four hours ago, the last current report as to public news, and the general opinion of the day, must be understood before Robert could let his attention be yielded to the less national and important demands of the women. At last, however, he was at liberty to hear Margaret's soft address, as she spoke her fears of his having had a most terrible cold, dark, dreadful journey.

"Indeed, you should not have set out so late."

"I could not be earlier," he replied. "I was detained chatting at the Bedford by a friend. All hours are alike to me. How long have you been in the country, Miss Margaret?"

"We only came this morning; my kind brother and sister brought me home this very morning. 'Tis singular, is not it?"

"You were gone a great while, were not you? A fortnight, I suppose?"

"You may call a fortnight a great while, Mr. Musgrave," said Mrs. Robert, sharply; "but we think a month very little. I assure you we bring her home at the end of a month much against our will."

"A month! Have you really been gone a month? 'Tis amazing how time flies."

"You may imagine," said Margaret, in a sort of whisper, "what are my sensations in finding myself once more at Stanton; you know what a sad visitor I make. And I was so excessively impatient to see Emma; I dreaded the meeting, and at the same time longed for it. Do you not comprehend the sort of feeling?"

"Not at all," cried he, aloud: "I could never dread a meeting with Miss Emma Watson... or any of her sisters."

It was lucky that he added that finish.

"Were you speaking to me?" said Emma, who had caught her own name.

"Not absolutely," he answered; "but I was thinking of you, as many at a

silencioso assombro. "Musgrave!", exclamou Margaret, ternamente. Ele se recompôs e avançou, encantado por encontrar tal grupo de amigos e bendizendo sua boa sorte por essa indulgência inesperada. Cumprimentou Robert, inclinou-se e sorriu para as senhoras, e fez tudo com muita graça; mas, quanto a qualquer particularidade de tratamento ou de emoção em relação a Margaret, Emma, que o observava de perto, não percebeu nada que não justificasse a opinião de Elizabeth, embora os sorrisos modestos de Margaret indicassem que ela considerava a visita como sendo para ela. Ele foi convencido, sem muita dificuldade, a se livrar do pesado casaco e tomar chá com eles. Pois, "se jantasse às oito ou às nove", como observou, "era coisa de pouca importância"; e, sem parecer procurar, não se furtou de ocupar a cadeira perto de Margaret, que ela fora solícita em lhe oferecer. Ela assim o colocava fora do alcance das irmãs, mas não estava em suas mãos preservá-lo das solicitações do irmão, pois, como ele declarara ter vindo de Londres, tendo deixado a cidade apenas quatro horas antes, era preciso que fizesse um relato sobre as últimas notícias públicas e as opiniões gerais do momento, antes que Robert pudesse permitir que sua atenção fosse dedicada às demandas das mulheres, menos patrióticas e importantes. Afinal, porém, ele se viu livre para ouvir as palavras ternas de Margaret, quando ela expressou seus temores de que ele houvesse feito uma viagem terrível, na escuridão e no frio.

"O senhor realmente não devia ter partido tão tarde."

"Não pude sair mais cedo", respondeu ele. "Fiquei detido no Bedford, conversando com um amigo. Todas as horas são iguais para mim. Há quanto tempo está de volta ao campo, Miss Margaret?"

"Só chegamos esta manhã; meu amável irmão e minha cunhada me trouxeram para casa hoje mesmo. Extraordinário, não acha?"

"Esteve fora por muito tempo, não foi? Uma quinzena, suponho?"

"O senhor pode chamar uma quinzena de muito tempo, Mr. Musgrave", disse Mrs. Robert, claramente; "mas nós achamos um mês muito pouco. Asseguro-lhe que a trouxemos para casa ao fim de um mês, muito contra a nossa vontade."

"Um mês! Realmente esteve fora por um mês? É impressionante como o tempo voa."

"Pode imaginar", disse Margaret, numa espécie de sussurro, "quais são minhas sensações por me encontrar mais uma vez em Stanton; sabe como sou uma hóspede terrível. E estava realmente muito impaciente para ver Emma; temia o encontro e ao mesmo tempo ansiava por ele. Compreende essa espécie de sentimento?"

"De modo algum", exclamou ele, em voz alta. "Eu jamais temeria um encontro com Miss Emma Watson... ou com qualquer de suas irmãs."

Foi uma sorte que ele acrescentasse esse final.

"Estavam falando de mim?", disse Emma, que tinha ouvido seu nome.

"Não, em absoluto", respondeu ele, "mas estava pensando na senhorita,

greater distance are probably doing at this moment. Fine open weather, Miss Emma, charming season for hunting."

"Emma is delightful, is not she?" whispered Margaret; "I have found her more than answer my warmest hopes. Did you ever see anything more perfectly beautiful? I think even you must be a convert to a brown complexion."

He hesitated. Margaret was fair herself, and he did not particularly want to compliment her; but Miss Osborne and Miss Carr were likewise fair, and his devotion to them carried the day.

"Your sister's complexion," said he, at last, "is as fine as a dark complexion can be; but I still profess my preference of a white skin. You have seen Miss Osborne? She is my model for a truly feminine complexion, and she is very fair."

"Is she fairer than me?"

Tom made no reply.

"Upon my honour, ladies," said he, giving a glance over his own person, "I am highly indebted to your condescension for admitting me in such *déshabille* into your drawing-room. I really did not consider how unfit I was to be here, or I hope I should have kept my distance. Lady Osborne would tell me that I were growing as careless as her son, if she saw me in this condition."

The ladies were not wanting in civil returns, and Robert Watson, stealing a view of his own head in an opposite glass, said with equal civility, "You cannot be more in *déshabille* than myself. We got here so late that I had not time even to put a little fresh powder in my hair."

Emma could not help entering into what she supposed her sister-in-law's feelings at the moment.

When the tea-things were removed, Tom began to talk of his carriage; but the old card-table being set out, and the fish and counters, with a tolerably clean pack, brought forward from the buffet by Miss Watson, the general voice was so urgent with him to join their party that he agreed to allow himself another quarter of an hour. Even Emma was pleased that he would stay, for she was beginning to feel that a family party might be the worst of all parties; and the others were delighted.

"What's your game?" cried he, as they stood round the table.

"*Speculation*, I believe," said Elizabeth. "My sister recommends it, and I fancy we all like it. I know *you* do, Tom."

"It is the only round game played at Croydon now," said Mrs. Robert; "we never think of any other. I am glad it is a favourite with you."

"Oh, me!" said Tom. "Whatever you decide on will be a favourite with me. I have had some pleasant hours at *speculation* in my time, but I have not been in

como muitos a uma distância maior provavelmente estão fazendo neste momento. Está um tempo limpo e agradável, Miss Emma, uma estação excelente para a caça."

"Emma é encantadora, não é mesmo?", sussurrou Margaret. "Achei que ela superou minhas expectativas mais calorosas. Já viu algo mais perfeitamente belo? Penso que até mesmo o senhor deve converter-se em admirador da tez morena."

Ele hesitou. Margaret era loura, e ele não tinha qualquer desejo especial de fazer-lhe um elogio; mas Miss Osborne e Miss Carr eram igualmente louras, e sua devoção por elas acabou vencendo.

"A tez de sua irmã", disse ele, afinal, "é tão bela quanto pode ser uma tez morena; mas confesso minha preferência por uma pele clara. Já viram Miss Osborne? Ela é o meu modelo de uma verdadeira aparência feminina, e ela é bem clara."

"Mais clara do que eu?"

Tom não deu resposta.

"Palavra de honra, senhoras", disse ele, dando uma olhada em sua própria pessoa, "estou altamente em débito por sua condescendência em admitir-me em tal *déshabille*[34] em sua sala de visitas. Eu realmente não pensei em quanto estava mal vestido para vir aqui, ou teria mantido distância. Lady Osborne diria que estou me tornando tão descuidado quanto seu filho, se me visse nestas condições."

As senhoras não lhe pouparam respostas corteses, e Robert Watson, olhando de relance sua própria cabeça refletida num espelho em frente, disse com igual cortesia, "Não pode estar mais em *déshabille* do que eu mesmo. Chegamos aqui tão tarde que não tive tempo sequer para retocar o pó dos meus cabelos."

Emma não pôde deixar de solidarizar-se com o que ela supunha serem os sentimentos de sua cunhada naquele momento.

Quando o serviço de chá foi retirado, Tom começou a falar de sua carruagem; mas quando prepararam a velha mesa de jogos, assim como as fichas e os contadores, com um baralho razoavelmente novo tirado do armário por Miss Watson, o clamor geral foi tão insistente para que ele se juntasse ao grupo que ele concordou em se permitir ficar por outro quarto de hora. Até Emma estava contente que ele ficasse, pois começava a sentir que um grupo familiar podia ser o pior de todos os grupos; e os outros estavam encantados.

"O que vão jogar?", exclamou ele, ao se sentarem em torno da mesa.

"*Especulação*, eu creio", disse Elizabeth. "Minha cunhada o recomendou, e imagino que todos gostem. Sei que *você* o aprecia, Tom."

"É o único jogo para grupos atualmente em Croydon", disse Mrs. Robert, nunca pensamos em nenhum outro. Fico contente que seja também o seu favorito."

"Ó, o meu!", disse Tom. "Qualquer um que escolherem será o meu favorito. Já passei várias horas agradáveis jogando *especulação* em certa época, mas faz

---

34 Pouco ou mal vestido. Em francês no original.

the way of it now for a long while. *Vingt-un* is the game at Osborne Castle. I have played nothing but *vingt-un* of late. You would be astonished to hear the noise we make there – the fine old lofty drawing-room rings again. Lady Osborne sometimes declares she cannot hear herself speak. Lord Osborne enjoys it famously, and he makes the best dealer without exception that I ever beheld, such quickness and spirit, he lets nobody dream over their cards. I wish you could see him overdraw himself on both his own cards. It is worth anything in the world!"

"Dear me!" cried Margaret, "why should not we play at *vingt-un*? I think it is a much better game than *Speculation*. I cannot say I am very fond of *Speculation*."

Mrs. Robert offered not another word in support of the game. She was quite vanquished, and the fashions of Osborne Castle carried it over the fashions of Croydon.

"Do you see much of the parsonage family at the castle, Mr. Musgrave?" said Emma, as they were taking their seats.

"Oh, yes; they are almost always there. Mrs. Blake is a nice little good-humoured woman; she and I are sworn friends; and Howard's a very gentlemanlike, good sort of fellow! You are not forgotten, I assure you, by any of the party. I fancy you must have a little cheek-glowing now and then, Miss Emma. Were not you rather warm last Saturday about nine or ten o'clock in the evening? I will tell you how it was, I see you are dying to know. Says Howard to Lord Osborne…"

At this interesting moment he was called on by the others to regulate the game, and determine some disputable point; and his attention was so totally engaged in the business, and afterwards by the course of the game, as never to revert to what he had been saying before; and Emma, though suffering a good deal from curiosity, dared not remind him.

He proved a very useful addition to their table. Without him, it would have been a party of such very near relations as could have felt little interest, and perhaps maintained little complaisance; but his presence gave variety and secured good manners. He was, in fact, excellently qualified to shine at a round game, and few situations made him appear to greater advantage. He played with spirit, and had a great deal to say; and, though no wit himself, could sometimes make use of the wit of an absent friend, and had a lively way of retailing a common-place or saying a mere nothing, that had great effect at a card-table. The ways and good jokes of Osborne Castle were now added to his ordinary means of entertainment. He repeated the smart sayings of one lady, detailed the oversights of another, and indulged them even with a copy of Lord Osborne's style of overdrawing himself on both cards.

The clock struck nine while he was thus agreeably occupied; and when Nanny came in with her master's basin of gruel, he had the pleasure of observing to Mr. Watson that he should leave him at supper while he went home to dinner himself.

bastante tempo que não o jogo. No Castelo Osborne se joga o *vinte-e-um*. Não tenho jogado outra coisa além de *vinte-e-um* ultimamente. Ficariam surpresos de ver a algazarra que fazemos por lá... aquele antigo e nobre salão voltou a ressoar. Lady Osborne às vezes diz que não consegue ouvir sua própria voz. Lorde Osborne o aprecia muitíssimo, e ele é o melhor carteador que já vi, sem exceção. Que rapidez! Que espírito! Não deixa ninguém dormir sobre as cartas. Gostaria que pudessem vê-lo blefar sobre suas próprias cartas. Vale mais que qualquer coisa no mundo!"

"Ora essa!", exclamou Margaret. "Por que não jogamos *vinte-e-um*? Acho que é um jogo muito melhor que *especulação*. Não posso dizer que aprecie muito *Especulação*."

Mrs. Robert não disse qualquer outra palavra a favor do jogo. Foi totalmente derrotada, e os modismos do Castelo Osborne levaram de arrasto os modismos de Croydon.

"Encontra muito a família do clérigo no castelo, Mr. Musgrave?", disse Emma, enquanto tomavam seus lugares.

"Ó, sim; eles estão quase sempre lá. Mrs. Blake é uma pessoa muito agradável e bem-humorada; ela e eu somos amigos jurados; e Howard é um ótimo sujeito, um verdadeiro cavalheiro! Você, eu lhe asseguro, não foi esquecida por ninguém da família. Imagino que de vez em quando fique de orelhas quentes, Miss Emma. Não sentiu arder no sábado, pelas nove ou dez da noite? Vou lhe dizer o que foi, vejo que está morrendo de vontade de saber. Howard disse para Lorde Osborne..."

Neste momento tão interessante, ele foi chamado pelos outros para organizar o jogo e esclarecer algum ponto controverso; e sua atenção foi assim tão absorvida por esse assunto, e depois pelo decorrer do jogo, a ponto de não voltar mais ao que estava dizendo antes; e Emma, embora sofrendo bastante com a curiosidade, não ousou lembrar-lhe.

Tom Musgrave revelou-se um acréscimo muito útil à mesa deles. Sem ele, teria sido um grupo de familiares tão próximos que despertaria pouco interesse, e talvez não houvesse muita gentileza; mas a presença dele trouxe variedade e assegurou boas maneiras. Na verdade, ele estava muitíssimo qualificado para brilhar numa mesa de jogos, e poucas situações o mostravam sob uma luz mais favorável. Jogava com espírito, e tinha muito a dizer; e, embora ele mesmo não fosse muito esperto, conseguia às vezes utilizar a argúcia de algum amigo ausente, e tinha um modo vivaz de vender banalidades e dizer pequenos nadas que provocavam um grande efeito numa mesa de jogos. As modas e as boas anedotas do Castelo Osborne eram agora acrescentadas aos seus recursos habituais de entretenimento. Repetia os ditos espirituosos de alguma dama, detalhava os equívocos de outra, e os favoreceu até mesmo com uma imitação do estilo de Lorde Osborne de blefar com as cartas.

O relógio bateu nove horas enquanto ele estava assim agradavelmente ocupado; e, quando Nanny entrou com a tigela de mingau de seu amo, ele teve o prazer de observar a Mr. Watson que o deixaria com sua ceia, enquanto ele próprio iria para

The carriage was ordered to the door, and no entreaties for his staying longer could now avail; for he well knew that if he stayed he must sit down to supper in less than ten minutes, which to a man whose heart had been long fixed on calling his next meal a dinner, was quite insupportable. On finding him determined to go, Margaret began to wink and nod at Elizabeth to ask him to dinner for the following day, and Elizabeth at last not able to resist hints which her own hospitable, social temper more than half seconded, gave the invitation: "Would he give Robert the meeting, they should be very happy."

"With the greatest pleasure"; was his first reply. In a moment afterwards, "That is, if I can possibly get here in time; but I shoot with Lord Osborne, and therefore must not engage. You will not think of me unless you see me." And so he departed, delighted with the uncertainty in which he had left it.

*

Margaret, in the joy of her heart under circumstances which she chose to consider as peculiarly propitious, would willingly have made a confidante of Emma when they were alone for a short time the next morning, and had proceeded so far as to say, "The young man who was here last night, my dear Emma, and returns today, is more interesting to me than perhaps you may be aware..." ; but Emma, pretending to understand nothing extraordinary in the words, made some very inapplicable reply, and jumping up, ran away from a subject which was odious to her feelings. As Margaret would not allow a doubt to be repeated of Musgrave's coming to dinner, preparations were made for his entertainment much exceeding what had been deemed necessary the day before; and taking the office of superintendence entirely from her sister, she was half the morning in the kitchen herself, directing and scolding.

After a great deal of indifferent cooking and anxious suspense, however, they were obliged to sit down without their guest. Tom Musgrave never came; and Margaret was at no pains to conceal her vexation under the disappointment, or repress the peevishness of her temper. The peace of the party for the remainder of that day and the whole of the next, which comprised the length of Robert's and Jane's visit, was continually invaded by her fretful displeasure and querulous attacks. Elizabeth was the usual object of both. Margaret had just respect enough for her brother's and sister's opinion to behave properly by them, but Elizabeth and the maids could never do anything right; and Emma, whom she seemed no longer to think about, found the continuance of the gentle voice beyond her calculation short. Eager to be as little among them as possible, Emma was delighted with the alternative of sitting above with her father, and warmly entreated to be his constant companion each evening; and as Elizabeth loved company of any kind too well not to prefer being below at all risks; as she had rather talk of Croydon with Jane, with every interruption of Margaret's perverseness, than sit with only her father – who frequently could not endure talking at all – the affair was so

casa jantar. A carruagem foi chamada à porta, e não houve rogos que o convencesse a ficar um pouco mais; pois bem sabia que se ficasse teria que se sentar para cear em menos de dez minutos, o que, para um homem que há muito decidira em seu coração a chamar sua próxima refeição de jantar, era absolutamente intolerável. Vendo que ele estava determinado a partir, Margaret começou a piscar e fazer sinais para Elizabeth convidá-lo a jantar no dia seguinte; e Elizabeth, afinal, incapaz de resistir às insinuações que seu próprio temperamento hospitaleiro e social mais que apoiavam, fez o convite: "se ele aceitasse o encontro com Robert, ficariam muito felizes."

"Com o maior prazer", foi sua primeira resposta. E após um instante, "Isto é, se eu puder chegar aqui a tempo; mas devo caçar com Lorde Osborne, e portanto não posso me comprometer. Só poderão ter certeza quando me virem." E assim ele partiu, encantado com a incerteza em que havia deixado a coisa.

*

Margaret, com o coração transbordante de alegria pelas circunstâncias que decidira considerar especialmente propícias, teria de bom grado feito Emma de confidente quando ficaram sozinhas por algum tempo na manhã seguinte, e até chegou a dizer, "O rapaz que esteve aqui ontem à noite, minha querida Emma, e que vai voltar hoje, me interessa mais do que talvez você possa imaginar..."; mas Emma, fingindo não encontrar nada de extraordinário naquelas palavras, deu-lhe alguma resposta inócua e, levantando-se de súbito, fugiu de um assunto que era odioso aos seus sentimentos. Como Margaret não admitia a menor dúvida quanto a vinda de Tom Musgrave para jantar, foram feitos preparativos para recebê-lo que excediam em muito o que tinha sido julgado necessário no dia anterior; e, tomando inteiramente da irmã a tarefa de supervisionar os trabalhos, passou metade da manhã na cozinha, dando ordens e passando reprimendas.

No entanto, após uma boa quantidade de culinária medíocre e de ansiosa expectativa, foram obrigados a se sentar sem o convidado. Tom Musgrave não apareceu; e Margaret não fez qualquer esforço para esconder o aborrecimento com a decepção, ou reprimir a irritabilidade de seu temperamento. A paz familiar pelo resto daquele dia e de todo o seguinte, que compreendiam a duração da visita de Robert e Jane, foi continuamente perturbada por seu irritado desprazer e ataques lamuriosos. Elizabeth era o alvo usual de ambos. Margaret tinha apenas o respeito necessário pela opinião do irmão e da cunhada para se comportar corretamente com eles, mas Elizabeth e as criadas nunca faziam nada certo; e Emma, de quem Margaret parecia nem se lembrar mais, descobriu que a manutenção da voz suave durara menos do que calculara. Ansiosa por permanecer o menos possível com elas, Emma estava encantada com a alternativa de se sentar no andar de cima com o pai, e calorosamente suplicou para ser a companhia constante dele todas as noites; e, como Elizabeth apreciasse companhia de qualquer tipo a ficar lá embaixo por sua conta e risco; como preferia conversar sobre Croydon com Jane, mesmo com cada interrupção da perversidade de Margaret, a ficar sozinha com o pai – que muitas

settled, as soon as she could be persuaded to believe it no sacrifice on her sister's part. To Emma, the change was most acceptable and delightful. Her father, if ill, required little more than gentleness and silence, and being a man of sense and education, was, if able to converse, a welcome companion. In his chamber Emma was at peace from the dreadful mortifications of unequal society and family discord; from the immediate endurance of hard-hearted prosperity, low-minded conceit, and wrong-headed folly, engrafted on an untoward disposition. She still suffered from them in the contemplation of their existence, in memory and in prospect; but for the moment, she ceased to be tortured by their effects. She was at leisure; she could read and think, though her situation was hardly such as to make reflection very soothing. The evils arising from the loss of her uncle were neither trifling nor likely to lessen; and when thought had been freely indulged, in contrasting the past and the present, the employment of mind and dissipation of unpleasant ideas which only reading could produce made her thankfully turn to a book.

The change in her home, society, and style of life, in consequence of the death of one friend and the imprudence of another, had indeed been striking. From being the first object of hope and solicitude to an uncle who had formed her mind with the care of a parent, and of tenderness to an aunt whose amiable temper had delighted to give her every indulgence; from being the life and spirit of a house where all had been comfort and elegance, and the expected heiress of an easy independence, Emma was become of importance to no one, a burden on those whose affections she could not expect, an addition in a house already overstocked, surrounded by inferior minds, with little chance of domestic comfort, and as little hope of future support. It was well for her that she was naturally cheerful, for the change had been such as might have plunged weak spirits in despondence.

She was very much pressed by Robert and Jane to return with them to Croydon, and had some difficulty in getting a refusal accepted, as they thought too highly of their own kindness and situation to suppose the offer could appear in a less advantageous light to anybody else. Elizabeth gave them her interest, though evidently against her own, in privately urging Emma to go.

"You do not know what you refuse, Emma," said she, "nor what you have to bear at home. I would advise you by all means to accept the invitation; there is always something lively going on at Croydon. You will be in company almost every day, and Robert and Jane will be very kind to you. As for me, I shall be no worse off without you than I have been used to be; but poor Margaret's disagreeable ways are new to you, and they would vex you more than you think for, if you stay at home."

Emma was of course uninfluenced, except to greater esteem for Elizabeth, by such representations, and the visitors departed without her.

END OF FRAGMENT

vezes não conseguia nem falar – o caso foi então resolvido, assim que ela pode ser persuadida a acreditar que não haveria nenhum sacrifício da parte da irmã. Para Emma, a mudança era mais aceitável e prazerosa. Seu pai, estando doente, requeria pouco mais que silêncio e gentileza, e, sendo um homem sensato e instruído, quando capaz de conversar, era uma companhia bem-vinda. No quarto dele, Emma se sentia em paz, longe das terríveis mortificações de uma companhia desigual e da discórdia familiar; longe da necessidade imediata de suportar uma prosperidade insensível, uma vaidade vulgar e uma estupidez teimosa, incorporadas a uma disposição desagradável. Ainda sofria pela contemplação de suas existências, na lembrança e nas perspectivas, mas, no momento, deixara de se torturar por seus efeitos. Estava à vontade; podia ler e refletir, embora sua situação estivesse longe de tornar a reflexão tão consoladora. Os males advindos da perda do tio não eram insignificantes, e nem era provável que diminuíssem; e, quando se permitia pensar livremente, comparando o passado com o presente, a ocupação da mente e a dissipação das ideias desagradáveis, que só a leitura podia produzir, a faziam voltar-se agradecida para os livros.

A sua mudança de lar, sociedade e estilo de vida, em consequência da morte de um amigo e da imprudência de outra, tinha sido realmente espantosa. De ter sido o principal motivo de esperança e solicitude de um tio que a havia educado com o cuidado de um pai, e da ternura de uma tia cuja índole amável se comprazia em lhe proporcionar todas as satisfações; de ter sido a vida e o espírito de uma casa onde tudo era conforto e elegância, e a herdeira presumida de uma confortável independência financeira, Emma se tornara sem importância para ninguém, um fardo para aqueles cujo afeto não podia esperar, um acréscimo numa casa já superlotada, cercada por mentes inferiores e com poucas chances de conforto doméstico, assim como pouca esperança de futuro amparo. Era um bem para ela que fosse de natureza alegre, pois a mudança fora tal que poderia ter mergulhado no desalento um espírito mais fraco.

Ela foi muito pressionada por Robert e Jane para que voltasse com eles a Croydon, e teve certa dificuldade em fazê-los aceitar sua recusa, visto que eles tinham em alta consideração sua própria gentileza e posição para suporem que a oferta pudesse aparecer menos favorável a qualquer um. Elizabeth lhes deu apoio, embora contra seu próprio interesse, insistindo em particular com Emma para que fosse.

"Não sabe o que está recusando, Emma", disse ela, "nem o que teria que suportar aqui em casa. Eu a aconselharia de todos os modos a aceitar o convite; sempre há algo interessante acontecendo em Croydon. Terá companhia quase todos os dias, e Robert e Jane serão muito gentis com você. Quanto a mim, sem você não estarei pior do que estou acostumada a estar; mas as maneiras desagradáveis da pobre Margaret lhe são novidade e iriam afligi-la muito mais do que pensa se ficasse em casa."

Emma, naturalmente, não se deixou influenciar, exceto pela grande estima que nutria por Elizabeth, por tais observações, e os visitantes partiram sem ela.

FIM DO FRAGMENTO

FROM THE SECOND EDITION OF THE "MEMOIR"[16], 1871, P. 364.

When the author's sister, Cassandra, showed the manuscript of this work to some of her nieces, she also told them something of the intended story; for with this dear sister – though, I believe, with no one else – Jane seems to have talked freely of any work she might have in hand. Mr. Watson was soon to die; and Emma to become dependent for a home on her narrow-minded sister-in-law and brother. She was to decline an offer of marriage from Lord Osborne, and much of the interest of the tale was to arise from Lady Osborne's love for Mr. Howard, and his counter affection for Emma, whom he was finally to marry.

THE END

---

16 AUSTEN-LEIGH, James Edward. "A Memoir of Jane Austen by her nephew J. E. Austen-Leigh. Second Edition to which is added 'Lady Susan' and fragments of two other unfinished tales by Miss Austen". London: Richard Bentley and Son, 1871.

DA SEGUNDA EDIÇÃO DE "MEMOIR"[35], 1871, P. 364.

Quando a irmã da autora, Cassandra, mostrou o manuscrito desta obra a algumas de suas sobrinhas, também lhes contou algo sobre a história planejada; pois com essa irmã querida – embora, creio, com mais nenhuma outra – Jane parece ter falado livremente sobre qualquer obra em que estivesse trabalhando. Mr. Watson logo morreria; e Emma passaria a depender de uma cunhada de mente estreita e do irmão para ter um lar. Deveria recusar uma proposta de casamento de Lorde Osborne, e muito do interesse da história surgiria do amor de Lady Osborne por Mr. Howard, e de seu afeto contrariado por Emma, com quem ele finalmente se casaria.

FIM

---

35 AUSTEN-LEIGH, James Edward. "A 'Vida de Jane Austen' por seu sobrinho J. E. Austen-Leigh - Segunda Edição à qual foi adicionado 'Lady Susan' e dois fragmentos de outros contos inacabados de autoria de Miss Austen". Londres: Richard Bentley and Son, 1871.

CANCELLED CHAPTERS OF "PERSUASION"

CAPÍTULOS ORIGINAIS DE "PERSUASÃO"[36]

---

36 O texto que segue são os dois últimos capítulos de "Persuasão", como escritos originalmente por Jane Austen. Ela aparentemente não ficou satisfeita e os reescreveu antes da impressão, mas essas páginas manuscritas foram entregues a Anna Austen Lefroy, sua sobrinha e posteriormente publicadas por James Edward Austen-Leigh, seu sobrinho, como parte da segunda edição de sua obra *Memoir*, em 1871. O texto completo dos capítulos originais foi publicado por R. W. Chapman em 1926. O Capítulo 10 original do Volume 2 do livro foi reescrito como capítulos 10 e 11 do Volume 2, na primeira edição de "Persuasão", publicado em 1817, e o último capítulo, originalmente numerado como Capítulo 11, que viria a ser o Capítulo 12 do Volume 2, é quase idêntico ao publicado.

CHAPTER 10

With all this knowledge of Mr. Elliot and this authority to impart it, Anne left Westgate Buildings, her mind deeply busy in revolving what she had heard, feeling, thinking, recalling, and foreseeing everything, shocked at Mr. Elliot, sighing over future Kellynch, and pained for Lady Russell, whose confidence in him had been entire. The embarrassment which must be felt from this hour in his presence! How to behave to him? How to get rid of him? What to do by any of the party at home? Where to be blind? Where to be active? It was altogether a confusion of images and doubts – a perplexity, an agitation which she could not see the end of. And she was in Gay Street, and still so much engrossed that she started on being addressed by Admiral Croft, as if he were a person unlikely to be met there. It was within a few steps of his own door.

'You are going to call upon my wife,' said he. 'She will be very glad to see you.'

Anne denied it.

"No! she really had not time, she was in her way home"; but while she spoke the Admiral had stepped back and knocked at the door, calling out, "'Yes, yes; do go in; she is all alone; go in and rest yourself."

Anne felt so little disposed at this time to be in company of any sort, that it vexed her to be thus constrained, but she was obliged to stop.

"Since you are so very kind", said she, "I will just ask Mrs. Croft how she does, but I really cannot stay five minutes. You are sure she is quite alone?"

The possibility of Captain Wentworth had occurred; and most fearfully anxious was she to be assured – either that he was within, or that he was not – *which* might have been a question.

"Oh yes! quite alone, nobody but her mantua-maker with her, and they have been shut up together this half-hour, so it must be over soon."

CAPÍTULO 10

Com todas essas informações sobre Mr. Elliot e a autorização para partilhá-las, Anne deixou Westgate Buildings, a mente profundamente ocupada em refletir sobre o que tinha ouvido, sentido, pensado e recordado, e prevendo tudo que aconteceria, chocada com Mr. Elliot, suspirando pelo futuro de Kellynch, e aflita por Lady Russell, que depositara nele inteira confiança. O embaraço que sentiria a partir daquele momento em sua presença! Como se comportar diante dele? Como livrar-se dele? O que fazer por qualquer um de sua família? Onde ser cega? Onde ser ativa? Era uma total confusão de imagens e dúvidas – uma perplexidade, uma agitação da qual não conseguia ver o fim. E já se encontrava em Gay Street, e ainda estava tão absorta que teve um sobressalto quando o almirante Croft se dirigiu a ela, como se fosse impossível encontrá-lo ali. Estava a poucos passos da casa dele.

"Está indo visitar minha esposa", disse ele. "Ela ficará bem contente em vê-la."

Anne negou.

"Não! Na verdade não tinha tempo, estava a caminho de casa", mas enquanto ela falava o almirante recuara alguns passos e batido na porta, chamando, "Sim, sim; mas entre um pouco, ela está completamente sozinha; entre e descanse um pouco."

Anne se sentia tão pouco disposta no momento a ter a companhia de quem quer que fosse, que se irritou a ser assim constrangida, mas foi obrigada a parar.

"Já que está sendo tão gentil", disse ela, "Só perguntarei a Mrs. Croft como ela está, mas realmente só posso ficar cinco minutos. Tem certeza de que está sozinha?"

A possibilidade da presença do capitão Wentworth tinha lhe ocorrido; e estava ainda mais terrivelmente ansiosa para ter certeza – ou de que ele estava ali, ou de que não estava – *qual deles* é que era a questão.

"Ó, sim! Inteiramente sozinha, só estava com ela a sua costureira, e elas passaram trancadas a última meia hora, portanto já devem estar acabando."

"Her mantua-maker! Then I am sure my calling now would be most inconvenient. Indeed you must allow me to leave my card and be so good as to explain it afterwards to Mrs. Croft."

"No, no, not at all... not at all... she will be very happy to see you. Mind, I will not swear that she has not something particular to say to you, but that will all come out in the right place. I give no hints. Why, Miss Elliot, we begin to hear strange things of you (smiling in her face). But you have not much the look of it, as grave as a little judge!"

Anne blushed.

"Aye, aye, that will do now, it is all right. I thought we were not mistaken."

She was left to guess at the direction of his suspicions; the first wild idea had been of some disclosure from his brother-in-law, but she was ashamed the next moment, and felt how far more probable it was that he should be meaning Mr. Elliot. The door was opened, and the man evidently beginning to deny his mistress, when the sight of his master stopped him. The Admiral enjoyed the joke exceedingly. Anne thought his triumph over Stephen rather too long. At last, however, he was able to invite her up stairs, and stepping before her said, "I will just go up with you myself and show you in. I cannot stay, because I must go to the Post-Office, but if you will only sit down for five minutes I am sure Sophy will come, and you will find nobody to disturb you – there is nobody but Frederick here", opening the door as he spoke. Such a person to be passed over as nobody to *her*! After being allowed to feel quite secure, indifferent, at her ease, to have it burst on her that she was to be the next moment in the same room with him! No time for recollection! for planning behaviour or regulating manners! There was time only to turn pale before she had passed through the door, and met the astonished eyes of Captain Wentworth, who was sitting by the fire, pretending to read, and prepared for no greater surprise than the Admiral's hasty return.

Equally unexpected was the meeting on each side. There was nothing to be done, however, but to stifle feelings, and to be quietly polite, and the Admiral was too much on the alert to leave any troublesome pause. He repeated again what he had said before about his wife and everybody, insisted on Anne's sitting down and being perfectly comfortable... was sorry he must leave her himself, but was sure Mrs. Croft would be down very soon, and would go upstairs and give her notice directly. Anne was sitting down, but now she arose, again to entreat him not to interrupt Mrs. Croft and re-urge the wish of going away and calling another time. But the Admiral would not hear of it; and if she did not return to the charge with unconquerable perseverance, or did not with a more passive determination walk quietly out of the room (as certainly she might have done), may she not be pardoned? If she had no horror of a few minutes' *tête-à-tête* with Captain Wentworth, may she not be pardoned for not wishing to give him the idea that she had? She reseated herself, and the Admiral took leave, but on reaching the door, said,

"Sua costureira! Então estou certa de que a minha visita agora seria muito inconveniente. Realmente, deve me permitir deixar meu cartão, e fazer a gentileza de explicar tudo depois a Mrs. Croft."

"Não, não, de modo algum... de modo algum... ela ficará muito contente em vê-la. Veja, não vou jurar que ela não tenha algo particular a dizer-lhe, mas tudo virá à tona na hora certa. Não posso dar nenhuma pista. Pois, Miss Elliot, começamos a ouvir coisas estranhas sobre você (sorrindo para ela). Mas olhando bem não parece, está tão séria quanto um desses juizinhos!"

Anne corou.

"Ora, ora, bem melhor, está tudo certo. Achei que não estávamos enganados."

Ela ficou tentando adivinhar o rumo dessas suspeitas; sua primeira e absurda ideia foi de que seu cunhado tivesse revelado alguma coisa, mas ficou envergonhada um momento depois, sentindo que era muito mais provável que ele estivesse se referindo a Mr. Elliot. A porta se abriu, e o criado começou evidentemente a negar que sua ama estivesse em casa, quando a visão de seu amo o fez parar. O Almirante adorava essa brincadeira. Anne achou seu triunfo sobre Stephen um tanto longo demais. Por fim, conseguiu convidá-la para entrar e, subindo à sua frente, disse, "Só vou subir com a senhorita e levá-la até a saleta. Não posso ficar, pois preciso ir ao correio, mas se você se sentar e esperar cinco minutos Sophy já virá, e não encontrará ninguém para perturbá-la. Não há ninguém aqui, só o Frederick", disse ele, abrindo a porta enquanto falava. Como se tal pessoa não fosse ninguém para *ela*! Depois de se permitir sentir-se totalmente segura, indiferente, à vontade, levar o susto de saber que um momento depois estaria na mesma sala que ele! Não havia tempo para lembranças! Nem para adotar uma atitude planejada ou maneiras estudadas! Só houve tempo para empalidecer antes de atravessar a porta e encontrar os olhos surpresos do capitão Wentworth, que estava sentado junto ao fogo, fingindo ler e preparado para nenhuma outra surpresa além do retorno precipitado do almirante.

O encontro foi igualmente inesperado de ambas as partes. Não havia nada a fazer, no entanto, a não ser sufocar sentimentos e ostentar uma tranquila cortesia, e o Almirante estava muito vigilante para deixar alguma pausa constrangedora. Repetiu outra vez o que já dissera antes sobre a esposa e todo mundo, insistiu com Anne para que se sentasse e ficasse totalmente à vontade... lamentava que tivesse que deixá-la, mas estava certo de que Mrs. Croft logo desceria, ele mesmo iria subir e avisá-la imediatamente. Anne já estava se sentando, mas então se levantou, pedindo-lhe de novo que não interrompesse Mrs. Croft e insistindo em seu desejo de ir e visitá-la em outro momento. Mas o Almirante não queria ouvir falar disso. E se ela voltasse à carga com invencível perseverança, ou, com uma determinação mais passiva, caminhasse calmamente para fora da sala (como certamente poderia ter feito), não poderia ser perdoada? Se não *sentisse* pavor de um *tête-à-tête* de alguns minutos com o capitão Wentworth, não poderia ser perdoada por não desejar que ele percebesse isso? Ela voltou a se sentar, e o Almirante saiu, mas antes de alcançar a porta, disse,

"Frederick, a word with you if you please."

Captain Wentworth went to him, and instantly, before they were well out of the room, the Admiral continued, "As I am going to leave you together, it is but fair I should give you something to talk of; and so, if you please..."

Here the door was very firmly closed, she could guess by which of the two – and she lost entirely what immediately followed, but it was impossible for her not to distinguish parts of the rest, for the Admiral, on the strength of the door's being shut, was speaking without any management of voice, though she could hear his companion trying to check him. She could not doubt their being speaking of her. She heard her own name and Kellynch repeatedly. She was very much disturbed. She knew not what to do, or what to expect, and among other agonies felt the possibility of Captain Wentworth's not returning into the room at all, which, after her consenting to stay, would have been – too bad for language. They seemed to be talking of the Admiral's lease of Kellynch. She heard him say something of the lease being signed – or not signed – *that* was not likely to be a very agitating subject, but then followed,

"I hate to be at an uncertainty. I must know at once. Sophy thinks the same."

Then in a lower tone Captain Wentworth seemed remonstrating, wanting to be excused, wanting to put something off.

"Phoo, phoo", answered the Admiral, "now is the time; if you will not speak, I will stop and speak myself."

'Very well, sir, very well, sir,' followed with some impatience from his companion, opening the door as he spoke,

"You will then, you promise you will?" replied the Admiral in all the power of his natural voice, unbroken even by one thin door.

"Yes, sir, yes." And the Admiral was hastily left, the door was closed, and the moment arrived in which Anne was alone with Captain Wentworth.

She could not attempt to see how he looked, but he walked immediately to a window as if irresolute and embarrassed, and for about the space of five seconds she repented what she had done, censured it as unwise, blushed over it as indelicate. She longed to be able to speak of the weather or the concert, but could only compass the relief of taking a newspaper in her hand. The distressing pause was over, however; he turned round in half a minute, and coming towards the table where she sat, said in a voice of effort and constraint,

"You must have heard too much already, Madam, to be in any doubt of my having promised Admiral Croft to speak to you on a particular subject, and this conviction determines me to do so, however repugnant to my, to all my sense of propriety to be taking so great a liberty! You will acquit me of impertinence I trust, by considering me as speaking only for another, and speaking by necessity; and the Admiral is a man who can never be thought impertinent by one who knows him as

"Frederick, uma palavrinha com você, por favor."

Capitão Wentworth foi até ele e, de imediato, antes que saíssem da sala, o Almirante continuou, "Como vou deixá-los juntos, é preciso que lhe diga algo que gostaria que conversassem; assim, se você puder..."

Então a porta foi firmemente fechada, ela só podia tentar adivinhar por qual dos dois... Ela perdeu por completo o que se seguiu, mas lhe era impossível não distinguir algumas partes do restante, pois o almirante, em virtude da porta estar fechada, falava sem qualquer preocupação com o tom de voz, embora ela pudesse ouvir o seu companheiro tentando contê-lo. Não podia haver dúvida de que estavam falando sobre ela. Ouviu seu próprio nome e Kellynch várias vezes. Estava muito perturbada. Não sabia o que fazer, ou o que esperar, e entre outras agonias sentiu a possibilidade do capitão Wentworth acabar não voltando para a sala, o que, depois de ela ter concordado em ficar, teria sido... ruim demais para se traduzir em palavras. Eles pareciam estar falando sobre o arrendamento de Kellynch pelo almirante. Ela o ouviu dizer algo sobre o contrato de arrendamento ter sido assinado – ou não ter sido assinado – *esse* não era um assunto que provocasse muita agitação, mas então se seguiu,

"Detesto ficar na incerteza. Devo saber de uma vez. Sophy pensa o mesmo."

Então, em um tom mais baixo, capitão Wentworth pareceu protestar, pedindo desculpas, querendo protelar.

"Ora, ora", respondeu o Almirante, "este é o momento; se você não falar, eu mesmo falarei."

"Muito bem, meu senhor, muito bem, então", ouviu-se a seguir, num tom de voz um pouco impaciente, de seu companheiro, que abriu a porta enquanto falava."

"Vai fazê-lo então, promete que vai?", respondeu o Almirante, com todo o poder de sua voz natural, que não diminuía nem mesmo através de uma fina porta.

"Sim, meu senhor, vou." E o Almirante partiu às pressas, a porta foi fechada e chegou o momento em que Anne se viu sozinha com o capitão Wentworth.

Ela não tentou ver qual o semblante dele, e ele se dirigiu imediatamente a uma janela, como se estivesse indeciso e envergonhado, e pelo espaço de cinco segundos ela se arrependeu do que tinha feito, censurou a insensatez, e corou por ser indelicada. Ansiava por ser capaz de falar do tempo ou do concerto, mas o único consolo foi o de tomar um jornal em suas mãos. Aquela pausa angustiante, no entanto, terminou; em menos de um minuto ele se voltou, e dirigindo-se à mesa onde ela estava sentada, disse num tom de voz esforçado e constrangido,

"Já deve ter ouvido o bastante, senhora, para ter alguma dúvida sobre minha promessa ao almirante Croft de lhe falar de um assunto em especial, e esta convicção me determina a fazê-lo, embora seja avesso a todo meu senso de decoro tomar tão grande liberdade! Confio que me absolverá desta impertinência, considerando-me apenas o porta-voz de outro, e falando por obrigação; e o Almirante é um homem que nunca poderia ser considerado impertinente por alguém que o conhece

you do. His intentions are always the kindest and the best, and you will perceive he is actuated by none other in the application which I am now, with... with very peculiar feelings... obliged to make." He stopped, but merely to recover breath, not seeming to expect any answer. Anne listened as if her life depended on the issue of his speech. He proceeded with a forced alacrity:

"The Admiral, Madam, was this morning confidently informed that you were... upon my soul, I am quite at a loss, ashamed (breathing and speaking quickly)... the awkwardness of *giving* information of this kind to one of the parties... you can be at no loss to understand me. It was very confidently said that Mr. Elliot... that everything was settled in the family for a union between Mr. Elliot and yourself. It was added that you were to live at Kellynch... that Kellynch was to be given up. This the Admiral knew could not be correct. But it occurred to him that it might be the *wish* of the parties. And my commission from him, Madam, is to say, that if the family wish is such, his lease of Kellynch shall be cancelled, and he and my sister will provide themselves with another home, without imagining themselves to be doing anything which under similar circumstances would not be done for *them*. This is all, Madam. A very few words in reply from you will be sufficient. That *I* should be the person commissioned on this subject is extraordinary! and believe me, Madam, it is no less painful. A very few words, however, will put an end to the awkwardness and distress we may *both* be feeling."

Anne spoke a word or two, but they were unintelligible; and before she could command herself, he added, "If you will only tell me that the Admiral may address a line to Sir Walter, it will be enough. Pronounce only the words, *he may*, and I shall immediately follow him with your message."

'No, Sir,' said Anne; 'there is no message. You are misin... the Admiral is misinformed. I do justice to the kindness of his intentions, but he is quite mistaken. There is no truth in any such report."

He was a moment silent. She turned her eyes towards him for the first time since his re-entering the room. His colour was varying, and he was looking at her with all the power and keenness which she believed no other eyes than his possessed.

"No truth in any such report?", he repeated. "No truth in any part of it?"

"None."

He had been standing by a chair, enjoying the relief of leaning on it, or of playing with it. He now sat down, drew it a little nearer to her, and looked with an expression which had something more than penetration in it... something softer. Her countenance did not discourage. It was a silent but a very powerful dialogue; on his supplication, on hers acceptance. Still a little nearer, and a hand taken and pressed; and "Anne, my own dear Anne!" bursting forth in all the fulness of exquisite feeling, and all suspense and indecision were over. They were re-united. They were restored to all that had been lost. They were carried back to the past with

como você. Suas intenções são sempre as melhores e mais amáveis, e perceberá que ele não foi movido por nenhuma outra na solicitação que eu agora, com... com sentimentos bem particulares... obrigo-me a fazer." Ele parou, mas apenas para recobrar o fôlego, não parecendo esperar qualquer resposta. Anne ouvia, como se sua vida dependesse do assunto de sua fala. Ele prosseguiu, com uma vivacidade forçada:

"O Almirante, senhora, foi informado confidencialmente esta manhã que a você estava... juro, nem sei o que dizer, sinto-me envergonhado (respirando e falando depressa)... a grosseria de *dar* um aviso desse tipo a uma das partes... não deve ter dificuldade para me entender. Foi confidenciado que Mr. Elliot... que estava tudo arranjado na família para uma união entre Mr. Elliot e a você mesma. Foi também informado ao Almirante que você deveria morar em Kellynch... que ele deveria desistir de Kellynch. Isso que o Almirante soube não pode estar correto. Mas ocorreu-lhe que esse poderia ser o *desejo* das partes. E fui incumbido por ele, senhora, de lhe dizer que, se for esse o desejo da família, o seu arrendamento de Kellynch deverá ser cancelado, e ele e minha irmã providenciarão uma outra casa, sem imaginar que estejam fazendo alguma coisa que, sob circunstâncias similares, não teria sido feita por *eles*. Isto é tudo, senhora. Umas poucas palavras de sua parte em resposta serão suficientes. Que *eu* tenha sido a pessoa encarregada desse assunto é algo extraordinário! E creia-me, senhora, não me é menos doloroso. Umas poucas palavras, no entanto, acabarão com o embaraço e a aflição que *ambos* possamos estar sentindo."

Anne disse uma ou duas palavras, mas eram ininteligíveis; e antes que pudesse readquirir o controle sobre si mesma, ele acrescentou, "Se puder apenas dizer-me que o Almirante pode escrever a Sir Walter, será o bastante. Pronuncie apenas as palavras: *ele pode,* e eu lhe transmitirei imediatamente a sua mensagem."

"Não, meu senhor", disse Anne; "não há nenhuma mensagem. Está mal-inform... o Almirante está mal-informado. Admiro a bondade de suas intenções, mas ele está totalmente enganado. Não há nenhuma verdade em tal notícia."

Ele ficou em silêncio por um momento. Ela voltou os olhos na direção dele pela primeira vez, desde que ele retornara à sala. O rosto dele mudava de cor, e ele a olhava com toda a força e a paixão que, ela acreditava, nenhum olhar a não ser o dele possuía.

"Nenhuma verdade em tal notícia?", repetiu ele. "Em nenhuma parte dela?"

"Nenhuma."

Ele estivera de pé ao lado de uma cadeira, aproveitando o alívio de apoiar-se ou de ficar mexendo nela. Então se sentou, puxando-a um pouco mais para perto dela, e olhou com uma expressão que tinha em si algo mais que entendimento... algo mais suave. O semblante dela não o desencorajava. Era um diálogo silencioso, mas muito poderoso: da parte dele, súplica, da parte dela, aceitação. Ainda um pouco mais perto e uma mão tomada e pressionada; e "Anne, minha querida Anne!" irromperam com a intensidade de um delicado sentimento e toda expectativa e indecisão terminaram. Estavam unidos de novo. Reconduzidos a tudo aquilo que se perdera. Levados

only an increase of attachment and confidence, and only such a flutter of present delight as made them little fit for the interruption of Mrs. Croft when she joined them not long afterwards. *She*, probably, in the observations of the next ten minutes saw something to suspect; and though it was hardly possible for a woman of her description to wish the mantua-maker had imprisoned her longer, she might be very likely wishing for some excuse to run about the house, some storm to break the windows above, or a summons to the Admiral's shoemaker below. Fortune favoured them all, however, in another way, in a gentle, steady rain, just happily set in as the Admiral returned and Anne rose to go. She was earnestly invited to stay dinner. A note was despatched to Camden Place, and she staid... staid till ten at night; and during that time the husband and wife, either by the wife's contrivance, or by simply going on in their usual way, were frequently out of the room together – gone upstairs to hear a noise, or downstairs to settle their accounts, or upon the landing to trim the lamp. And these precious moments were turned to so good an account that all the most anxious feelings of the past were gone through. Before they parted at night, Anne had the felicity of being assured that in the first place (so far from being altered for the worse), she had gained inexpressibly in personal loveliness; and that as to character, hers was now fixed on his mind as perfection *itself*, maintaining the just medium of fortitude and gentleness; that he had never ceased to love and prefer her, though it had been only at Uppercross that he had learnt to do her justice, and only at Lyme that he had begun to understand his own feelings; that at Lyme he had received lessons of more than one kind – the passing admiration of Mr. Elliot had at least *roused* him, and the scene on the Cobb, and at Captain Harville's, had fixed her superiority. In his preceding attempts to attach himself to Louisa Musgrove (the attempts of anger and pique), he protested that he had continually felt the impossibility of really caring for Louisa, though *till that day*, till the leisure for reflection which followed it, he had not understood the perfect excellence of the mind with which Louisa's could so ill bear comparison; or the perfect, the unrivalled hold it possessed over his own. There he had learnt to distinguish between the steadiness of principle and the obstinacy of self-will, between the darings of heedlessness and the resolution of a collected mind; there he had seen everything to exalt in his estimation the woman he had lost, and there had begun to deplore the pride, the folly, the madness of resentment, which had kept him from trying to regain her when thrown in his way. From that period to the present had his penance been the most severe. He had no sooner been free from the horror and remorse attending the first few days of Louisa's accident, no sooner had begun to feel himself alive again, than he had begun to feel himself, though alive, not at liberty.

He found that he was considered by his friend Harville an engaged man. The Harvilles entertained not a doubt of a mutual attachment between him and Louisa; and though this to a degree was contradicted instantly, it yet made him feel that perhaps by *her* family, by everybody, by *herself even*, the same idea might be held, and that he was not *free* in honour, though if such were to be the conclusion, too

de volta ao passado, apenas com o aumento do amor e da confiança, e tal agitação de momentâneo deleite a ponto de não apreciarem a interrupção de Mrs. Croft, quando se reuniu a eles pouco depois. *Ela*, provavelmente, pelo que observou nos dez minutos seguintes, viu algo de suspeito; e, embora fosse difícil para uma mulher do seu feitio dar a desculpa de que a costureira a prendera mais do que esperava, podia muito bem estar ansiosa por alguma desculpa que a fizesse correr para cuidar da casa, ou por alguma tempestade que quebrasse as janelas da frente ou por um chamado para atender o sapateiro do Almirante no andar de baixo. A sorte favoreceu a todos, no entanto, de outra maneira, na forma de uma chuva fina e persistente, que felizmente começou justo quando o Almirante retornava e Anne se levantava para partir. Foi convidada com insistência a ficar para jantar. Despacharam uma mensagem para Camden Place, e ela ficou... ficou até as dez da noite; e, durante esse tempo, o marido e a esposa, ou por ideia da esposa, ou simplesmente por ser o costume deles, muitas vezes se afastavam da sala – ou para ir ao andar de cima, pois ouviram um barulho, ou ao de baixo para acertar alguma conta, ou ao patamar para acender uma luminária. E eles aproveitaram tão bem esses momentos preciosos, que todos os mais angustiantes sentimentos do passado desapareceram. Antes de se separaram naquela noite, Anne teve a felicidade de ser assegurada por ele de que, em primeiro lugar (longe de ter mudado para pior) ganhara extremamente em encanto pessoal; que, quanto ao caráter, o dela estava agora gravado em sua mente como a própria *perfeição*, mantendo o justo equilíbrio entre fortaleza e suavidade; que ele nunca deixara de amá-la e preferi-la, embora tivesse sido só em Uppercross que aprendera a lhe fazer justiça, e só em Lyme que começara a entender seus próprios sentimentos; que em Lyme recebera lições de mais de um tipo; a admiração passageira de Mr. Elliot o tinha, no mínimo, *despertado*, e as cenas no Cobb e na casa do capitão Harville determinaram a superioridade dela. Nas tentativas anteriores dele em se afeiçoar a Louisa Musgrove (tentativas de raiva e despeito), afirmou que havia sentido continuamente a impossibilidade de realmente gostar de Louisa, embora até *aquele dia*, até o tempo para reflexão que se seguiu, não entendera a perfeita excelência do caráter com o qual o de Louisa mal suportaria uma comparação; ou o domínio perfeito, inigualável, que exercia sobre o dele. Ali aprendera a distinguir entre a firmeza de princípios e a obstinação da teimosia, entre a ousadia do descuido e a firmeza de uma mente serena; ali tinha visto tudo que valorizava em sua estima a mulher que perdera, e ali começara a lamentar o orgulho, a estupidez, a loucura do ressentimento que o impedira de tentar reconquistá-la quando fora lançada de novo em seu caminho. Desde aquela época até o momento presente sofrera a mais severa penitência. Mal tinha se libertado do horror e do remorso que o acometeram nos primeiros dias após o acidente de Louisa, mal havia começado a se sentir vivo novamente, quando começou a se sentir, embora vivo, privado de liberdade.

Ele descobriu que era considerado por seu amigo Harville um homem comprometido. Os Harvilles não alimentavam qualquer dúvida quanto a um afeto mútuo entre ele e Louisa; e, embora até certo ponto pudesse contradizê-lo de imediato, ainda assim isso o fez sentir que a família *dela*, todos, até *ela mesma*, tivessem a mesma ideia, e que ele não era *livre* quanto à sua honra, embora, se tal viesse a ser a

free alas! in heart. He had never thought justly on this subject before, and he had not sufficiently considered that his excessive intimacy at Uppercross must have its danger of ill consequence in many ways; and that while trying whether he could attach himself to either of the girls, he might be exciting unpleasant reports if not raising unrequited regard.

He found too late that he had entangled himself, and that precisely as he became thoroughly satisfied of his *not caring* for Louisa at all, he must regard himself as bound to her if her feelings for him were what the Harvilles supposed. It determined him to leave Lyme, and await her perfect recovery elsewhere. He would gladly weaken by any fair means whatever sentiment or speculations concerning them might exist; and he went therefore into Shropshire, meaning after a while to return to the Crofts at Kellynch, and act as he found requisite.

He had remained in Shropshire, lamenting the blindness of his own pride and the blunders of his own calculations, till at once released from Louisa by the astonishing felicity of her engagement with Benwick.

Bath... Bath had instantly followed in *thought*, and not long after in fact. To Bath... to arrive with hope, to be torn by jealousy at the first sight of Mr. Elliot; to experience all the changes of each at the concert; to be miserable by the morning's circumstantial report, to be now more happy than language could express, or any heart but his own be capable of.

He was very eager and very delightful in the description of what he had felt at the concert; the evening seemed to have been made up of exquisite moments. The moment of her stepping forward in the octagon room to speak to him, the moment of Mr. Elliot's appearing and tearing her away, and one or two subsequent moments, marked by returning hope or increasing despondency, were dwelt on with energy.

"To see you", cried he, "in the midst of those who could not be my well-wishers; to see your cousin close by you, conversing and smiling, and feel all the horrible eligibilities and proprieties of the match! To consider it as the certain wish of every being who could hope to influence you! Even if your own feelings were reluctant or indifferent, to consider what powerful support would be his! Was it not enough to make the fool of me which I appeared? How could I look on without agony? Was not the very sight of the friend who sat behind you; was not the recollection of what had been, the knowledge of her influence, the indelible, immovable impression of what persuasion had once done... was it not all against me?"

"You should have distinguished", replied Anne. "You should not have suspected me now; the case so different, and my age so different. If I was wrong in yielding to persuasion once, remember it was to persuasion exerted on the side of safety, not of risk. When I yielded, I thought it was to duty; but no duty could be called in aid here. In marrying a man indifferent to me, all risk would have been incurred, and all duty violated."

conclusão, fosse muito livre no coração. Ele nunca antes havia refletido devidamente sobre esse assunto, e nunca havia efetivamente considerado que sua intimidade excessiva em Uppercross trazia o perigo de causar danos de todo tipo; e, enquanto tentava ver se podia gostar de qualquer uma das moças, poderia estar provocando comentários desagradáveis, se não despertando um afeto não correspondido.

Descobriu tarde demais que se metera numa enrascada, e que justo quando ficou inteiramente convencido de que de fato *não gostava* de Louisa, devia se considerar comprometido com ela, caso os sentimentos dela para com ele fossem o que os Harvilles supunham. Isso o fez deixar Lyme e esperar em outro lugar por sua completa recuperação. Teria de bom grado atenuado, por todos os meios honrados, quaisquer sentimentos ou especulações que pudessem existir a respeito deles; e foi, então, para Shropshire, pretendendo após certo tempo voltar para junto dos Crofts em Kellynch, e agir conforme as circunstâncias exigissem.

Ele ficara em Shropshire, lamentando a cegueira de seu próprio orgulho e o engano de seus próprios cálculos, até se ver enfim libertado de Louisa pela surpreendente felicidade de seu noivado com Benwick.

Bath... Bath se seguira de imediato em *pensamento*, e pouco depois, em *fato*. Chegar a Bath... esperançoso, só para ser devorado pelo ciúme à primeira visão de Mr. Elliot; experimentar todas as mudanças que ocorreram no concerto; sentir-se infeliz com o relato circunstancial da manhã, e estar agora mais feliz do que as palavras podiam expressar, ou que nenhum coração, senão o seu, seria capaz.

Ele estava muito ansioso e encantado ao descrever o que sentira no concerto. Aquela noite parecia ter sido feita de momentos sublimes. O momento em que ela avançou pela sala octogonal para falar com ele; o momento em que Mr. Elliot apareceu e a levou embora, e um ou dois momentos subsequentes, marcados pelo retorno da esperança ou pelo crescente desalento, foram enfrentados com energia.

"Vê-la", exclamou ele, "no meio daqueles que não podiam desejar o meu bem; ver seu primo a seu lado, conversando e sorrindo, e sentir toda a terrível conveniência e propriedade dessa união! Considerar esse como o evidente desejo de cada um que pudesse ter a esperança de influenciá-la! Mesmo que seus próprios sentimentos fossem relutantes ou indiferentes, considerar o apoio poderoso que eles representariam! Isso não era suficiente para que eu fizesse o papel de tolo? Como eu poderia presenciar tudo isso sem agonia? Não estava a própria visão da amiga sentada às suas costas, a lembrança do que acontecera, o conhecimento da sua influência, a impressão indelével, inalterável, do que a persuasão já conseguira uma vez... não estava tudo contra mim?"

"Deveria ter percebido a diferença", respondeu Anne. "Não deveria ter suspeitado de mim agora; a situação é tão diferente, e minha idade tão diferente. Se errei em ceder à persuasão uma vez, lembre-se de que foi a persuasão exercida em nome da segurança, e não do risco. Quando cedi, achei que cedesse ao dever, mas nenhum dever poderia agora ser invocado. Se me casasse com um homem que me fosse indiferente, teria corrido todos os riscos, e violado todos os deveres."

"Perhaps I ought to have reasoned thus", he replied; "but I could not. I could not derive benefit from the late knowledge I had acquired of your character. I could not bring it into play; it was overwhelmed, buried, lost in those earlier feelings which I had been smarting under year after year. I could think of you only as one who had yielded, who had given me up, who had been influenced by anyone rather than by me. I saw you with the very person who had guided you in that year of misery. I had no reason to believe her of less authority now. The force of habit was to be added."

"I should have thought", said Anne, "that my manner to yourself might have spared you much or all of this."

'No, no! Your manner might be only the ease which your engagement to another man would give. I left you in this belief; and yet... I was determined to see you again. My spirits rallied with the morning, and I felt that I had still a motive for remaining here. The Admiral's news, indeed, was a revulsion; since that moment I have been divided what to do, and had it been confirmed, this would have been my last day in Bath."

There was time for all this to pass, with such interruptions only as enhanced the charm of the communication, and Bath could hardly contain any other two beings at once so rationally and so rapturously happy as during that evening occupied the sofa of Mrs. Croft's drawing-room in Gay Street.

Captain Wentworth had taken care to meet the Admiral as he returned into the house, to satisfy him as to Mr. Elliot and Kellynch; and the delicacy of the Admiral's good-nature kept him from saying another word on the subject to Anne. He was quite concerned lest he might have been giving her pain by touching on a tender part... who could say? She might be liking her cousin better than he liked her; and, upon recollection, if they had been to marry at all, why should they have waited so long? When the evening closed, it is probable that the Admiral received some new ideas from his wife, whose particularly friendly manner in parting with her gave Anne the gratifying persuasion of her seeing and approving. It had been such a day to Anne; the hours which had passed since her leaving Camden Place had done so much! She was almost bewildered... almost too happy in looking back. It was necessary to sit up half the night, and lie awake the remainder, to comprehend with composure her present state, and pay for the overplus of bliss by headache and fatigue.

CHAPTER 11

WHO can be in doubt of what followed? When any two young people take it into their heads to marry, they are pretty sure by perseverance to carry their point be they ever so poor, or ever so imprudent, or ever so little likely to be necessary to each other's ultimate comfort. This may be bad morality to conclude with, but

"Talvez eu devesse ter raciocinado assim" respondeu ele, "mas não pude. Não consegui me beneficiar do recente conhecimento que adquirira de seu caráter. Não consegui trazê-lo à tona; ele estava submerso, enterrado, perdido naqueles antigos sentimentos aos quais sucumbi ano após ano. Só conseguia pensar em você como alguém que tinha cedido, que tinha desistido de mim, que fora influenciada por outra pessoa mais do que por mim. Eu a vi com a mesma pessoa que a aconselhou naquele ano infeliz. Não tinha qualquer razão para acreditar que ela tivesse menos autoridade agora. A força do hábito devia ser maior."

"Eu acreditava", disse Anne, "que minha atitude para com você pudesse poupá-lo de todas essas coisas."

"Não, não! Sua atitude só poderia representar a serenidade que seu compromisso com outro homem lhe traria. Eu a deixei acreditando nisso, e mesmo assim... determinado a vê-la de novo. Meu ânimo voltou com a manhã, e senti que ainda tinha um motivo para permanecer aqui. As notícias do Almirante, de fato, foram um desgosto; desde então estive dividido sobre o que fazer, e se isso fosse confirmado, este teria sido meu último dia em Bath."

Houve tempo para que tudo passasse, com interrupções que só aumentavam o encanto da comunicação, e Bath dificilmente poderia conter outros dois seres ao mesmo tempo tão racional e entusiasticamente felizes como aqueles que naquela noite ocuparam o sofá da sala de estar de Mrs. Croft em Gay Street.

Capitão Wentworth teve o cuidado de procurar o Almirante quando retornou para casa, e tranquilizá-lo sobre Mr. Elliot e sobre Kellynch; e a delicadeza do caráter do almirante o impediu de dizer qualquer outra palavra a respeito para Anne. Estava bastante preocupado em não provocar-lhe tristeza tocando num ponto sensível... quem poderia saber? Ela poderia estar gostando do primo mais do que ele gostava dela; e se eles tivessem mesmo que se casar, por que deveriam esperar tanto? Quando a noite terminou, é provável que o almirante tenha ouvido algumas ideias novas de sua esposa, cujas maneiras particularmente amigáveis ao se despedir de Anne deram-lhe a agradável convicção de que Mrs. Croft percebera e aprovara. Fora um dia e tanto para Anne; as horas que se passaram desde que deixara Camden Place mudaram tudo! Estava quase perplexa... quase feliz demais ao olhar para trás. Foi necessário passar metade da noite acordada, e o restante deitada sem conseguir dormir, para entender com frieza seu estado atual, e pagar pelo excesso de felicidade com dor de cabeça e cansaço.

CAPÍTULO 11

QUEM pode ter dúvidas sobre o que se seguiu? Quando dois jovens enfiam na cabeça de se casar, têm certeza de conseguir, pela perseverança, levar a cabo seu propósito, ainda que sejam muito pobres, ou muito imprudentes, ou com pouca probabilidade de serem necessários ao conforto um do outro. Esta pode não ser

I believe it to be truth, and if such parties succeed, how should a Captain W. and an Anne E., with the advantage of maturity of mind, consciousness of right, & one independent fortune between them, fail of bearing down every opposition? They might in fact, have born down a great deal more than they met with, for there was little to distress them beyond the want of graciousness and warmth. Sir W. made no objections, and Elizabeth did nothing worse than look cold and unconcerned. Captain W. with £ 25,000 and as high in his profession as merit and activity could place him, was no longer nobody. He was now esteemed quite worthy to address the Daughter of a foolish spendthrift Baronet, who had not the principle or sense enough to maintain himself in the situation in which Providence had placed him, and who could give his daughter but a small part of the share of ten thousand pounds which must be her's hereafter.

Sir Walter indeed tho' he had no affection for his Daughter and no vanity flattered to make him really happy on the occasion, was very far from thinking it a bad match for her.

On the contrary when he saw more of Captain W. and eyed him well, he was very much struck by his personal claims and felt that his superiority of appearance might be not unfairly balanced against *her* superiority of Rank; and all this, together with his well-sounding name, enabled Sir W. at last to prepare his pen with a very good grace for the insertion of the Marriage in the volume of Honour.

The only person among them whose opposition of feelings could excite any serious anxiety, was Lady Russel.

Anne knew that Lady R. must be suffering some pain in understanding and relinquishing Mr. E... and be making some struggles to become truly acquainted with and do justice to Captain W.

This however, was what Lady R... had now to do. She must learn to feel that she had been mistaken with regard to both – that she had been unfairly influenced by appearances in each – that, because Captain W.'s manners had not suited her own ideas, she had been too quick in suspecting them to indicate a character of dangerous impetuosity, and that because Mr. Elliot's manners had precisely pleased her in their propriety and correctness, their general politeness and suavity, she had been to quick in receiving them as the certain result of the most correct opinions and well regulated mind.

There was nothing less for Lady R. to do than to admit that she had been pretty completely wrong, and to take up a new set of opinions and hopes.

There is a quickness of perception in some, a nicety in the discernment of character – a natural Penetration in short which no Experience in others can equal – and Lady R. had been less gifted in this part of understanding than her young friend; but she was a very good woman; and if her second object was to be sensible & well judging, her first was to see Anne happy. She loved Anne better than she loved her own abilities – and when the awkwardness of the beginning

uma boa moralidade para se concluir, mas acredito que seja verdadeira. E, se tais casais conseguem ter sucesso, como poderiam um capitão W. e uma Anne E., com a vantagem da maturidade, da consciência do direito e de uma fortuna independente, falhar em derrotar qualquer oposição? Poderiam, na verdade, ter vencido muito mais do que tiveram que enfrentar, pois havia muito pouco para angustiá-los além da falta de generosidade e entusiasmo. Sir W. não fez objeções, e o pior que Elizabeth fez foi se mostrar fria e desinteressada. Capitão W., com £ 25.000, e tão destacado em sua Profissão quanto o mérito e a natureza da atividade poderiam torná-lo, já não era um joão-ninguém. Era agora considerado bastante digno de pedir a mão da Filha de um tolo e esbanjador Baronete, que não tivera princípios ou bom senso suficientes para se manter na posição em que a Providência o colocara, e que só podia dar à filha uma pequena parte das dez mil libras que seriam dela no futuro.

Sir Walter, na verdade, embora não tivesse o menor afeto pela Filha, e sem a vaidade lisonjeada que o tornaria realmente feliz nessa ocasião, estava longe de considerar aquele um mau casamento para ela.

Pelo contrário, quando viu melhor o capitão W. e o examinou bem, ficou muito impressionado com seus dotes pessoais, e sentiu que a superioridade de aparência *dele* bem poderia equilibrar a superioridade de posição *dela*; e tudo isso, somado ao sonoro nome do rapaz, permitiu enfim a Sir W. preparar, com muito boa vontade, a pena para inserir o casamento no volume de Honra.

A única pessoa entre eles cujos sentimentos hostis poderiam provocar alguma verdadeira ansiedade era Lady Russel.

Anne sabia que Lady R. devia estar sofrendo um pouco para entender e desistir de Mr. E., e fazendo alguns esforços para conhecer melhor e fazer justiça ao capitão W.

Era isso, no entanto, o que Lady R. devia fazer agora. Precisava aprender a perceber que estivera enganada em relação a ambos – que se deixara injustamente influenciar pelas aparências em cada caso – que, porque as maneiras do capitão W. não se ajustavam às suas próprias ideias, fora rápida demais em suspeitar que indicavam um perigoso caráter impetuoso; e que, porque os modos de Mr. Elliot a tinham agradado precisamente por seu decoro e correção, por sua cortesia e gentileza generalizadas, fora rápida demais em aceitá-las como o resultado inquestionável das mais corretas opiniões e de uma mente equilibrada.

Nada mais restava a Lady R. além de admitir que estivera completamente enganada, e adotar um novo conjunto de opiniões e expectativas.

Algumas pessoas de fato *têm* uma percepção mais ágil, uma precisão na avaliação de um caráter – um discernimento natural, em suma, que, em outras, nenhuma experiência consegue igualar – e Lady R. fora menos dotada nesse aspecto do que sua jovem amiga. Mas era uma excelente pessoa e, se o seu segundo objetivo era ser sensata e boa julgadora, o primeiro era ver Anne feliz. Amava Anne mais do que seus próprios dons – e, passada a estranheza inicial, encontrou poucas

was over, found little hardship in attaching herself as a mother to the man who was securing the happiness of her child. Of all the family, Mary was probably the one most immediately gratified by the circumstance. It was creditable to have a Sister married, and she might flatter herself that she had been greatly instrumental to the connection, by having Anne staying with her in the Autumn; and as her own Sister must be better than her husband's sisters, it was very agreable that Captain W. should be a richer Man than either Captain B. or Charles Hayter.

She had something to suffer perhaps when they came into contact again, in seeing Anne restored to the rights of seniority and the mistress of a very pretty landaulet – but she had a *future* to look forward to, of powerful consolation: Anne had no Uppercross Hall before her, no landed Estate, no headship of a family, and if they could but keep Captain W. from being made a Baronet, she would not change situations with Anne.

It would be well for the *eldest* sister if she were equally satisfied with *her* situation, for a change is not very probable there.

She had soon the mortification of seeing Mr. E. withdraw, and no one of proper condition has since presented himself to raise even the unfounded hopes which sunk with him.

The news of his Cousin Anne's engagement burst on Mr. Elliot most unexpectedly. It deranged his best plan of domestic happiness, his best hopes of keeping Sir Walter single by the watchfulness which a son in law's rights would have given. But tho' discomfited and disappointed, he could still do something for his own interest & his own enjoyment. He soon quitted Bath and on Mrs. Clay's quitting it likewise soon afterwards and being next heard of, as established under his protection in London, it was evident how double a game he had been playing, and how determined he was to save himself from being cut out by one artful woman at least.

Mrs. Clay's affections had overpowered her interest, and she had sacrificed for the young man's sake, the possibility of scheming longer for Sir Walter; she has abilities however as well as affections, and it is now a doubtful point whether his cunning or hers may finally carry the day, whether, after preventing her from being the wife of Sir Walter, he may not be wheedled and caressed at last into making her the wife of Sir William.

It cannot be doubted that Sir Walter and Elizabeth were shocked and mortified by the loss of their companion and the discovery of their deception in her. They had their great cousins to be sure, to resort to for comfort – but they must long feel that to flatter and follow others, without being flattered and followed themselves is but a state of half enjoyment.

Anne, satisfied at a very early period, of Lady Russel's meaning to love Captain W. as she ought, had no other alloy to the happiness of her prostpects, than what arose from the consciousness of having no relations to bestow on him which a man of sense could value.

dificuldades para afeiçoar-se, como uma mãe, ao homem que garantiria a felicidade de sua filha. De toda a família, Mary foi provavelmente a que obteve a satisfação mais imediata com a situação. Era respeitável ter uma irmã casada, e ela poderia se vangloriar de que servira de instrumento para aquela união, por ter recebido Anne em sua casa no outono; e, como sua própria irmã deveria ser melhor que as irmãs do marido, era muito agradável que o capitão W. fosse um homem mais rico do que o capitão B. ou Charles Hayter.

Ela sofreu um pouco, talvez, quando voltaram a entrar em contato, ao ver Anne recuperar seu direito à precedência e dona de um lindo landó – mas ela tinha um *futuro* pela frente que era um poderoso consolo: Anne não tinha uma Uppercross Hall a herdar, nenhuma propriedade rural, nenhuma posição de supremacia na família; e, se conseguissem impedir que o capitão W. fosse feito Baronete, ela não trocaria de lugar com Anne.

Teria sido muito bom para a irmã *mais velha* se ela também estivesse satisfeita com a *sua* situação, pois uma mudança não era muito provável ali.

Ela logo teve a aflição de ver Mr. E. se retirar de cena e, desde então, ninguém com uma situação adequada se apresentou para despertar sequer as esperanças infundadas que desapareceram com ele.

A notícia do noivado de sua prima Anne pegou Mr. Elliot de surpresa. Estragou seu melhor plano de felicidade doméstica, suas melhores esperanças de manter Sir Walter solteiro pela vigilância que os direitos de um genro lhe teriam permitido. Mas, embora frustrado em seus planos e desapontado, ainda podia fazer algo em seu próprio interesse e prazer. Ele logo deixou Bath, e como Mrs. Clay partisse igualmente logo depois, e, sabendo-se posteriormente que ela se estabelecera em Londres sob sua proteção, ficou evidente o jogo duplo que ele estivera fazendo, e como estava, pelo menos, determinado a não se deixar derrotar por uma mulher astuta.

Os sentimentos de Mrs. Clay suplantaram seus interesses, e ela sacrificara pelo rapaz a possibilidade de prosseguir em seus planos de enredar Sir Walter. Ela, porém, tinha habilidade, além de afeto; e é agora uma questão duvidosa se a astúcia dele ou a dela finalmente levará a melhor; e se ele, depois de impedi-la de se tornar a esposa de Sir Walter, não poderia ser lisonjeado e mimado a ponto de torná-la afinal a esposa de Sir William.

Não se pode duvidar que Sir Walter e Elizabeth tenham ficado abalados e mortificados com a perda de sua companheira, e com a descoberta de sua fraude. Tinham suas primas importantes, é certo, a quem recorrer como consolo – mas devem ter sentido que adular e seguir os outros, sem ser por sua vez adulado e seguido, não passa de um prazer pela metade.

Anne, satisfeita com a rápida decisão de Lady Russel de gostar do capitão W. como deveria, não via qualquer empecilho à felicidade de seus planos, além daqueles provenientes da consciência de não possuir nenhum parente para apresentar-lhe que pudesse ser apreciado por um homem de bom senso.

There, she felt her own inferiority keenly.

The disproportion in their fortunes was nothing; it did not give her a moment's regret; but to have no family to receive and estimate him properly, nothing of respectability, of Harmony, of Goodwill to offer in return for all the Worth and all the prompt welcome which met her in his brothers and sisters, was a source of as lively pain, as her mind could well be sensible of, under circumstances of otherwise strong felicity.

She had but two friends in the world, to add to his list: Lady R. and Mrs. Smith.

To those, however, he was very well-disposed to attach himself. Lady R. in-spite of all her former transgressions, he could now value from his heart; while he was not obliged to say that he beleived her to have been right in originally dividing them, he was ready to say almost anything else in her favour; and as for Mrs. Smith, she had claims of various kinds to recommend her quickly and permanently.

Her recent good offices by Anne had been enough in themselves – and their marriage, instead of depriving her of one friend secured her two. She was one of their first visitors in their settled life – and Captain Wentworth, by putting her in the way of recovering her husband's property in the West Indies, by writing for her, and acting for her, and seeing her through all the petty difficulties of the case, with the activity and exertion of a fearless man, and a determined friend, fully requited the services she had rendered, or had ever meant to render, to his wife. Mrs. Smith's enjoyments were not spoiled by this improvement of income, with some improvement of health, and the acquisition of such friends to be often with, for her chearfulness and mental activity did not fail her, and while those prime supplies of good remained, she might have bid defiance even to greater accessions of worldly prosperity. She might have been absolutely rich and perfectly healthy, and yet be happy.

Her spring of felicity was in the glow of her spirits as her friend Anne's was in the warmth of her Heart.

Anne was tenderness itself; and she had the full worth of it in Captain Wentworth's affection. His profession was all that could ever make her friends wish that tenderness less; the dread of a future war, all that could dim her sunshine.

She gloried in being a sailor's wife, but she must pay the tax of quick alarm, for belonging to that profession which is – if possible – more distinguished in it's domestic virtues, than in it's national importance.

FINIS

July 18th 1816.

Nesse ponto, sentia agudamente sua própria inferioridade.

A desproporção de suas fortunas não representava nada; não lhe trazia um instante de tristeza; mas não ter ninguém da família que o recebesse e apreciasse como era devido, nenhuma respeitabilidade, ou Harmonia, ou Boa-vontade para oferecer em troca de toda a Consideração e pronta acolhida que recebeu dos irmãos e irmãs dele, era uma fonte de dor tão vívida quanto sua mente era capaz de suportar, sob circunstâncias que, de outro modo, seriam de extrema felicidade.

Só tinha duas amigas no mundo a acrescentar à lista dele: Lady R. e Mrs. Smith.

Destas, porém, ele estava mais do que disposto a gostar. Lady R., a despeito de todas as transgressões passadas, ele agora era capaz de valorizar de coração; e, desde que não fosse obrigado a lhe dizer que acreditava que estivera certa ao separá-los no início, estava pronto a dizer quase tudo o mais a seu favor; e quanto a Mrs. Smith, tinha méritos de vários tipos a recomendá-la rápida e permanentemente.

Seus recentes bons ofícios para com Anne tinham sido por si só suficientes – e o casamento, em vez de privá-la de uma amiga, garantiu-lhe dois. Ela foi uma das primeiras visitas que receberam depois de casados – e o capitão Wentworth, provendo-lhe os meios para recuperar a propriedade do marido nas Índias Ocidentais, ao escrever em nome dela, agir por ela, e acompanhá-la em todas as pequenas dificuldades do caso, com a energia e o empenho de um homem corajoso e amigo determinado, retribuiu inteiramente os serviços que ela prestara, ou pretendera prestar, à sua esposa. As alegrias de Mrs. Smith não foram prejudicadas por esse aumento de renda, por alguma melhoria da saúde, e a conquista de amigos assim com quem conviver, pois sua alegria e boa disposição jamais a abandonaram. E, enquanto durassem essas fontes primárias de bem-estar, ela poderia ter desafiado até maiores quinhões de prosperidade mundana. Poderia ter sido absolutamente rica e perfeitamente saudável, e ainda assim ser feliz.

A fonte de *sua* felicidade estava na vivacidade de seu espírito, assim como a de sua amiga Anne estava no calor de seu coração.

Anne era a ternura em si; e teve sua plena retribuição no afeto do capitão Wentworth. A profissão dele era a única coisa que poderia fazer suas amigas desejarem que essa ternura fosse menor; o medo de uma guerra futura, tudo que poderia turvar sua felicidade.

Ela se orgulhava de ser a esposa de um marinheiro, mas deveria pagar o tributo de um alerta permanente, por pertencer àquela profissão que – se possível – é mais famosa por suas virtudes domésticas do que por sua importância nacional.

FIM

18 de julho de 1816.

GRANDES CLÁSSICOS EM EDIÇÕES BILÍNGUES

A ABADIA DE NORTHANGER
JANE AUSTEN
A CASA DAS ROMÃS
OSCAR WILDE
A DIVINA COMÉDIA
DANTE ALIGHIERI
A MORADORA DE WILDFELL HALL
ANNE BRONTË
A VOLTA DO PARAFUSO
HENRY JAMES
AO REDOR DA LUA: AUTOUR DE LA LUNE
JULES VERNE
AS CRÔNICAS DO BRASIL
RUDYARD KIPLING
AO FAROL: TO THE LIGHTHOUSE
VIRGINIA WOOLF
BEL-AMI
GUY DE MAUPASSANT
CONTOS COMPLETOS
OSCAR WILDE
DA TERRA À LUA : DE LA TERRE À LA LUNE
JULES VERNE
DRÁCULA
BRAM STOKER
EMMA
JANE AUSTEN
FRANKENSTEIN, OU O MODERNO PROMETEU
MARY SHELLEY
GRANDES ESPERANÇAS
CHARLES DICKENS
JANE EYRE
CHARLOTTE BRONTË
LADY SUSAN
JANE AUSTEN
MANSFIELD PARK
JANE AUSTEN
MEDITAÇÕES
JOHN DONNE
MOBY DICK
HERMAN MELVILLE
NORTE E SUL
ELIZABETH GASKELL
O AGENTE SECRETO
JOSEPH CONRAD
O CORAÇÃO DAS TREVAS
JOSEPH CONRAD
O CRIME DE LORDE ARTHUR
SAVILE E OUTRAS HISTÓRIAS
OSCAR WILDE
O ESTRANHO CASO DO DOUTOR
JEKYLL E DO SENHOR HYDE
ROBERT LOUIS STEVENSON
O FANTASMA DE CANTERVILLE
OSCAR WILDE
O FANTASMA DA ÓPERA
GASTON LEROUX

O GRANDE GATSBY
F. SCOTT FITZGERALD
O HOMEM QUE QUERIA SER REI E
OUTROS CONTOS SELECIONADOS
RUDYARD KIPLING
O MORRO DOS VENTOS UIVANTES
EMILY BRONTË
O PRÍNCIPE FELIZ E OUTRAS HISTÓRIAS
OSCAR WILDE
O PROCESSO
FRANZ KAFKA
O RETRATO DE DORIAN GRAY
OSCAR WILDE
O RETRATO DO SENHOR W. H.
OSCAR WILDE
O RIQUIXÁ FANTASMA E OUTROS
CONTOS MISTERIOSOS
RUDYARD KIPLING
O ÚLTIMO HOMEM
MARY SHELLEY
OS SOFRIMENTOS DO JOVEM WERTHER
JOHANN WOLFGANG VON GOETHE
OS TRINTA E NOVE DEGRAUS
JOHN BUCHAN
OBRAS INACABADAS
JANE AUSTEN
ORGULHO E PRECONCEITO
JANE AUSTEN
ORLANDO
VIRGINIA WOOLF
PERSUASÃO
JANE AUSTEN
RAZÃO E SENSIBILIDADE
JANE AUSTEN
SOB OS CEDROS DO HIMALAIA
RUDYARD KIPLING
SONETOS COMPLETOS
WILLIAM SHAKESPEARE
SUAVE É A NOITE
F. SCOTT FITZGERALD
TEATRO COMPLETO - VOLUME I
OSCAR WILDE
TEATRO COMPLETO - VOLUME II
OSCAR WILDE
TESS D'UBERVILLES
THOMAS HARDY
UM CÂNTICO DE NATAL
CHARLES DICKENS
UMA DEFESA DA POESIA E OUTROS ENSAIOS
PERCY SHELLEY
VIAGENS EXTRAORDINÁRIAS
JULES VERNE
WEE WILLIE WINKLE E OUTRAS
HISTÓRIAS PARA CRIANÇAS
RUDYARD KIPLING